La Breizh Brigade
3

L'OMBRE DES REMPARTS

Du même auteur

Qaanaaq, La Martinière, 2018 ; Points, 2019.
Diskø, La Martinière, 2019 ; Points, 2020.
Nuuk, La Martinière, 2020 ; Points, 2021.
Summit, La Martinière, 2022 ; Points, 2023.
La Breizh Brigade – 1. Bienvenue chez les Corrigan !,
Les Escales, 2023.
La Breizh Brigade – 2. Ni Français, ni Breton...,
Les Escales, 2023.

Mo Malø

La Breizh Brigade
3

L'OMBRE DES REMPARTS

LES ESCALES
Séries

92, avenue de France
75013 Paris – France
Courriel : contact@lesescales.fr

ISBN 978-2-36569-703-3
Dépôt légal : septembre 2023
Imprimé en France

Couverture : Raphaëlle Faguer
Mise en pages : Nord Compo

Principaux personnages récurrents :

Maggie Corrigan : née Maggie O'Connell, 70 ans, a fêté son soixante-dixième anniversaire au cours du tome 1, le 8 juillet, gérante de la maison d'hôtes *Le Manoir des Corrigan*, veuve de Constant Corrigan.

Louise Corrigan : 45 ans, divorcée, fille unique de Maggie et Constant, institutrice à l'école primaire Saint-Joseph et aide bénévole au *Manoir des Corrigan*.

Énora Corrigan : 23 ans, célibataire, élève vétérinaire actuellement en stage de fin d'études, fille unique de Louise et petite-fille de Maggie, elle aussi aide bénévole au *Manoir*.

Christophe Guilloux : 42 ans, célibataire, commissaire de police de Saint-Malo, originaire de Vannes, en poste depuis peu.

Emma Lobo : 38 ans, divorcée, mère de deux enfants, Léo et Rose, capitaine de police judiciaire, adjointe de Christophe Guilloux.

Fanny Horvais : 23 ans, employée de Guy Le Divellec, amie d'enfance (et compagne secrète) d'Énora Corrigan, gérante de l'annexe Beauregard du *Repaire des corsaires*.

Alain Le Divellec : 47 ans, divorcé, ex-mari de Louise Corrigan, photographe au *Pays malouin* et gérant de l'atelier photo « Le Divellec ».

Guy Le Divellec : 57 ans, frère d'Alain, gérant de la maison d'hôtes *Le Repaire des corsaires*, marié à Aline, sans enfant.

Sophie Kervazo : 24 ans, amie d'enfance d'Énora et femme de ménage au *Manoir des Corrigan*.

Jacques Gaillard : 71 ans, retraité, marié, amant de Maggie Corrigan, et prétendant au titre de futur époux de Maggie.

Fabienne Leroy : 35 ans, célibataire, responsable de l'office de tourisme de Saint-Malo.

Dodik Cadiou : 68 ans, veuve, voisine du *Manoir des Corrigan* et commère attitrée de la rue du Puits-Sauvage.

Arnaud Prigent : âge indéterminé (retraité), soulographe en chef des habitués du bar clandestin au *Manoir des Corrigan,* colporteur de rumeurs et ragots.

Joseph Prigent : 49 ans, dit Jojo, cousin d'Arnaud et agent de police nationale, ancien stadier à Brest.

Malo : 23 ans, ami d'enfance d'Énora et amoureux transi de celle-ci, porteur de journaux pour le quotidien le *Pays malouin*.

Autres personnages de ce tome :

Guillaume Magon : 54 ans, historien, enseignant à l'université de Rennes 2, gérant de la SAS Musée Corsaire.

Laure Magon : 34 ans, née Lauzière, épouse de Guillaume Magon, mère de Marguerite et Grégoire.

Alice Magon : 50 ans, fille de Renée Magon et demi-sœur de Guillaume Magon.

Grégoire Magon : 6 ans, fils de Guillaume et Laure Magon.

Arthur Moreau : 37 ans, gérant de la SAS M-Trail et organisateur de la course Intrail-Muros.

Lucas Portier : 33 ans, ex-salarié de la SAS M-Trail.

Frédéric Louvain : 52 ans, directeur de la course La Passagère.

Vincent Gravelet : 44 ans, salarié de la SAS Musée Corsaire.

Yves-Malo Bazin : 68 ans, président de l'AHSM, Association historique de Saint-Malo.

Soizic : 23 ans, serveuse à la crêperie *Le Corps de garde*, ex d'Énora.

Lorie Gazeau : 27 ans, infirmière en réanimation au centre hospitalier Broussais de Saint-Malo.

Coline Chaumont : 40 ans, secrétaire du département d'histoire à la faculté Rennes 2.

Francis Lemoine : 54 ans, maire divers gauche de Saint-Malo depuis douze ans, cible d'un attentat en mer dans le tome 2.

Janot : âge indéterminé, connu à Saint-Malo comme « l'homme qui parle aux goélands ».

Marco : âge indéterminé, agent d'accueil du commissariat central.

Horaires des marées à Saint-Malo

1er mars	
Marée basse	08 h 09
Marée haute	01 h 05
Marée basse	20 h 56
Marée haute	14 h 26

Prologue

Nuit du 28 février au 1er mars, Saint-Malo,
sur les remparts interdits aux promeneurs

Les réverbères plantés tout autour de la muraille découpaient l'ombre massive des remparts comme un décor de théâtre. La nuit, l'ouvrage censé protéger les Malouins des attaques extérieures prenait une apparence presque menaçante. Bouclier… ou mur d'une prison ?

Luisant de pluie, le granit qui pavait la promenade perchée se dérobait sous la foulée des coureurs avec la perfidie de la glace. Ils étaient pourtant plusieurs dizaines à s'y aventurer ce soir-là, à se pourchasser dans l'obscurité, lucioles dont les lampes frontales dansaient sur le tracé long de plus d'un kilomètre et demi.

« Gast ! Mais qu'est-ce qui m'a pris de m'inscrire à ce truc ?! » jura intérieurement Énora Corrigan. À chaque enjambée, à chaque flottement de la queue-de-cheval rousse sur sa nuque, elle ahanait plus fort. Dire qu'à cette heure-là, elle aurait pu dormir dans les bras de Fanny, au *Manoir* ou chez sa compagne, à l'annexe Beauregard.

Pourquoi donc s'était-elle infligé ce pensum ? Elle n'était guère sportive. Avant de reprendre l'entraînement pour l'Intrail-Muros, douze kilomètres autour de la Cité corsaire, elle ne pratiquait plus la moindre activité physique depuis des années – autre qu'horizontale, s'entend.

Un défi qu'elle s'était lancé, oui, un défi, et peut-être aussi le plus sûr moyen d'expier sa faute à venir. Qui sait, sans doute n'aurait-elle plus l'occasion de faire corps avec sa ville avant longtemps. Loin de Saint-Malo et des baisers de Fanny, elle se demandait laquelle de ces fusions lui manquerait le plus...

Soudain, un groupe de joggeurs plus aguerris, le genre à participer à tous les trails de la Terre, la dépassa dans un tonnerre de pas et le souffle d'une formule 1. Une flaque martelée par le troupeau gicla jusque sur le legging de la jeune femme tatouée.

— Hey ! Z'êtes pas tous seuls, bordel ! aboya-t-elle.

Mais tous tracèrent sans se retourner. Ils portaient des combinaisons fluo, sous lesquelles se bandaient des muscles que l'on devinait aussi affûtés que des lames. De vraies machines à avaler le bitume. Savaient-ils qu'il ne s'agissait que d'un training, que l'épreuve, la vraie, ne se déroulerait que dans quatre jours, ou plutôt dans quatre nuits ?

C'était l'une des caractéristiques les plus étonnantes de cette course, gage de son succès : chaque année, elle partait à minuit pile, propulsant les milliers de courageux dans la pénombre piquée d'embruns. « C'est pas un running, c'est un soin en thalasso ! » s'amusaient certains concurrents. Il n'empêche. Depuis sa création huit ans auparavant, et malgré deux années d'interruption pandémique, l'Intrail-Muros n'avait fait que gagner en popularité. Cette année, plus de trois mille givrés étaient attendus, tous disposés à braver la brume de mer et la patinoire qui s'étendrait sous leurs chaussures made in China. D'ailleurs, les concurrents désireux de se familiariser avec ces conditions si particulières s'étaient vu délivrer un badge d'accès aux remparts, interdits aux vulgaires badauds depuis déjà une bonne semaine et jusqu'au jour J.

Au sortir du bastion Saint-Louis, là où la fortification tournait le dos au large pour s'orienter vers les terres, le rempart formait un angle droit qu'il s'agissait de négocier avec prudence. Les dérapages y guettaient les coureurs. Après avoir effacé sur sa gauche la statue de Duguay-Trouin, elle s'engagea à son rythme (plutôt lent) sur l'ultime tronçon du mur d'enceinte. Le plus long et le plus rectiligne. Les athlètes qui l'avaient doublée se perdaient déjà au loin dans le lavis de la bruine nocturne. Du Turner pour runners. Elle-même se faisait l'effet d'un tracteur squattant la piste d'un Grand Prix, reléguée dans la lueur rouge à l'arrière des bolides.

Pied gauche… Allait-elle quitter Saint-Malo pour de bon à la fin de son stage ? L'Irlande, vraiment, était-ce le bon choix pour la jeune vétérinaire diplômée qu'elle était désormais ?

Pied droit… Fanny le lui pardonnerait-elle ? Que resterait-il de leur amour après cela ?

Le vol plané la surprit tant qu'elle crut d'abord à un rêve éveillé. Le contact avec le granit détrempé lui prouva qu'il n'en était rien.

Elle était retombée de tout son poids, face et mains en avant. Le choc fut tel que, le souffle coupé, elle ne perçut pas tout de suite le cisaillement lancinant qui sourdait de ses tibias.

Derrière elle, une autre chute. Puis deux autres encore. Un concert de cris paniqués s'éleva sur le rempart. L'un des fauchés, plus lucide qu'elle-même, se retourna depuis le sol où il gisait et hurla aux coureurs qui suivaient :

— Stop ! Arrêtez-vous ! Y'a un truc qui nous fait tous tomber. Arrêtez-vous, putain !

À travers ses paupières mi-closes, Énora scruta la pierre lustrée de pluie grasse, comme à la recherche d'une flaque d'huile. En vain. Une plaque de mousse s'était-elle formée à cet endroit ?

L'un des joggeurs alertés s'accroupit au pied du parapet, côté port, là où plusieurs anneaux vermoulus étaient fichés dans la masse. Mais, au lieu de pendre contre le muret, ceux-ci dardaient à l'horizontale, tendus par un câble métallique en direction du mur opposé, côté ville close.

— Je le crois pas, grommela-t-il en sourdine, avant de crier à l'intention des autres. Y'a un câble ! Un taré a tiré un câble en travers de la promenade !

Dans l'attroupement qui grossissait à vue d'œil, l'incrédulité se mêlait à la peur et à la confusion. Jusqu'à ce que d'autres concurrents, portable en main et torche activée, identifient à leur tour la ligne en acier qui venait de décimer leurs devanciers.

Alors seulement, certains d'entre eux se pressèrent auprès des quatre victimes. L'une d'entre elles, indemne, s'était relevée toute seule. Mais trois demeuraient étendues. Dans le noir, il était difficile de faire un état précis de leurs blessures.

Un inconnu, cyclope lumineux venu à son secours, s'efforçait de positionner Énora en PLS. Mais celle-ci, hébétée d'effroi et de douleur, le hurlement des sirènes lointaines bourdonnant à ses oreilles, porta trois doigts à son crâne.

Un jus pourpre et épais s'en écoulait.

Ses yeux se refermèrent sans qu'elle le souhaite. Puis la nuit s'imposa enfin à elle. Malouine et irlandaise tout à la fois. Une nuit où elle ne courrait plus.

1

1er mars à l'aube, Saint-Malo,
centre hospitalier Broussais, chambre d'Énora Corrigan

« Holy bordel de shite ! Vous êtes en train de me dire que ma petite fille est dead de chez dead ?! »

L'œil bleu électrisé, son carré gris frémissant d'indignation, Maggie Corrigan paraissait plus offusquée qu'attristée. Comme si le fait de ne pas avoir été informée la blessait plus que la nouvelle proprement dite. Elle appuya son propos d'un coup de canne sur le lino de l'interminable couloir aux tonalités jaune pipi.

L'infirmière fautive, cette Lorie Gazeau qu'elle connaissait déjà pour l'avoir croisée au chevet du maire, Francis Lemoine, quelques mois plus tôt, lui intima de respecter la quiétude des malades d'un geste peu assuré.

— Mais non, je n'ai jamais dit ça...

— Alors elle a quoi, au juste ? intervint Louise, au ton aussi posé que celui de sa mère était explosif.

La jeune femme en blouse blanche avait beau être tatouée et percée de la tête aux pieds, elle n'en menait pas large face au duo qui venait de débouler dans son service.

Elle reprit le plus calmement possible, son regard fixé sur la plus amène des deux visiteuses, brune au regard doux et aux longs cheveux bruns relevés en queue-de-cheval :

— Elle porte de grosses éraflures ou entailles aux mains, et sur le côté du crâne. Et aussi quelques ecchymoses sur les avant-bras. Mais dans l'ensemble, ce n'est pas trop méchant. Elle va surtout s'en sortir avec une bonne frayeur.

— Pas de commotion ou de fracture ?

— Non, non, rien de tout ça. Les blessures sont assez superficielles. Mais je ne vous cache pas que, d'un point de vue psychologique, elle a été un peu choquée. Comme les autres, d'ailleurs...

« Les autres », clama l'échange de regards interloqués entre la mère et la fille.

— Personne ne vous a raconté ce qui s'est passé sur les remparts ? s'étonna Lorie.

— Non, on a juste reçu un appel de votre secrétariat il y a moins d'une heure, et nous voilà.

— Je vois...

Elle reprit son souffle et se lança dans un récit qu'elle cherchait de toute évidence à rendre le plus neutre possible. Raser les drames au plus près, ne conserver que le strict nécessaire, épuré de tout affect, ainsi se composait l'ordinaire de ses rapports avec les proches des patients.

L'entraînement nocturne, le câble tendu au niveau du bastion Saint-Louis, la chute violente de quatre concurrents..., elle résuma la situation à grands traits.

— Je vous rassure tout de suite, aucun n'est dans un état grave. Mais cela dit...

— Cela dit what ? s'agaça Maggie, le pommeau en argent de sa canne pointé vers leur interlocutrice.

— Eh bien, je peux dire que je suis plutôt une bonne joggeuse. Je cours pas loin de trente bornes chaque semaine...

D'un nouveau moulinet argenté, Maggie lui enjoignit d'abréger son préambule.

— ... Mais j'ai jamais voulu participer à leur Intrail, là.

— Pour quelle raison ? s'enquit Louise.

— Trop dangereux. En cette saison, il pleut tout le temps. Les dalles de granit virent à la patinoire. D'ailleurs, c'est pas la première fois qu'il y a des incidents dans cette épreuve. Je ne comprends pas que la mairie cautionne un truc aussi casse-gueule. Enfin là, avec cette histoire de câble, on est passé dans une autre dimension...

Celle d'un piège tendu aux coureurs de manière délibérée, songèrent de concert les deux rescapées de la Breizh Brigade. Mais l'heure n'était pas à l'enquête, l'heure était à la sollicitude. Et d'un mouvement de tête en direction de l'alignement de portes numérotées, Louise requit ce (ou plutôt celle) pour quoi (pour qui) elles étaient venues.

La première chose qui capta leur regard dans la chambre était ce bandage qui coiffait le crâne d'Énora et emprisonnait son abondante chevelure feu. Elle reposait à demi sur le côté droit, les yeux clos, avec sur le visage une expression de madone saint-sulpicienne, douce et mièvre à la fois.

Très peu *elle*, en somme.

— On lui a administré un calmant pour soulager les douleurs résiduelles, commenta Lorie avant de les laisser en famille.

— Oh, soupira Maggie avec un évident dépit... So on ne pourra pas lui parler du tout ?

Un « du tout » qui sonnait comme « doux tout ».

— Si vous vous adressez à elle, il est possible qu'elle émerge. Mais je ne peux rien vous garantir. De toute façon, pour le moment, elle a surtout besoin de repos.

— À ce propos, vous pensez la garder longtemps ? demanda Louise.

— Non, dit-elle, une main déjà posée sur la poignée. Une demi-journée à une journée d'observation. Et si tout va bien cet après-midi, on devrait vous la rendre. Les soins de ses plaies pourront être dispensés en ambulatoire. Voire à domicile par une collègue libérale, selon la prise en charge de votre mutuelle.

Les deux femmes se félicitèrent intérieurement que le stage vétérinaire effectué par Énora comprît une complémentaire santé digne de ce nom. Car ce n'est pas avec les maigres revenus du *Manoir des Corrigan* qu'elles pouvaient s'offrir une couverture maladie en or massif.

Lorie ressortie de la pièce, Maggie et Louise prirent place sur des chaises de part et d'autre du lit médicalisé. La perche d'une perfusion encombrait un peu le passage. Mais elles s'approchèrent assez pour percevoir le souffle régulier de la belle endormie. À Louise, la scène évoquait une Énora plus jeune, les nuits de veille durant les maladies infantiles, et toutes ces fois où elle l'avait observée dans son premier sommeil.

À Maggie, elle inspirait surtout l'angoisse de ses propres endormissements inopinés, cette narcolepsie chronique dont elle repoussait sans cesse l'amorce d'un traitement. Elle n'osait se représenter quelle image d'abandon elle pouvait renvoyer dans ces moments-là, elle la « control freak » soucieuse de maîtriser son apparence autant que le cours des événements. Avait-elle l'air aussi vulnérable que sa petite-fille à cet instant ? Telle était sans doute la raison pour laquelle elle refusait de prendre le problème à bras-le-corps.

— Ma chérie… ma chérie, on est là, granny et moi. Tout va bien, murmura Louise à l'oreille de sa fille.

Un battement de cils timide lui répondit. Un voile rosé sembla éclairer les joues piquées d'éphélides. On ne pouvait pas vraiment parler de réveil. Énora paraissait flotter dans l'un de ces états de conscience intermédiaires, et si mal connus. Soudain, ses lèvres s'entrouvrirent et un filet de voix pâteux s'en échappa.

— Je vais partir… je vais partir pour de bon…

Maggie roula un œil goguenard et inquiet tout à la fois :

— She's delusional, non ?

— C'est peut-être l'effet du sédatif… Peut-être aussi qu'elle s'est vue un peu mourir, au moment de sa chute.

— Feckin' hell. Tu dois avoir raison. Si je pouvais mettre la main sur le bastard qui a fait ça !

Mais d'une main posée sur la sienne, Louise réclama le silence. Car les propos incohérents de la blessée reprenaient, toujours aussi ténus :

— L'Irlande, l'Irlande, c'est le paradis, tu sais… Faut que je voie ça, maintenant que…

« Maintenant que quoi ? » S'imaginait-elle accueillie dans un au-delà gaélique et verdoyant ?

— Si ça peut te faire plaisir, on ira en Irlande, promit Louise sans y croire.

Entre Maggie et elles deux, le pays de ses origines avait toujours été un sujet tabou, une sorte d'Éden perdu et qu'il serait trop douloureux d'évoquer. Malgré les gravures placardées aux quatre coins du *Manoir*, jamais elle ne les avait emmenées à Baltimore, comté de Cork, cette petite ville objet de culte et néanmoins interdite.

Un brouhaha provenant du corridor dissipa ces pensées.

Maggie se releva la première et fondit sur la porte, glissant un œil inquisiteur à l'extérieur de la chambre.

— C'est pas vrai... Devine qui revient sur le lieu du crime ? lança-t-elle par-dessus son épaule...

— De quoi tu parles ?

— Lemoine !

— Francis Lemoine ?

— Who else ? Tu en connais un autre ?

À l'autre bout du couloir, un quinquagénaire grisonnant, vêtu d'un costume assorti à sa crinière, serrait des mains avec la vigueur d'un trayeur de vaches. Tout sourire dehors.

Environ six mois plus tôt, le maire sans étiquette de Saint-Malo avait été admis ici même en réanimation, à la suite d'un attentat en mer qui avait failli lui coûter la vie[1]. Il aurait eu cent fois l'occasion de venir saluer et remercier les soignants dans l'intervalle. Mais l'imminence du premier tour des élections municipales, sous un mois à peine, n'était sans doute pas étrangère à cet élan de gratitude tardif.

— What a bolix..., grogna Maggie. Cette andouille me ferait presque regretter d'avoir trouvé le coupable de son attaque.

À dire vrai, la Breizh Brigade n'était pas la seule instance à avoir coincé les auteurs de l'attentat. Le commissaire Christophe Guilloux et son équipe d'OPJ y avaient eux aussi contribué pour une bonne part. Mais il plaisait à Maggie de croire leur petit club d'enquêtes plus indispensable qu'il ne l'était réellement. La flatterie n'était jamais aussi bien servie que par elle-même. Indeed ?

---

1. Voir *La Breizh Brigade 2, Ni Français, ni Breton...*

Louise et elle repartaient à leur tour, évitant avec soin le groupe de curieux agglutiné autour de monsieur le maire en plein show préélectoral, quand elles virent Fanny jaillir de l'ascenseur.

Le teint de la jeune femme noire avait viré au blême. Des larmes perlaient au coin de ses beaux yeux en amande.

— Elle est où ? Comment elle va ? s'étrangla-t-elle, le souffle court.

— Elle va bien, c'est juste de grosses égratignures. Elle devrait sortir avant ce soir.

Louise l'avait prise dans ses bras, effusion jusque-là inédite. Passé un instant de surprise, Fanny trouva dans cette tendresse spontanée un refuge qu'elle semblait ne plus vouloir quitter.

Plantée à leurs côtés, aussi raide qu'à son habitude, Maggie envisageait leur attelage avec un mélange de dédain et de compassion. Après tout, la jeune femme faisait presque partie de la famille, désormais. Fanny n'avait-elle pas contribué de manière significative aux premiers succès de la Breizh Brigade ? Certes, les trois Corrigan ne l'impliquaient pas sur tout mais, enquête après enquête, celle-ci s'était montrée un soutien précieux.

Une question foudroya alors la septuagénaire arrimée à sa canne, une question qui ne s'était jamais posée à elle et que, quelques mois auparavant, elle aurait à n'en pas douter jugée incongrue : n'était-il pas temps d'élargir la BB ? Fanny la petite amie, Alain l'ex de Louise, Jacques son amant du moment et même Sophie leur fidèle employée… Ceux-là n'avaient-ils pas une place légitime auprès d'elles ?

2

Saint-Malo, commissariat central,
bureau du commissaire Christophe Guilloux

Neuf heures à peine s'affichaient à l'horloge murale, et Christophe Guilloux et Emma Lobo échangeaient depuis une plombe déjà sur l'affaire du jour. Le fumet de plusieurs cafés successifs chargeait l'air ambiant. Le papier gras ouvert parmi les gobelets en plastique prouvait qu'une fois de plus elle lui avait apporté une part de far breton pour son petit déjeuner. Aussi diligente qu'une subordonnée, aussi attentionnée qu'une maman.

— Y'a bien un contrôle du badge d'accès à la montée sur les remparts ? s'enquit le commissaire.

— Oui, au pied de l'escalier, à la porte de Dinan. C'est là que les coureurs grimpent, en provenance du môle. On vérifie leur inscription à l'Intrail et on fouille leur sac à dos s'ils en ont un.

— Même pour les entraînements, comme cette nuit ?

— Même s'ils sont ressortis du périmètre pour un pipi d'une minute.

— Donc comment t'expliques que le type qui a fait ça ait réussi à passer un équipement aussi peu discret qu'un câble en acier et des mousquetons ?

Relevant une mèche brune qu'elle glissa derrière son oreille, elle haussa des épaules ignorantes.

— Je ne l'explique pas. La seule chose que je note, c'est qu'il doit sacrément bien connaître les remparts.

— Pourquoi ? Parce qu'il s'y pointe sans être repéré ?

— Oui. Mais surtout à cause du lieu choisi pour installer son petit traquenard.

Guet-apens, piège, attentat... En l'état de l'enquête, celle-ci n'en était qu'à ses prémices, le mot approprié leur échappait encore.

Guilloux pivota son fauteuil à roulettes vers le plan de ville et désigna un point à l'angle sud-ouest de la ville fortifiée. Avec un sourire tout juste esquissé, Emma nota l'encre étalée sur la tranche de la main droite de son patron, gaucher contrarié. De profil, du côté de la raie bien peignée, son air d'écolier sage était encore plus flagrant.

« Charmant ? »

— Le bastion Saint-Louis ? demanda-t-il à son adjointe. Qu'est-ce qu'il a de si particulier ?

— Faudrait consulter les vieux bavards de l'association historique pour être sûrs... Mais, de mémoire, c'est l'un des rares endroits à disposer d'anneaux fichés dans le parapet en pierres.

Anneaux auxquels les mousquetons et le câble en acier avaient été fixés, créant un obstacle invisible dans la nuit malouine.

— À quoi ça sert ?

— À l'époque où il y avait des canons sur les murs, comme aujourd'hui à la Hollande, ça permettait de les amarrer et de limiter le recul au moment des tirs.

Les murs, ainsi désignait-on les remparts dans le jargon local.

— Malin, approuva-t-il sans enthousiasme.

Homme de dossiers, Guilloux laissait la balistique et l'art militaire à d'autres que lui, plus passionnés et plus compétents. Par exemple à ces deux techniciens de l'identité judiciaire arrivés de Rennes moins d'une heure après le signalement de l'incident.

— Ça donne quoi, du côté du labo ?

— D'après eux, le matériel en question est du matos d'accastillage lambda, comme il s'en vend dans des dizaines de boutiques de la région. Et je ne te parle même pas de la vente en ligne. Difficile à pister.

— Des empreintes ?

— Rien qu'ils aient réussi à relever sur place. Ils vont voir s'ils arrivent à faire mieux à la maison. Mais sur des surfaces métalliques aussi étroites, ce ne sera pas évident de choper des traces papillaires complètes.

L'un et l'autre ressassaient ces informations en forme d'impasse, quand la sonnerie de la ligne interne retentit sur le combiné fixe.

— Encore un dépôt de plainte ? lança Guilloux en décrochant.

Depuis le début de la matinée, près d'une dizaine de concurrents de l'Intrail-Muros étaient venus porter plainte contre X au commissariat central de Saint-Malo. Y compris des coureurs dont le préjudice s'était borné à un sacré coup au cœur.

— Non, répondit l'agent d'accueil. J'ai là un monsieur Arthur Moreau qui demande à vous voir. En personne.

— Et moi j'adorerais voir le pape, lâcha-t-il, pince-sans-rire. Dis-lui que je suis en pleine bénédiction urbi et orbi.

— En quoi ?

Emma pouffa en sourdine.

— Rien, soupira-t-il, affligé par l'inculture du flic de base. Dis-lui juste que je suis occupé, et note l'objet de son bonjour matinal.

— Euh, patron... Arthur Moreau est le directeur de l'Intrail-Muros. La course qui vient de...

Un peu vexé d'être à son tour pris en défaut – ça l'apprendrait à être vannetais de naissance, et non malouin – le directeur de la PJ souffla dans le micro :

— OK, c'est bon, je sais ce que c'est. Envoie-le-moi.

Un quadragénaire qui lui ressemblait un peu, quoique plus athlétique et baraqué, vêtu d'un survêtement de marque, pénétra dans la pièce moins de trois minutes plus tard, escorté par un policier en uniforme d'une laideur rare.

— Merci Jojo, lança Guilloux à ce dernier. Apporte-nous trois cafés, s'il te plaît. Monsieur Moreau, je vous en prie, prenez un siège.

Le nouvel entrant posa une fesse sur le pastique thermoformé comme si le contact avec celui-ci avait le pouvoir de dissoudre son impressionnante musculature. Méfiant.

— Si ça ne vous ennuie pas, je vais consigner notre entretien en vidéo...

Le maître des lieux avait activé la webcam fixée au plateau de son secrétaire sans attendre l'approbation de leur visiteur.

— … Et vous demander pour commencer de décliner vos nom, prénom, âge, statut conjugal, profession et adresse principale.

— Moreau, Arthur, 37 ans, célibataire, organisateur d'événements sportifs, répondit-il sur un ton rogue. J'habite au 9 rue de la Palestine, à Rennes. Mais les locaux de l'Intrail-Muros sont hébergés par la Maison du Québec, à Saint-Malo.

— Vous avez fait vite, dites-moi, commenta Emma. La rue de la Palestine, c'est en plein centre de Rennes, non, près du parc du Thabor ?

L'un des quartiers les plus chics de la capitale bretonne.

— Exact. Mais pendant les quelques semaines avant et pendant la course, je prends toujours une chambre ici. C'est plus pratique pour tout superviser.

— J'imagine. Et donc, actuellement, vous résidez où ?

— À Saint-Malo. Au hameau Saint-Étienne.

— Mais encore ?

— Dans l'annexe Beauregard du *Repaire des corsaires*.

Les deux flics échangèrent un rapide regard connivent. Neuf mois auparavant, ils y avaient retrouvé le corps d'un sonneur de cornemuse, Paul Le Tohic, le chalumeau de son instrument fiché dans la gorge. L'enquête qui avait suivi était la première que menait Christophe Guilloux sur ses nouvelles terres malouines. Un succès, certes, mais un succès mitigé, entaché de fautes de procédures, comme la contribution de cet étrange groupuscule fantôme, la Breizh Brigade.

— Bien. J'imagine que nos collègues en uniforme vous ont déjà expliqué dans les grandes lignes ce qui s'est passé la nuit dernière sur les remparts.

— Bien sûr, admit-il avec un rictus plein d'amertume. Mais j'attends toujours qu'on m'indique l'identité des quatre victimes. Et qu'on m'autorise à leur rendre visite à l'hôpital. Vous comprenez, ce n'est pas que la responsabilité de mon entreprise qui est engagée avec cette histoire. Mais aussi la mienne, en tant que sportif et en tant qu'homme...

Il avait dit cela sans émotion réelle. Craignait-il autant pour sa conscience qu'il le prétendait, ou juste pour son business ?

— Nous n'en doutons pas, mentit le commissaire. Raison de plus pour nous aider à coincer les *vrais* responsables. Vous n'avez pas une petite idée de qui pourrait vouloir s'en prendre à votre course ou à vous ?

Comme cent pour cent des auditionnés confrontés à cette question, il opposa d'abord un non dubitatif. Peut-être parce que l'on ne se connaissait d'ennemis que lorsque ceux-ci passaient à l'attaque. Ou parce qu'il n'était jamais très flatteur de s'avouer la cible d'une telle animosité.

Moreau gratta sa chevelure très courte, presque rase, puis se ravisa, cette fois plus direct :

— Cela dit, ce ne serait pas la première fois que la concurrence me cherche des poux...

— La concurrence ? s'étonna Emma, peu sportive, et ce faisant peu au fait des épreuves locales.

— Il y a trois autres courses ou trails organisés à Saint-Malo. Les « 10 km de Saint-Malo », « La Passagère », et enfin le semi « Cancale-Saint-Malo ».

— Semi... marathon ?

— Oui.

— Et alors, recadra Guilloux. Qu'est-ce qu'ils vous ont fait de beau ?

— Bien sûr, c'est impossible à prouver. Ces petits malins ont choisi les spots qui ne sont pas couverts par la vidéosurveillance.

Quatre-vingts caméras scrutaient l'agglomération, mais le commissaire réclamait constamment leur augmentation à sa hiérarchie, jusque-là en vain. Les remparts, en particulier, n'étaient pas couverts par le réseau actuel.

— Vous les suspectez de dégradation ?

— C'est ça. Ils ont fait arracher la plupart des affiches en ville annonçant l'Intrail.

— Vous en avez la preuve ? Un témoin ?

— Non, non... Mais y'a pas des centaines de personnes susceptibles de vandaliser près de deux cents posters sur quatre cents installés, qui plus est en une seule nuit. Quelques-uns par-ci par-là je veux bien. Mais là...

Le caractère délibéré laissait peu de place au doute, en effet.

— Vous avez déposé une plainte ou une main courante ?

— Pff..., souffla-t-il, résigné. Qu'est-ce que vous auriez fait de plus ? Coller un agent devant chaque espace publicitaire ?

Les deux OPJ levèrent des sourcils impuissants. L'homme était désagréable au possible, mais il n'avait pas tort.

— Ça s'est passé quand, cette razzia sur votre campagne ?

— Y'a une dizaine de jours, le lendemain de la pose.

Comme si ceux qui avaient fait le coup étaient à l'affût, songèrent les flics sans le dire – leur vis-à-vis était déjà assez remonté comme ça.

*
* *

Une oreille collée à la porte du grand patron, un genou sur le lino du couloir, Joseph Prigent, alias Jojo, tirait la langue dans l'espoir de capter quelques miettes d'informations supplémentaires. La posture était d'autant plus difficile à tenir avec trois gobelets brûlants entre les mains. Le visage ainsi déformé, il prenait plus que jamais l'apparence d'une gargouille. C'était bien la première fois qu'il se désolait de la qualité du matériel au commico. Si le vantail avait été un chouïa moins épais, pestait-il, sans doute eût-il mieux perçu les voix à l'intérieur de la pièce.

Ah, si seulement Guilloux avait conduit ses auditions dans les salles du rez-de-chaussée prévues à cet effet, et pas dans son bureau. Ah, si seulement son nouveau dispositif pour détourner le flux vidéo des box d'interrogatoire avait pu être étrenné à cette occasion.

Jojo se voyait déjà le soir même au bar des Corrigan, faisant le fier devant son cousin Arnaud et les autres habitués. L'alcool y était bon et fort, certes, servi en abondance par ces dames, parfois même à l'œil. Mais aucune drogue n'était désormais aussi puissante à ses yeux que l'admiration qu'il lisait chez son auditoire, lorsqu'il déblatérait des nuits entières sur les affaires policières en cours. Lui le mal-fichu, lui le sans-grade, voilà qu'on le suivait avec plus de passion qu'une série sur Netflix. Et plus il fournissait de détails, et plus on faisait cas de sa petite personne…

Qui aurait résisté à cette came-là ?

— Putain, Jojo ! s'écria Emma en ouvrant la porte en grand, propulsant le mouchard et son chargement sur le sol. Qu'est-ce que tu fous dans nos pattes… à quatre pattes ?!

3

Saint-Malo, permanence de la course
La Passagère

« À pied ou en caisse ? » lança Emma Lobo dans le hall du commissariat.

De chez eux jusqu'au siège du groupe Roullier, il n'y avait certes qu'un kilomètre et demi à parcourir. Mais, au vu du crachin persistant, la question était pertinente.

— Oh, à pied, non ? trancha Christophe Guilloux.

Le débat ainsi clos, elle attrapa un pépin dans le porte-parapluies et sortit la première dans la rue, en éclaireuse. Une bruine dense piquait le ciel gris, où une paire de goélands s'amusaient dans les rafales de vent. Elle ouvrit l'ombrelle frappée du logo Police nationale et indiqua la direction à prendre d'un hochement de tête vers l'église Notre-Dame-des-Grèves.

Leur trajet traversait le quartier de Rocabey, en perpétuelle rénovation. Avec un peu de sensibilité pour ces choses-là, on pouvait y percevoir deux types de fantômes : ceux des vieilles villas détruites pour céder la place à des immeubles flambant neufs ; mais aussi ceux des projets immobiliers qui ne verraient jamais le jour. Au niveau de la gare, Emma mentionna en particulier la tour de vingt étages qu'une fronde de riverains avait réussi à abattre avant qu'elle ne sorte de terre.

— Ça ne t'étonnera pas si je te dis que notre ami Yves-Malo Bazin était en première ligne de ce combat-là.

L'évocation du président de l'AHSM, la principale association historique de Saint-Malo, tira un sourire un peu aigre à Guilloux.

— Faut les comprendre, dit-il. Ça doit pas être facile à combler, une retraite de plus de trente ans. Trente piges à buller, tu vois un peu le truc ?

— Ouais, t'as raison, c'est de la science-fiction…

L'édifice ultramoderne dans lequel ils ne tardèrent pas à pénétrer inspirait plus ou moins le même sentiment. On eût dit un vaisseau échappé de Star Trek. Dans le lobby inondé de lumière malgré la grisaille, une créature blonde les accueillit derrière un comptoir blanc et anguleux qu'aurait pu tailler Richard Orlinski en personne. Peut-être était-ce le cas, d'ailleurs. Le groupe familial fondé en 1959 générait plus de deux milliards d'euros de chiffres d'affaires annuels. Il avait amplement les moyens de s'offrir ce type de fantaisies.

— Vous êtes attendus ? s'enquit l'hôtesse.

Pour toute réponse, Emma se contenta de brandir son badge bleu, blanc, rouge et de réitérer la demande :

— Nous souhaitons nous entretenir avec Frédéric Louvain, le directeur de La Passagère.

Quand les OPJ avaient découvert que la course concurrente de l'Intrail-Muros était financée par Roullier, ils n'avaient pu s'empêcher de faire aux dirigeants de l'entreprise industrielle un procès en greenwashing. Promouvoir un événement sportif quand on polluait l'air de toute la région, c'était culotté mais c'était surtout une contre-stratégie de communication assez classique.

Louvain, sweat à capuche et lunettes en écailles, le genre pubard exfiltré en province, les reçut dans son immense bureau d'angle au sommet de l'édifice-paquebot. Comme un fait exprès, tous les murs de la pièce étaient recouverts de posters des précédentes éditions de La Passagère, laquelle se déroulait à chaque fois début mai, soit deux bons mois après l'Intrail.

— Elles sont belles vos affiches, lança un Christophe Guilloux retors. J'aime bien le côté rétro.

— Oui, ça semblait cohérent avec le point de départ de la course.

En l'occurrence Dinard, la station balnéaire voisine, connue pour ses splendides villas 1900 et son ambiance Belle Époque. C'est à peine si le nom de Timac Agro, l'activité engrais du groupe et sponsor de l'épreuve, se distinguait sur le fond de ciel bleu.

— Et celles de l'Intrail-Muros, vous les trouvez comment ? s'immisça Emma, plantée devant l'un des panneaux.

— Euh… Je n'ai pas vraiment d'avis. Ils jouent leur carte habituelle, nuit et pirates, c'est plutôt malin. Bref, chacun son style. Comme vous le savez peut-être, nous sommes plus mobilisés par des considérations médicales et environnementales.

Chaque année, La Passagère était en effet partenaire du Téléthon, auquel elle reversait 1 € pour chaque coureur inscrit.

— Donc elles ne vous déplaisent pas au point de vouloir les faire retirer ?

— Pardon ?! s'exclama-t-il, de toute évidence outré par la question. Vous cherchez à insinuer quoi, là ?

Leur hôte avait-il été informé de l'arrachage des publicités de l'Intrail ? L'écho des attaques de la nuit précédente était-il parvenu jusqu'à lui ?

À bien regarder la tension de ses maxillaires, ce malaise subit qui paraissait l'habiter tout entier, c'était probable dans les deux cas. Mais cela ne faisait pas pour autant de lui un coupable.

D'un bond, il prit place sur son fauteuil directorial et, en bon communicant qu'il était, il éprouva néanmoins le besoin de détourner l'attention :

— J'imagine que si vous êtes ici, c'est que vous avez discuté avec Arthur Moreau ? Et j'imagine aussi qu'il s'est gardé de vous parler de Lucas Portier ?

— En effet, admit Guilloux du bout des lèvres. C'est qui, ce Portier ?

— Lucas était son adjoint depuis la toute première édition de l'Intrail-Muros, il y a huit ans.

— Pourquoi « était » ? Il n'est plus de ce monde ?

— Il n'est plus de *son* monde. J'ignore les raisons exactes, mais Moreau l'a viré sans ménagement et sans les indemnités dues. Il y a quelques semaines à peine.

— Comment vous savez ça ?

— Oh, c'est simple. Lucas a frappé à notre porte dès le lendemain de son licenciement. Quand vous n'êtes pas un voileux, dans la région, les épreuves sportives qui recrutent ne sont pas si nombreuses.

— Mais j'en déduis que vous ne l'avez pas embauché ?

— Non. C'est pas que son profil ne nous intéressait pas, mais notre équipe est déjà au complet. Vous savez, même quand on est soutenus comme nous le sommes, des structures telle que la nôtre doivent rester réduites si elles veulent atteindre l'équilibre. On ne peut pas se permettre de gras en matière de ressources humaines.

Riche et pingre à la fois, songèrent de concert les flics en prenant place sur les deux fauteuils vacants. Le cuir pleine fleur crissa sous leurs postérieurs.

— Et ce Lucas Portier, il vous a un peu parlé de ses relations avec M. Moreau ?

— Il n'est pas entré dans les détails. Mais j'ai compris qu'il était très remonté contre lui.

— Vous sauriez dire pour quelle raison ?

— J'ai ma petite idée, oui, acquiesça-t-il avec une sorte de jubilation. Jusqu'au moment de se faire débarquer sans préavis, il envisageait plus Arthur Moreau comme un grand frère que comme un vulgaire patron. Faut dire que l'Intrail, c'était eux deux et basta. Arthur à la logistique, la com et la compta. Lucas à la permanence et à la gestion des concurrents. Quand je vous disais que nos entreprises reposent sur un nombre très restreint de personnes…

Pousserait-il l'indécence jusqu'à tenter de les apitoyer ? Rien qu'à voir ses baskets en cuir labélisées LV et l'iPhone dernier cri avec lequel il jouait non-stop, ses visiteurs devinaient qu'il gagnait au bas mot le triple d'eux. Peut-être plus que ça encore. Quoique de manière moins ostentatoire, Moreau aussi leur avait laissé cette même impression de vie facile, comme en témoignait son adresse prestigieuse à Rennes.

— Ça gagne bien, organisateur de trail ? lança Emma avec une feinte candeur.

— Eh bien, ça dépend ce que vous appelez « bien gagner »… Disons que, rapporté au nombre d'heures effectuées, c'est correct.

À ces mots, pudeur tardive et sans doute inconsciente, il avait rétracté sous sa chaise ses souliers vernis à un Smic chacun. Il était clair qu'ils n'obtiendraient plus grand-chose de lui.

Au retour, ils choisirent de passer par les petites rues de Rocabey, là où subsistait encore une poignée de maisons anciennes. Au niveau du marché couvert, ils croisèrent une armée de vieux traînant leur cabas à roulettes. Plusieurs d'entre eux leur décochèrent un sourire attendri, parfois presque envieux. Probablement les prenaient-ils pour un couple s'offrant une matinée buissonnière.

Un peu flattée, Emma prit la liberté de leur sourire en retour. Guilloux, lui, tout absorbé par ses pensées, paraissait ne pas les voir. Dans ce genre de quartier, les maisons rasées n'étaient pas les seuls fantômes.

— Alors, t'en penses quoi ? se risqua-t-elle après un long silence. Tu crois que Portier a pu vouloir se venger de Moreau en s'en prenant aux concurrents de l'Intrail ?

Une chose était certaine : l'auteur de ces méfaits était parvenu à faire passer son matériel au nez et à la barbe du contrôle. Plutôt qu'un concurrent, pouvait-il s'agir d'un personnel de sécurité, ou l'un des bénévoles dispatchés tout le long du parcours ? De plusieurs milliers, l'hypothèse réduisait le spectre des suspects potentiels à plusieurs dizaines. C'était mieux, mais c'était encore beaucoup trop.

— Je ne sais pas. Toi, tu chercherais à me pourrir la vie si je te faisais muter à Brest ?

— À Brest ?! éclata-t-elle de rire. Si c'était Brest, carrément. Lorient ou Saint-Brieuc, aussi, faut pas déconner. Par contre, Vannes ou Quimper, ça se négocierait…

La risette qu'elle lui décocha alors était si charmante, sorte de vaguelette sur l'onde de ses lèvres, que le commissaire en oublia presque son vague à l'âme. Non, décidément, ce n'était pas avec une affaire aussi modeste qu'il décrocherait le prestige et les galons tant espérés. Mais d'autres gratifications se profilaient peut-être, songea-t-il en chassant aussitôt cette pensée.

4

Saint-Malo, Manoir des Corrigan

« Waouh ! C'est pour moi que t'as fait Lilybeth aussi belle ?! » s'exclama Énora sur le perron de l'hôpital.

La jeune femme rousse, son crâne encore enturbanné, considérait avec joie la Coccinelle bleu nuit stationnée sur l'une des places de dépose-minute. La Volkswagen vintage, héritée par Maggie de feu son mari Constant, rutilait en effet comme jamais.

— Of course, my dear, qu'est-ce que tu crois ? s'indigna presque la conductrice adossée à la tôle impeccable, canne en main. Que j'allais venir te chercher dans un carrosse toute pourrite ? Come on !

Comme l'avait laissé présager Lorie Gazeau quelques heures plus tôt, l'état général d'Énora se révélait assez satisfaisant pour envisager une sortie anticipée. Mais la blessée avait dû malgré tout mettre un peu de pression sur le personnel soignant pour que ce fût le jour même de son admission, et non le lendemain, comme l'exigeait le protocole médical.

Maggie la prit par le bras et la guida jusqu'au siège passager. Les douleurs résiduelles empesaient encore sa démarche, hésitante, et chaque pas la voyait s'accrocher plus fermement à sa granny. La grand-mère assistait sa petite-fille, et ce monde à l'envers là semblait réjouir les deux femmes.

Mais une fois la clé enclenchée et le contact mis, le moteur de la voiture aux chromes clinquants toussota une bonne trentaine de secondes avant de daigner démarrer.

— Elle renâcle ?

— Well, tu sais ce que disait ton grand-père : Lilybeth n'est pas une bagnole comme les autres, c'est un baromètre. Alors si tu es down, elle est down, elle aussi.

— Eh bien, si ça peut nous permettre de rentrer à la maison en un seul morceau, tu peux lui dire que ça va déjà beaucoup mieux ! s'esclaffa-t-elle.

Maggie passa la première puis pressa l'accélérateur avec la célérité d'un pilote de rallye. Déjà la belle rétro filait sur la rampe conduisant à la rue, où un concert de klaxons courroucés accueillit son déboulé peu orthodoxe.

Dix minutes de slalom et de virages baroques plus tard, elles s'engagèrent dans la rue du Puits-Sauvage, petite voie champêtre en marge du hameau Saint-Étienne. Lilybeth n'avait pas fait plus de quelques tours de roue qu'elles avisèrent une étrange agitation devant l'entrée de leur *Manoir*.

— What the feckin' hell is that shite ?! grinça Maggie, qui devinait hélas la réponse.

Planté en travers du porche, un bouquet de roses dans une main, une nuée de ballons de baudruche dans l'autre, Jacques Gaillard attendait la maîtresse des lieux, tout sourire.

— T'étais au courant ? s'enquit Énora.

— Bleedin' no ! Qui pourrait imaginer qu'il soit aussi crétin ?

C'était bien de son amant officiel qu'elle parlait en ces termes si peu affectueux.

Maggie semblait furieuse, et pourtant un très léger sourire de contentement biffait son visage hiératique.

Elle s'apprêtait à changer de rapport et poursuivre sa route jusqu'au parking niché à l'arrière des dépendances, quand d'un taillis voisin surgit un groupe de trois musiciens, lesquels entonnèrent aussitôt un air folklorique irlandais au tempo très enlevé. Il y avait là un tambour, un violoniste, mais surtout un joueur de tin whistle, ce flûtiau métallique qui conférait à la mélodie toute sa vivacité.

À son écoute, la vieille dame jaillit de son auto et se rua sur son prétendant, lequel avait posé un genou à terre. À présent, on naviguait en pleine rom-com, genre qu'elle détestait, il ne pouvait ignorait cela.

— Tu sais quand même de quoi parle cette chanson, espèce de bollix ? lui lança-t-elle sans un bonjour.

— Euh, oui, de bateaux qui rallient Killybegs Harbour à Kinsale, c'est bien ça ?

Le septuagénaire costumé et cravaté, sa chevelure grise coiffée de frais, n'en menait pas large.

— Right, mais surtout de bateaux qui bravent et qui surmontent la tempête. Des bateaux qui rentrent au port, Jacques. Ça ne te paraît pas un tout petit peu offensive, vu le contexte ?!

— Je... peut-être, bredouilla-t-il, tous ses effets coupés. Je suis désolé, Maggs... Je ne voulais pas te blesser.

Chacun le savait, Jacques compris, le défunt époux de Maggie Corrigan, Constant, avait perdu la vie en mer vingt ans plus tôt, dans des circonstances demeurées troubles.

— Granny, suggéra une Énora parvenue aux côtés de sa grand-mère, tu ne crois pas que tu devrais quand même écouter ce qu'il a à te dire ?

— Well, si ça vous amuse d'écouter une mauvaise version de *Ships in full sail*... Be my guest.

Les musiciens, sans doute vexés, s'arrêtèrent sur le champ. Quant à Maggie, malgré sa réplique cinglante, elle paraissait elle aussi assez curieuse de voir comment Jacques allait se dépêtrer de sa sérénade si mal entamée.

Le pauvre reprit son souffle et se lança. En quelques mois seulement, c'était déjà la seconde fois qu'il demandait sa main à sa maîtresse. La première s'était soldée par un refus, certes tendre, mais néanmoins catégorique.

— Maggie Corrigan, mon amour, acceptes-tu de devenir ma f...

— Qu'est-ce qui se passe ? C'est quoi ce tintamarre ?

Alertée par la musique, Louise venait de débouler à son tour dans la rue. Ses yeux bleus allaient des vrais-faux irlandais au soupirant agenouillé, sans réussir semblait-il à tirer le fin mot de cette mise en scène un peu kitsch.

— Jacques est en train de faire sa grande déclaration à granny, commenta Énora, comme si l'intéressé était absent.

— Oh, génial ! Et t'as répondu quoi, maman ?

— Nothing ! s'agaça la doyenne des Corrigan en désignant Jacques de la pointe de sa canne. Ce jerk est incapable d'aligner plus de deux mots de suite.

— J'ai loupé quelque chose ?

Cette fois, la nouvelle venue blonde et replète n'était autre que Sophie Kervazo, la femme de ménage (et à tout faire) de leur maison d'hôtes.

— Jacques demande ma mère en mariage et il n'y arrive pas.

— Vous savez quand même que je suis là ? couina celui-ci.

Même Lilybeth, arrêtée en travers de la chaussée, paraissait vouloir ajouter son grain de sel à cet embrouillamini. On lui aurait donné la parole à cet instant qu'elle eût sans nul doute ajouté un petit commentaire perfide.

Jacques s'engouffra alors dans la brèche d'un bref silence et débita d'une traite, presque trop vite pour être tout à fait compréhensible :

— Maggie Corrigan... acceptes-tu-de-devenir-ma-légitime-épouse-j'ai-quitté-Catherine-j'ai-demandé-le-divorce-et-j'ai-pris-un-studio-à-deux-pas-d'ici.

— What ?!!!

Pour le coup, cela faisait un peu trop d'informations en une seule phrase. Toutes les spectatrices, la principale concernée incluse, en restèrent bouche bée quelques instants.

Avaient-elles bien compris ce qu'elles étaient supposées comprendre ?

Même Dodik Cadiou, l'insupportable commère du voisinage, sortie sur le pas de sa maison dès les premières notes, et qui pourtant ne devait capter que des miettes sonores de l'échange, avait l'air de mesurer le caractère critique de cette déclaration. Définitif, même.

Enfin Jacques le timoré avait franchi le pas. Enfin il avait sauté à l'eau pour celle qu'il aimait. Et, depuis ces remous agités, il tendit alors la main et saisit celle de Maggie, un peu tremblante, avant de réitérer une nouvelle fois son offre :

— Veux-tu devenir ma femme ?

— B'fhéidir, souffla-t-elle avec un accent gaélique à couper au couteau.

La réponse empreinte d'émotion interloqua plus encore l'auditoire, Gaillard le premier. Que devait-il décoder dans ce jargon irlandais ? Était-ce un yes, était-ce un no ? Hormis Maggie elle-même, tous semblaient suspendus à cette incertitude.

— Ça veut dire quoi, béditsh ? demanda Énora à l'oreille de sa mère.

— « Peut-être bien », un truc dans ce genre-là. Enfin, je crois.

Ce fut dit assez fort pour que les autres entendent.

Jacques blêmit un peu, puis son visage éprouvé par l'attente se fendit d'un large sourire. Le choc était tel qu'il en relâcha les ballons qui aussitôt disparurent dans le ciel couleur granit.

De la part d'une tête de mule comme Maggie Corrigan, un peut-être était bien plus qu'une hésitation, c'était déjà presque une promesse.

5

Saint-Malo, commissariat central,
bureau de Christophe Guilloux,
puis domicile de Lucas Portier

Christophe Guilloux relut les deux mails et soupira avec force à chacune des quelques lignes.

Les signaux en provenance de la mairie et de la sous-préfecture se voulaient on ne peut plus clairs : hors de question d'annuler l'Intrail-Muros. Francis Lemoine comme Étienne Mazurel ne qualifiaient l'attaque de la nuit précédente que de « regrettable incident » et, à les écouter, celui-ci ne devait pas entamer « l'exceptionnel engouement populaire » généré par cette épreuve, « l'un des pics de la saison sportive à Saint-Malo ».

En décodé, les municipales approchaient à grands pas et les édiles locaux envisageaient d'un très mauvais œil tout ce qui pouvait ternir le prestige de leur administration. Sans compter la colère probable des commerçants en cas de renoncement. Le cabinet du maire, sur la base des estimations fournies par l'office de tourisme et de sa directrice Fabienne Leroy, évaluait le manque à gagner pour l'économie malouine à près de quatre millions d'euros. Un chiffre invérifiable, mais qui frappait les esprits, et refermait le débat aussi sûrement qu'une porte sur les doigts.

En conclusion, la course serait maintenue à la date prévue, dans la nuit du 4 au 5 mars. Charge à Guilloux et son équipe de mettre la main sur les fautifs avant cette date…

Ses expirations bruyantes se chargèrent d'exaspération.

— Emma ? aboya-t-il en direction du couloir et du bureau voisin. Emma, on en est où des auditions des victimes ?

— Finies. Mais ça n'a pas donné grand-chose. Ceux qui n'étaient pas shootés aux calmants n'avaient rien de très probant à raconter. Ils courraient et bim…

— Je vois.

— Sans compter que l'une d'entre elles était déjà sortie de réa quand nos gars ont débarqué à Broussais.

— Ah bon ? Qui ça ?

Il perçut le tac-tac d'un clavier que l'on frappe pour consulter un PV, puis s'ensuivit un silence, et enfin sa consœur apparut sur le seuil, ses longs cheveux bruns froufroutés par l'humidité ambiante. Ça lui allait bien, ce petit côté chien fou. Emma Lobo était ce genre de femme que le maquillage affadit ; rien ne lui allait mieux au teint que le naturel.

— Énora Corrigan, dit-elle.

— Corrigan… comme Maggie Corrigan ?

Éphémère suspecte dans l'affaire Le Tohic, la vieille dame à la canne croisait un peu trop la route des autorités à son goût. Et si rien ne l'incriminait jamais en propre, ni elle ni ses parentes, la simple évocation de leur patronyme avait le don de l'agacer.

— Yep, c'est sa petite-fille. Sans rapport : on fait quoi pour les agents de sécurité du trail ? On les interroge tous, ou juste leur boss ?

— Tous. Le Cam vient de me donner le feu vert pour l'ouverture d'une enquête préliminaire. Avec une CR pour perquisitionner chez Portier en cadeau bonux.

La procureure de la République de Saint-Malo affichait la disponibilité d'un McDo de centre-ville, 7/7 et 24/24. Comme dans le cas présent, cela se révélait assez pratique pour démarrer des investigations pied au plancher.

— Bonux ? pouffa-t-elle. Tu sais quand même que la marque n'existe plus depuis au moins vingt ans ?

*

* *

Lucas Portier résidait dans le quartier dit du Limoëlou, une zone rurbaine au nord-est de la ville connue pour abriter la maison natale de Jacques Cartier, transformée depuis en musée à la gloire de l'explorateur. Mais le lotissement où débarquèrent les flics en cette fin d'après-midi était moins composé de manoirs en granit que de vulgaires pavillons en parpaings, tous identiques. Comme dans nombre de stations balnéaires, les natifs du lieu avaient toutes les peines du monde à se loger à un prix raisonnable. Avec ses quelque 30 % de résidences secondaires, la plupart du temps inoccupées, Saint-Malo ne dérogeait pas à ce régime, impitoyable pour les classes modestes du cru. C'est la raison pour laquelle les simples employés se voyaient parquer dans ces ensembles sans charme à l'intérieur des terres, lesquels champignonnaient à vue d'œil.

— Lucas Portier ? lança Guilloux à l'ouverture de la porte rouge brique.

— Oui, c'est moi...

— Police judiciaire de Saint-Malo. Nous sommes diligentés pour perquisitionner votre domicile.

Le trentenaire dégarni qui leur avait ouvert paraissait hébété. La demi-douzaine de brassards orange qui lui faisait face ne devait pas constituer l'ordinaire de ses visites. Un gamin tout juste en âge de marcher, chandelles morveuses au nez, s'était réfugié entre ses jambes.

— OK... Mais je peux savoir dans quel cadre ?

— On va vous expliquer tout ça à l'intérieur, tenta de le rassurer Emma, désignant d'un pouce le voisinage qui déjà se penchait aux fenêtres.

Quoique sonné, leur hôte manifesta toute la bonne volonté possible en de telles circonstances, ouvrant lui-même tiroirs et placards aux trois agents fouineurs venus retourner son logis.

Enfin, interrogé dans son salon à la déco minimaliste, l'enfant confié à une femme aussi discrète et standard que leur maison, il répéta presque mot pour mot la version donnée par Frédéric Louvain, plus tôt dans l'après-midi.

— Donc si on vous suit bien, vous n'avez aucune idée des raisons pour lesquelles M. Moreau vous a licencié de manière aussi abrupte ?

— Je ne dirais pas aucune, mais pas très claires...

— Vous pourriez être plus spécifique ?

— J'ai bossé pas loin d'une dizaine d'années pour M-Trail, sa SAS. On s'entendait super bien, tous les deux.

Au début, j'avais conscience d'être un peu sa caution malouine – ma famille vit ici depuis toujours – mais on avait de bons rapports. On se complétait pas mal, tous les deux. Franchement, la plupart du temps j'avais l'impression de bosser avec un pote, et pas pour un patron.

— J'imagine quand même que votre lettre de licenciement invoque quelque chose de précis ? intervint Emma. D'un point de vue légal, on ne peut pas virer quelqu'un comme ça, sans raison.

Le droit du travail appliqué au secteur privé n'était pas sa spécialité, mais elle en savait tout de même assez pour se souvenir que quatre principaux motifs pouvaient être cités par un employeur : la faute, grave ou non ; le motif personnel ; l'inaptitude ; et pour finir la cause économique.

— Le Covid. Il a fait valoir les pertes dues à l'annulation de l'Intrail deux années de suite.

— Attendez, il n'a pas reçu de subventions pour financer votre chômage partiel ?

— Si, mais justement... Il a prétendu qu'entre la fin des aides et la reprise de l'activité, M-Trail n'avait plus aucun revenu, moyennant quoi il ne pouvait pas me garder.

— J'en conclus que, de votre point de vue, c'était faux ?

— Bien sûr que c'était faux. Il oublie que j'avais accès aux comptes et que, pendant ce temps-là, je voyais bien que monsieur continuait à payer son appart de dingue à Rennes sur le dos de la société. Je ne vous parle même pas des restaus à cinq cents balles avec des soi-disant partenaires potentiels, ou des week-ends en relais & château.

Des abus de biens sociaux caractérisés, si les faits étaient avérés.

— Donc les sous pour me garder, s'il avait voulu, il les aurait trouvés, poursuivit Portier. Il a juste choisi de me sacrifier plutôt que de renoncer à son train de vie.

— Admettons..., s'impatienta Guilloux. Vous-mêmes, où étiez-vous la nuit dernière, entre 1 et 2 heures du matin ?

Un plissement de son front trahit un début de nervosité. Même limogé, il était probable que la rumeur locale l'avait déjà informé des événements survenus sur les remparts.

— Ici. Ma femme peut vous confirmer.

— Elle ne dormait pas ?

— Non, ni moi non plus. Le petit nous a fait une belle poussée de dents. Moralité, on n'a pas fermé l'œil avant au moins 4 heures.

Christophe Guilloux reçut cet alibi, aussi fragile que le placoplatre environnant, d'un sourire vaguement compatissant – il ne comprendrait jamais l'acharnement des couples aussi modestes à s'encombrer d'une telle marmaille.

— Mais vous savez, plaida-t-il sa cause avec autant de conviction que lui permettait sa petite nuit précédente, ce n'est pas parce que j'en veux à Arthur de m'avoir jeté comme un malpropre que je serais allé m'en prendre aux coureurs. Pour moi, l'Intrail, c'est pas loin de dix ans de boulot acharné. Je serais incapable de bousiller un truc pour lequel je me suis autant donné.

— Moreau vous a quand même mis sur le carreau. Je ne sais pas combien vous touchez de Pôle Emploi, mais j'imagine que ce n'est pas la grande richesse...

— Ah je vous arrête tout de suite, s'écria-t-il. J'ai pas eu le temps de m'inscrire.

— Comment ça ?

— Après le refus de Louvain, j'ai retrouvé aussi sec un job, dans une salle de sport, *VO2Max Studio*. Je gère les abonnés.

Sa situation n'était donc pas aussi critique qu'elle en avait l'air.

— Vous avez une copie de votre contrat de travail ?

— Bien sûr ! approuva-t-il en se levant d'un bond, trop content de pouvoir se disculper. Je vous apporte ça de suite.

Revenu presque aussitôt, une liasse agrafée en main, il éprouva malgré tout le besoin d'ajouter :

— De toute façon, je suis pas du genre à me faire justice moi-même. Ça aussi, vous pouvez le vérifier : j'ai saisi les prud'hommes pour licenciement abusif dès la semaine qui a suivi mon départ.

— On vérifiera, confirma un Guilloux impavide.

— Alors oui, j'ai bien l'intention de faire payer Moreau pour son coup de p… son coup tordu, se reprit-il de lui-même, mais à choisir je préfère que ce soit *lui* du mauvais côté de la barre. Pas moi.

« On a fini, patron », annonça de manière presque synchrone le chef d'équipe chargé de la perquisition, réapparu dans le vestibule avec la discrétion d'un chat. La fouille n'avait rien produit de très probant. Aucun câble en acier, aucun mousqueton ou autre matériel d'accastillage n'était planqué dans le foyer des Portier, pas plus que dans leur jardinet à l'arrière ou dans l'unique voiture du couple, une Panda vert émeraude hors d'âge.

À peine remontés dans leur 208 banalisée, garée devant une maison en tous points semblable à celle qu'ils venaient de quitter, Guilloux exigea de son adjointe :

— Fais-moi plaisir : tu nous le branches et tu nous le fais filocher H24.

— À partir de quand ?

— Maintenant.

— Tu ne le sens pas ?

— Non, tu penses, c'est juste ma poussée dentaire qui me rend parano.

— Je rigole pas, là…

— Et moi je suis à poil. Donc tant qu'on n'a pas mieux que Portier et ses petits comptes minables à régler, on se cogne du Portier.

Il n'était pas toujours très drôle, mais il était méthodique, elle devait lui accorder ça. À sa façon, plus janséniste tu meurs, et sans qu'elle comprenne vraiment pourquoi, cela contribuait à le rendre sexy, ce satané breton du Sud exilé au Nord.

6

Saint-Malo, Manoir des Corrigan, *salle commune*

B'fhéidir, maybe, peut-être..., songea ce soir-là Maggie, en prenant place derrière son bureau. Peu importait au fond la langue dans lequel elle l'exprimait. Elle qui n'était d'ordinaire que détermination et résolution, aussi imperturbable que la trajectoire d'une flèche, voilà que l'hésitation la ballottait à la manière d'une coque de noix livrée à la houle. Autant dire qu'elle détestait une telle sensation.

Pourtant, Jacques avait cru utile d'ajouter au « panier de la mariée », une promesse déjà faite, jusque-là non tenue, et dont la valeur n'échappait à personne : l'obtention pour le bar clandestin des Corrigan d'une licence IV. Sa presque-fiancée se laisserait-elle prendre à ce piège grossier ? Était-elle si vénale ? Se mariait-on dans le seul but d'écouler un peu plus de bibine (désormais légale) ?

Un étage plus bas, les clients habituels, vautrés qui sur les petites tables rondes qui sur le zinc, débattaient avec ardeur de cette éventualité. Certains s'en réjouissaient

– plus besoin pour eux de se cacher ni de passer par la petite porte dérobée dans le mur d'enceinte.

Mais pour d'autres, majoritaires, la perte de clandestinité de leur bar favori ne constituait pas une bonne nouvelle, bien au contraire. À les écouter entre deux gorgées de rhum, une grande part de son charme tenait à cet aspect transgressif. Le plus pleutre d'entre eux se sentait un peu pirate, à aligner les pintes dans ce repaire feutré loin de l'intra-muros.

— Bon, c'est pas tout ça, finit par lancer Arnaud Prigent, pilier du lieu, à son cousin Jojo. Ils en sont où de leur enquête sur l'Intrail-Muros, tes couillons de patrons ?

Arrimé au comptoir comme à l'accoutumée, à deux pas de ce mannequin de cire presque aussi affreux que lui, Joseph Prigent ne cachait pas sa satisfaction. Rien ne le flattait plus que d'être consulté sur les affaires policières en cours. Le temps d'une confession alcoolisée, il se sentait aussi important que ses chefs, oubliant quelques instants le mépris que ces derniers lui manifestaient à longueur de journée. Il résuma donc l'état du dossier avec tous les détails dont il disposait, en particulier la piste à ce jour la plus consistante :

— Lucas Portier, il s'appelle… Il a été lourdé par Moreau y'a moins d'un mois.

— Ah oui, je le connais Portier. Un bon gars. Mais c'est quand même chelou de virer son bras droit juste avant l'événement qu'on organise, tu trouves pas ?

À l'inverse de son parent, plus Arnaud buvait, plus il affichait des idées claires.

— T'as pas tort, mon Nono, t'as pas tort…

Affairée non loin de là au service des autres pochtrons, Énora s'offusqua en silence que l'on attribue *son* surnom à une pareille épave. Puis elle tendit l'oreille avec un regain d'attention.

— C'est même d'autant plus con, reprit le flic à tête de stryge, que sans Portier, Moreau est aux fraises, à Saint-Malo. Celui des deux qui a les bons contacts ici, le vrai malouin pur jus, c'est Portier, pas l'autre Rennais de mes deux.

Il disait cela comme s'il était lui aussi du cru, lui le Brestois de père en fils. Mais désigner plus étranger que soi-même à la vindicte populaire était bien souvent le meilleur moyen de ne pas finir dans le rôle du bouc émissaire. *A fortiori* dans une communauté aussi fermée. *A fortiori* avec une tête à faire peur comme la sienne. Tout ce qui faisait diversion était bon à prendre, quand on ressemblait à Jojo Prigent.

— De toute façon, si j'ai bien compris, pour le moment on n'a rien trouvé sur lui. La perquis de son pavillon au Limoëlou a fait chou blanc – pas de câble ou de mousquetons –, et son alibi a l'air correc'.

— Ben faut dire qu'il faudrait être assez crétin pour se venger comme ça. C'est quand même pas très fin, comme attaque.

Entendre un balourd aviné tel qu'Arnaud donner des leçons de subtilité criminelle valait son pesant de chouchen. Les autres convives n'en abondèrent pas moins, grognant leur approbation avant de se rincer une nouvelle fois le gosier.

— Ils vont faire quoi, alors, à la mairie ? rebondit Nono après avoir vidé son verre et commandé son petit frère d'un simple index levé. Ils vont annuler la course ?

— Non, tu penses... Guilloux-mes-genoux a donné son feu vert pour que le truc ait lieu quand même.

— Ah bon ?! À la date prévue ?

— Ouais. D'ailleurs, il faut croire que ces abrutis ne se sont pas pris assez de pots cassés dans la gueule à leur goût.

La manière dont il parlait de sa hiérarchie eût valu pour révocation immédiate, si elle était revenue aux oreilles concernées.

— Pourquoi tu dis ça ?

— Ben devine ce qu'ils ont autorisé ce soir, à minuit ?

L'autre gratta son crâne dégarni sans y trouver de réponse. Minuit, ce n'était jamais que dans une heure, autant dire la minute d'après quand on avait l'esprit déjà aussi embrumé.

— Un autre entraînement sur les remparts, s'exclama un Jojo indigné. Comme celui qui a fini en partie de bowling la nuit dernière.

— Ah les cons ! Dis-moi au moins qu'ils vont renforcer les contrôles ?!

Son cousin haussa des épaules ignorantes et replongea son nez difforme dans le liquide ambré qui attendait d'être avalé.

Aucun des deux ivrognes – pas plus que ceux qui les entouraient – ne nota l'émotion que leurs propos avaient suscitée chez la jeune femme rousse, au crâne coiffé de gaze, qui venait de remplir leurs verres.

S'assurant que personne ne prêtait attention à elle, Énora se posta alors à quelques centimètres seulement des yeux morts de « Constant », la statue de cire grandeur nature accoudée au bar, puis murmura :

— J'y vais…

Un étage plus haut, elle le savait, attablée devant l'ordinateur portable où débouchaient les images captées par le regard électronique, Maggie recevrait son message. Trop tard toutefois pour tenter de la retenir.

— Et je sais où je vais me planquer, ajouta-t-elle avant de quitter la pièce et son brouhaha.

Ne restait plus qu'à espérer qu'une certaine personne de sa connaissance la laisse faire à sa guise. B'fhéidir, maybe, peut-être.

Horaires des marées à Saint-Malo

2 mars	
Marée basse	10 h 06
Marée haute	03 h 12
Marée basse	22 h 41
Marée haute	16 h 15

7

Nuit du 1er au 2 mars, Saint-Malo, les remparts, crêperie Le Corps de garde

Sans difficulté aucune, Énora approcha du parcours balisé de l'Intrail-Muros, lequel démarrait au pied des silos érigés à l'extrémité du bassin Duguay-Trouin. La première attaque avait certes dissuadé certains concurrents, mais les défections demeuraient somme toute assez contenues. La preuve avec la foule qui se pressait devant le barnum où s'effectuait le contrôle des badges. À minuit tout juste, ils étaient déjà plusieurs centaines à vouloir s'entraîner sous un crachin aussi têtu qu'un Malouin de souche.

— Votre sac, mademoiselle, lui enjoignit d'un ton sec un agent de sécurité en blouson bleu marine.

La jeune femme rousse, son bandage crânien caché par un fin bonnet en coton, s'exécuta sans broncher. Une fois la fouille effectuée, elle nota le nom de la société floqué dans le dos du « pas-tibulaire-mais-presque », comme les appelait Sophie : Sport & Sécu. « Ça fait SS », ne put-elle s'empêcher de noter.

Sans difficulté ou presque – ses ecchymoses la lançaient encore à chaque foulée –, elle trotta parmi les runners à lampe frontale qui remontaient l'interminable avenue Louis Martin. On aurait dit une retraite aux flambeaux pour sportifs profanes. Une procession en accéléré. En passant devant le poste de pompiers, bâtiment immaculé frappé d'un gigantesque 18, elle eut une pensée reconnaissante pour ceux qui l'avaient prise en charge la veille au soir.

Une fois franchi le pont-écluse flambant neuf, un modèle tournant inauguré deux ans plus tôt, elle suivit la troupe caracolante sur la gauche, entre les remparts et le port de plaisance, jusqu'à la Grand-Porte. Derrière les barrières de sécurité, une foule étonnante pour l'heure, l'odeur du sang probablement, s'était amassée pour encourager les coureurs.

Sans difficulté toujours (quoique), elle grimpa les marches menant au sommet de cette dernière. Avec la pluie, chaque dalle de granit se muait en savonnette. Comme les autres concurrents, elle agrippa la rambarde en métal vermoulu de toutes ses forces, sous l'œil de la vierge à l'enfant, la statue protectrice de la ville. Elle ne croyait pas à ce genre de choses, mais constata malgré tout avec soulagement qu'elle était jusque-là saine et sauve. « Jusque-là… »

Car au moment de s'engager sur le tronçon de rempart rectiligne menant au bastion Saint-Louis, elle ne put réprimer un haut-le-cœur angoissé. Chuterait-elle à nouveau ? Le cinglé qui l'avait fauchée allait-il frapper cette nuit encore ? Ses enjambées se faisaient plus courtes, plus hésitantes. Elle multipliait les regards suspicieux en direction de ses camarades. Mais le groupe sur lequel elle avait calé son rythme dépassa le lieu de son accident, et au-delà jusqu'à la Hollande, sans qu'aucun incident ne survienne. Elle en venait presque à douter des circonstances de sa cascade. Était-il réellement question d'un câble tendu en travers de la course ? N'avait-elle pas fantasmé tout cela ? Les propos de Jojo Prigent, moins d'une heure auparavant, lui revinrent pourtant en mémoire. Si Guilloux et ses sbires l'affirmaient, alors elle n'avait pas rêvé.

Sans la moindre difficulté, croyait-elle, elle convaincrait son ex Soizic de l'aider à traquer l'éventuel récidiviste. Mais sur la terrasse du *Corps-de-garde*, la crêperie face-mer où servait la jeune femme aux cheveux rouge sang, celle-ci se montra bien moins arrangeante qu'Énora ne l'escomptait.

— Donc c'est ça ton idée de nos rapports : je te file des coups de main quand ça te chante et toi tu ne me donnes rien en retour ?

— Soize..., soupira-t-elle. Le prends pas comme ça. Tu sais très bien pourquoi et comment ça a fini entre nous.

— Non, je ne sais pas.

— Putain, tu te tapais tout Saint-Malo dans mon dos !

Quelques clients attablés à l'intérieur gloussèrent – trail oblige, la terrasse était condamnée le temps de l'épreuve. D'autres s'offusquèrent. Même le dragon tatoué sur l'avant-bras de la serveuse paraissait avoir son avis sur la question.

— Ben quoi, on s'est jamais dit qu'on était exclusives.

— Laisse tomber... Je peux planquer ici, ou je peux pas ?

Bien qu'un peu plus petite qu'elle, Soizic plaqua brusquement ses lèvres sur celles d'Énora en guise de réponse. Sans préavis.

— Eh ! Ça va pas bien ?!

— Je préfère être payée d'abord, si ça t'ennuie pas.

— Merde ! Qu'est-ce que tu ne comprends pas dans « c'est fini entre nous » ?

— Oh ça, tu vas pas me chier une complète-andouille pour un petit bisou de rien du tout. Allez, viens, suis-moi. Je sais d'où tu pourras chouffer les coureurs sans être vue.

D'un bras ferme, elle tira la joggeuse à bonnet jusqu'à l'un des deux tonneaux qui encadraient la porte d'entrée vermillon, côté Bon-Secours.

— Voilà ! dit Soizic.

— Attends… Tu veux que je me cale là-dedans ! s'écria Énora.

— Pourquoi ? T'as pris du cul depuis que tu m'as larguée ?

La cachette n'était pas des plus confortables – ses blessures comprimées par l'exiguïté la mettaient au supplice –, mais il fallait avouer que la vue offerte par le trou sur le flanc de la barrique était excellente.

De là, la plus jeune des Corrigan pouvait observer à loisir les allées et venues entre la tour Bidouane et le bastion de la Hollande. Plus les minutes passaient et plus le trafic des coureurs à l'entraînement se densifiait. Il devenait de plus en plus difficile de repérer un individu donné dans la masse. Seuls quelques originaux bariolés de tenues fluo sortaient du lot. Les autres ne composaient qu'un seul tableau mouvant et indistinct, aux contours brouillés par le rideau de pluie. Une fois ou deux, elle crut apercevoir un sac à dos de taille plus conséquente, et ce faisant suspect. Mais elle avait pu constater de ses yeux que le contrôle des bagages était consciencieux. Sans compter les gros-bras de Sport & Sécu et les agents de police disposés tout le long des douze kilomètres du parcours, dont la présence rendait *a priori* délicates les tentatives d'infiltration sauvage.

Plus d'une heure s'était déjà écoulée. Elle ne sentait plus ses membres, mâchés par la contention, désormais incapable du moindre mouvement (même d'amplitude modeste), prête à renoncer. Quand une série de hurlements paniqués stria l'obscurité et le silence.

— Ça vient d'où ? demanda une ombre parmi les ombres.

— De la Hollande ! s'écria une autre silhouette tout aussi vague.

S'extraire du tonneau occupa Énora deux bonnes minutes, tant chacun de ses gestes lui paraissait désormais entravé par une gangue de plomb. Une fois sortie, elle tituba sur quelques mètres, au milieu des inconnus affolés – certains s'étaient mis à cavaler de plus belle, d'autres restaient figés sur place, statufiés de peur.

Lorsqu'elle parvint au lieu indiqué, la première chose qui la frappa fut l'étroitesse du passage choisi pour cette nouvelle agression. L'esplanade de la Hollande faisait en effet figure d'exception sur les remparts : en haut, coté ville, un espace verdoyant, vaste et dégagé, surplombant la mer et les deux versants sinueux des remparts ; en contrebas, côté mer, un boyau très étroit, où l'on pouvait à peine se croiser. C'est là qu'avait été tendu le câble du jour, entre le socle d'un canon et le faîte du mur opposé, presque aussi haut qu'un homme. D'ailleurs, le corps qui reposait à même le granit n'avait pas été touché aux tibias, comme Énora et ses trois camarades, mais bel et bien à la gorge. Si l'homme avait été plus petit, il eût été lacéré à la bouche ou aux yeux. Un filet de sang s'échappait de son cou, sans que l'on puisse apprécier la gravité du préjudice. Déjà, agenouillé auprès du blessé, un secouriste improvisé tâchait de contenir le flux de ses deux mains croisées sur la plaie.

— C'est bon, le SAMU et les pompiers sont en route, indiqua une voix anonyme parmi les curieux.

Mais cette précision ne parut rassurer aucun des concurrents alentour, tous mutiques. À un ou deux pas près, pensaient-ils, c'est eux qui auraient pu être décapités. En un sens, la victime à leur pied avait été punie pour sa vitesse.

Un grand gaillard très athlétique, aux cheveux ras et au teint blême, se fraya alors un chemin au milieu des badauds. « Laissez-moi passer, nom de Dieu », intimait-il d'une voix peu amène. Tandis qu'il se glissait au premier plan, presque au contact du blessé, l'une de ses épaules de déménageur heurta Énora, sans un mot d'excuse.

« Arthur Moreau », songea-t-elle en convoquant les photos qu'Alain, son père, avait extraites des archives du *Pays malouin*, et envoyées à Louise.

— Bordel, mais c'est pas possible ! hurla-t-il à l'adresse des cerbères qui le suivaient. Comment vous avez pu laisser passer une merde pareille ?! Vous servez à quoi, putain, si vous n'êtes pas capables de fouiller un sac ?

À ces mots, il agrippa le filin en acier à pleine main – un vrai battoir – et le secoua de toutes ses forces.

Son indifférence au sort du gisant était choquante. Abjecte, même, du point de vue d'une autre victime. Mais il fallait bien admettre que sa question visait juste : comment diable le responsable de ce nouvel attentat avait-il pu déjouer la surveillance renforcée mise en place depuis la veille ? Dans quel infime interstice du filet sécuritaire ce poisson hostile avait-il donc pu se faufiler ?

Elle aussi, la furtivité du « terroriste » la laissait pantoise.

Moreau allait reprendre ses invectives, lorsque l'apparition de plusieurs uniformes le fit redescendre d'un coup et d'un ton. Alors seulement il parut mesurer le climat de psychose qui régnait parmi les participants attroupés.

— Ça va aller, lança-t-il *mezza voce*, reprenant le leitmotiv en boucle, tel un mantra. Ça va aller. De toute façon, l'Intrail aura lieu à la date prévue, quoi qu'il arrive. Vous m'entendez ?

Était-il le seul à ne pas réaliser à quel point cette perspective était secondaire, voire indécente, au regard du drame présent ? Des mines chiffonnées approuvèrent avec mollesse, et sans doute aussi un peu de lâcheté.

— On va quand même pas se laisser impressionner par un abruti pareil, hein ? appuya-t-il.

Mais dans les regards qui fouillaient la pénombre, Énora pouvait lire autant d'effroi que d'indignation. Certains d'entre eux devaient en soupçonner d'autres. Et ceux qui ne partageaient pas cette défiance généralisée se demandaient sans doute pour quel obscur motif Arthur Moreau faisait primer ses intérêts (son orgueil ?) sur leur propre sécurité.

Lui seul détenait la clé de cette énigme-là.

8

2 mars au matin, Saint-Malo,
cimetière de Rocabey

« Ben, tu sors granny ?! s'étonna Énora en croisant sa grand-mère dans le hall du *Manoir*. Je devais pas vous débriefer sur ce qui s'est passé cette nuit sur les remparts ? »

— Oh ça va, gimme a break, c'est pas l'usine, non plus !

Sa cape de pluie déjà passée sur les épaules, coiffée d'une sorte de bob imperméable, Maggie cherchait de toute évidence à sortir de la malouinière en catimini. Elle paraissait un peu gênée d'avoir été interceptée par sa petite-fille, gamine de 70 ans prise sur le fait.

— Non, mais faudrait savoir, s'agaça Énora. Je croyais que la Breizh Brigade passait avant tout le reste ?

— Oui, oui, sorry, éluda-t-elle d'un mouvement de canne. Of course. J'ai juste besoin d'une petite pause.

— Une pause… dans notre enquête, tu veux dire ?

La matriarche approuva d'un hochement de tête mélancolique qui lui ressemblait bien peu. Son regard d'un bleu lagon vaguait sur les boiseries en acajou et les marines accrochées au mur. Tant de *ships in full sail* sur ces toiles idylliques, tant de bateaux qui rentraient indemnes au port... Un seul sujet, ou plutôt un seul homme, était susceptible d'inspirer de tels sentiments à Maggie Corrigan : son défunt mari, Constant.

— Et je peux savoir où tu vas de si bon matin ?

— Viens avec moi, si tu veux, dit Maggie sans répondre à la question.

Un plateau chargé de *potato farl* entre les mains, Louise apparut à son tour dans le vestibule. C'était l'heure du petit-déjeuner pour les quelques pensionnaires du lieu – dont une poignée de participants à l'Intrail-Muros.

— Vous allez où ?

— Je ne sais pas, répliqua Nono du tac au tac. Mais vu la tête de granny, ça a l'air important. À ta place je viendrais avec nous.

Important, ça l'était. Lugubre aussi. Lorsque Maggie gara une Lilybeth à la carrosserie perlée de gouttes devant le cimetière de Rocabey, un quart d'heure plus tard, ses deux passagères ne purent masquer leur étonnement.

— Je pige pas..., dit Louise. Je croyais que ça te filait le bourdon de te recueillir sur sa tombe ?

— Because c'est pas la sienne qu'on vient voir.

— Ah bon ? Celle de qui, alors ?

La conductrice inspira un grand coup :

— Vous vous souvenez de la nutty old lady qui m'a attrapée à la cathédrale, pendant la messe en mémoire de Constant ?

— Celle qui prétendait l'avoir vu passer en bateau derrière Cézembre le jour de sa disparition ?

Cette thèse (inédite) contredisait les conclusions de la police vingt ans auparavant. Selon la version officielle, le

L. T Meade, le petit bateau de pêche de Constant Corrigan, avait sombré dans le chenal entre le Grand Bé et Cézembre. Une passe étroite et peu profonde, distante de quelques centaines de mètres seulement de la plage, où ni l'esquif ni son barreur n'avaient jamais été retrouvés.

— Elle-même. Renée Magon.

— Quel rapport avec... ? demanda Louise, aussitôt interrompue par sa mère.

— Et maintenant vous voyez ce groupe de gens dans le cimetière ?

Au-delà de la grille, sous un bouquet de parapluies aussi noirs que les tenues, on distinguait en effet un rassemblement assez conséquent. Au jugé, une bonne cinquantaine de personnes agglutinées autour d'un prêtre en aube et étole – elles reconnurent le curé qui avait officié la dernière cérémonie en hommage à Constant.

Au rayon gaudriole, il faudrait repasser.

— Elle est là ?

— On peut dire ça, in a way. Elle est dans l'urne qui va être ajoutée au caveau familial des Magon.

— Magon, comme *the* Magon de Saint-Malo ? releva Louise, sa curiosité soudain piquée au vif.

Dans l'histoire des grandes familles malouines, les Magon incarnaient ce qui se faisait de plus prestigieux : armateurs, négociants, corsaires, et surtout immensément riches durant près de trois siècles. Une sorte d'aristocratie au sein de la bourgeoisie locale.

— Yes my dear. Guillaume Magon a pris son temps – pas loin de six mois depuis la mort de Renée – mais il a fini par l'accepter au milieu de ses ancêtres.

— Pourquoi il aurait refusé ?

— Parce qu'elle n'était que la seconde épouse de son père, François, mort il y a trente ans.

— Une femme illégitime aux yeux des héritiers, c'est ça ?

— C'est ça. Same thing pour Alice, la fille de Renée, la demi-sœur de Guillaume.

Tout en poursuivant son exposé généalogique, Maggie était sortie de la voiture et s'était engagée dans la longue et sinistre allée bordée de tombes. C'est à peine si l'on devinait un arbre ou deux au fond de ce parterre de marbre et de granit. Un refuge éternel à l'image de ce rocher qu'était Saint-Malo, par essence minéral

— Elle est morte, elle aussi ?

— Oh no. Elle est juste là.

De la pointe de sa canne, elle désigna une quinquagénaire plus austère encore que les autres participants à la cérémonie. Au premier coup d'œil, on pouvait dire que le chignon serré et la robe noire composaient l'apparence ordinaire de cette femme, et pas juste une panoplie de circonstance.

— Tu veux la cuisiner sur ce que t'a dit sa mère ?

— B'fhéidir, répondit Maggie, un sourire malicieux aux lèvres.

Mais lorsqu'elle aborda Alice Magon d'une main posée sur l'avant-bras, l'intéressée lui opposa un regard furibard, s'éloignant aussitôt d'un pas qui leur parut aussi large et béant que le caveau voisin, grand ouvert. « Vous ne croyez pas que le moment est mal choisi ? Vous ne voyez pas que j'enterre ma mère ? » criaient ses yeux gris.

— En même temps, argua Louise à l'oreille de Maggie, mets-toi à sa place une minute. Faut avouer qu'il y a de meilleures occasions que celle-ci pour venir l'interroger sur nos vieilles histoires…

— Qu'est-ce que tu crois ? cingla Maggie en retour. Ça fait des mois que j'essaie de la joindre au téléphone et que cette bitchy bitch ne me répond pas.

La bâtarde éplorée, décidément peu encline à leur parler, s'était rapprochée d'une autre grappe en habits de deuils. Il y avait là une femme encore assez jeune, à vue de nez dans la trentaine, encadrée de deux gamins, une préado d'environ 11 ou 12 ans, et un garçonnet de plus ou moins 6 ans, tous les deux vêtus de noir, comme s'il s'agissait des obsèques de leurs propres parents. Impassible, le regard perdu dans la fosse, elle paraissait indifférente à l'apparition d'Alice à ses côtés.

— C'est qui, ceux-là ? s'enquit Énora.

— Laure Magon, la femme de Guillaume, et leurs enfants, Marguerite et Grégoire.

— Leur père n'est pas là ?

Aucun homme à proximité. En tout cas, aucun qui manifestât une intimité avec la jolie trentenaire blonde et ses rejetons, tous trois réfugiés sous la cloche d'un immense parapluie de golf.

— Tiens, non, tu as raison. This is weird.

— Tu m'étonnes qu'Alice tire la tronche. Son demi-frère met des mois à lui répondre de manière favorable, et le jour J il a mieux à faire… Tu parles d'un frangin cool.

— Ouais, ajouta Louise. Ils sont tous plus charmants les uns que les autres, dans cette famille.

Elle remâchait encore cette pensée quand, en partie caché par une sépulture, un homme à tête de vieux dogue, un appareil photo autour du cou, lui décocha un salut discret de la main.

« Alain », soupira-t-elle, troublée. Il n'était pas rare que son ex-mari, reporter pour le *Pays malouin,* couvre des événements où elle-même se trouvait. Mais chacune de ces apparitions ravivait en elle regrets et souvenirs.

— Well, j'ai bien peur que ce ne soit pas encore aujourd'hui que j'obtienne des réponses à mes questions, conclut Maggie d'un ton déçu. Shall we go ?

Résignée, douchée de bruine, elle semblait déjà prête à quitter cette fabrique à déprime.

Mais un autre individu fit soudain irruption derrière le premier rideau de l'assistance. Un homme à l'unisson de cette famille si peu affable, et qu'elles n'auraient pourtant jamais imaginé croiser là. Un homme dont la présence eut pour effet d'intriguer Énora, d'effrayer Louise, d'agacer Alain, et de provoquer en Maggie l'un de ces accès de rage dont elle était coutumière.

9

Saint-Malo, cimetière de Rocabey

On connaît tous de ces personnes qui, été comme hiver, portent la même tenue. Le plus souvent, c'est soit le signe d'une indigence crasse, soit l'expression d'une volontaire sobriété, voire d'un bon goût des plus chics. Il n'y avait hélas rien de tout cela chez Guy Le Divellec. Ses sempiternels polos de couleurs criardes, en accord avec sa face rubiconde, revendiquaient haut et fort son statut de parvenu. Celui du jour, à peine dissimulé sous un blazer bleu marine, flirtait avec le fuchsia. Qui d'autre que lui aurait osé une teinte pareille à des obsèques ?

Une armée de regards réprobateurs scruta l'intrus de la tête aux pieds. Mais celui-ci paraissait assumer pleinement sa présence comme son apparence. « Quoi, qu'est-ce qu'il y a ? J'ai bien le droit d'être là ! » clamait son regard bovin.

« Pas aujourd'hui, souffla Énora en retenant sa grand-mère d'une poigne ferme. Pas maintenant. »

Car Guy n'était pas seulement le frère d'Alain, le beau-frère de Louise, l'oncle de Nono et l'employeur de Fanny.

Depuis une bonne trentaine d'années, il occupait aussi le rôle (peu enviable) d'ennemi juré de Maggie Corrigan. À l'époque, c'est lui qui avait profité de l'aide de Constant pour monter sa propre maison d'hôtes, *Le Repaire des corsaires*, avant de souffler au nez et à la barbe de celui-ci le petit bois séparant leurs propriétés du hameau Saint-Étienne. Depuis, Maggie ne manquait jamais une occasion d'en découdre avec ce « feckin' bollix » d'arriviste. Une fois ou deux, elle avait même usé sur lui de cette canne qu'elle faisait à présent rouler entre ses mains. À voir la nervosité avec laquelle elle manipulait l'objet, l'envie de lui faire tâter du pommeau en argent la démangeait.

— T'auras d'autres occasions de lui régler son compte, granny.

— I know… Mais je ne comprends pas ce que cette ordure – elle avait prononcé ordoure – vient fouiner ici.

De toute évidence, il n'était pas là pour parler à Alain. Sans que personne ne sache bien pourquoi, les deux frères Le Divellec ne s'adressaient plus la parole depuis des temps immémoriaux. En règle générale, le photographe du *Pays malouin* s'efforçait même d'éviter son aîné autant qu'il le pouvait. Une conduite pas toujours facile à tenir quand on couvrait comme lui tous les événements publics de la ville.

— Peut-être qu'il connaissait Renée, spécula Louise à voix basse.

— Maybe… c'était son sex friend !

Les trois femmes eurent toutes les peines du monde à contenir leur hilarité. Au moins trois bonnes décennies séparaient Guy le Divellec et feu Renée Magon. Mais le mouvement qu'esquissa alors l'objet de leurs persiflages coupa net leur gaieté naissante.

Guy venait de percer le premier cercle de proches recueillis et d'aborder Laure Magon. Contre toute attente, celle-ci se montra beaucoup plus avenante avec cet étranger à la famille qu'avec sa propre belle-sœur. Elle lui sourit et lui serra même la main avec chaleur. Le Divellec, rictus crispé et mâchoire contractée, affichait pour sa part plus d'agacement que de satisfaction. D'un index accusateur, il balaya d'ailleurs l'assistance, comme s'il déplorait l'absence de quelqu'un.

Cherchait-il lui aussi Guillaume Magon ?

Les quelques mots que prononça Laure en réponse à ses interrogations ne parurent pas le contenter. Las, à cette distance, il était impossible pour la Breizh Brigade d'entendre ce que ces deux-là se murmuraient. Elles pensaient juste que, vu les circonstances, l'échange allait s'arrêter là. Mais l'homme en polo rose n'était manifestement pas de cet avis. Il agrippa Laure Magon par le bras et l'attira d'autorité dans une zone du cimetière à l'écart du groupe. À l'abri de trois stèles que tous connaissaient, et pour cause, puisqu'il s'agissait des tombes de la famille Surcouf.

Pour ce qu'elles pouvaient en apercevoir, la discussion semblait cette fois plus animée. Laure avait abandonné son sourire poli et Guy recouvré son animosité coutumière. Il s'agitait beaucoup et parlait avec les mains. Quoique leurs propos demeuraient inaudibles, il était flagrant que le ton entre eux montait.

Soudain, la trentenaire blonde parla un peu plus fort et, en dépit de la liturgie que le prêtre venait de reprendre à voix haute, les trois Corrigan purent capter les mots suivants :

— Bon ça va, maintenant, j'ai compris ! Vous ne voyez pas que ce n'est ni l'endroit ni le moment ?!

Plus rouge que jamais, Guy finit par battre en retraite. À peine arrivé et déjà sur le départ. Mais tandis qu'il regagnait l'allée principale en direction de la sortie, tête rentrée dans les épaules, il gratifia l'assemblée entière de cet esclandre :

— Dites-lui bien que nous concernant, il n'a plus toute l'éternité. C'est compris ?

Laure minimisa l'incident d'un geste vague et d'une mimique embarrassée. Quelque chose comme : « Vous le connaissez, il ne sait pas se tenir. » Rien n'était plus vrai, et chacun ici pouvait en témoigner. Pourtant, cela n'expliquait pas le motif de ce courroux si soudain.

De quoi Guy Le Divellec parlait-il donc ? Quelle sombre affaire pouvait bien le lier à la prestigieuse famille Magon ? Et surtout : à qui s'adressait *in fine* sa menace à peine voilée ?

10

Saint-Malo, cimetière de Rocabey

« Sympas les funérailles, hein... ? » murmura Énora à l'intention de ses deux comparses. Déjà la silhouette trapue de Guy disparaissait aux confins du cimetière, gommée par le crachin. Mais le malaise qu'il avait suscité persistait dans le parterre de fidèles, aussi tenace qu'un rhume saisonnier. Chacun interrogeait son voisin du regard à ce sujet. Quant à Laure Magon, elle évitait de toute évidence de croiser ces yeux qui la dévisageaient en silence.

« Mes frères, mes sœurs », se lança enfin la voix fragile et haut perchée du prêtre, « nous sommes réunis ici pour accueillir Renée Magon dans sa toute dernière demeure, selon sa volonté et celle de sa famille ».

— Yeah, right ! ironisa Maggie à voix basse. C'est pour ça que le principal intéressé est aussi présent qu'un spectre.

Toujours pas de Guillaume Magon dans l'assistance, en effet. Cette fois, sa demi-sœur Alice semblait être passée de la colère à une tristesse abyssale. La tête basse, secouée par un long sanglot, elle contemplait la fosse où un employé des pompes funèbres était en train de glisser l'urne de sa maman, un modèle en métal dépoli très sobre.

Le clic-clac léger du Leica d'Alain ponctua les propos du célébrant et déjà les deux hommes en costume et cravate noirs s'employaient à repousser la pierre tombale sur son logement. Le frottement sinistre du marbre sur la base en granit vrilla les oreilles autant que les âmes.

C'en était visiblement trop pour Alice, qui chancela un instant, avant de prendre appui sur l'épaule la plus proche pour mieux battre en retraite. Un mouchoir collé sous son nez, elle se faufila entre les anonymes et esquissa quelques pas sur l'allée détrempée.

De nouveau, elle tituba, et manqua s'écrouler sur elle-même. Un bras ferme la retint dans sa chute. Lorsqu'elle leva les yeux sur la présence charitable à qui elle devait son salut, elle découvrit l'étrange fusion entre une elfe rousse et un zombie au crâne bandé.

— Ça va aller ? s'enquit Énora, aussitôt rejointe par sa mère et sa grand-mère.

— Oui, oui, merci…

Puis, avisant Maggie, la femme au chignon ajouta :

— Excusez-moi pour ma réaction, tout à l'heure…

— C'est à cause de votre frère ? se risqua Louise.

Alice parut d'abord un peu surprise d'être aussi lisible qu'un missel grand ouvert. Mais elle acquiesça d'un hochement lourd. Qu'on la devinât si bien (sans même la connaître) la touchait, et l'incita à la confession :

— Je ne pensais pas qu'il oserait sécher un tel événement. Il sait à quel point ça comptait pour moi. C'est tout Guillaume, ça : reprendre d'une main ce qu'il vous a donné d'une autre. Pourtant, depuis qu'il a accepté le transfert, il était plutôt agréable avec moi.

— Ça n'a pas toujours été le cas ?

— Oh, ça non, on ne peut pas dire.

Les années de rejet pouvaient se décrypter sur son masque sévère. Chaque ride y parlait d'humiliation ou de déception.

— Peut-être qu'il a une bonne excuse…, argua Énora. Je veux dire, pour aujourd'hui ?

— C'est ce que prétend Laure, ma belle-sœur.

Elle désigna la belle plante blonde d'un mouvement de menton où s'exprimait une forme assez flagrante de mépris.

— Qu'est-ce qu'elle vous a dit ?

— Qu'elle n'avait plus vu Guillaume depuis deux jours.

— Really ?! intervint Maggie. Et son employé non plus ?

Pour avoir fait une fois la visite du Musée corsaire installé dans le somptueux hôtel Magon, quelques années plus tôt, la doyenne des Corrigan se souvenait du factotum au service du maître des lieux. C'est lui qui assurait les balades commentées quand son patron s'absentait. C'était d'ailleurs le cas ce jour-là.

— Vincent Gravelet ? Je ne sais pas. J'imagine que non. Vous savez, mon frère a la réputation d'être une sorte de fantôme. Il est rarement là où on l'attend. Laure pourrait sans doute vous en raconter de belles…

— Regarding ghosts, renchérit Maggie. Votre mère vous avez parlé de mon défunt mari, Constant ? La dernière fois que je l'ai rencontrée, she said some strange things about him to me. Elle m'a donné une version très différente de celle de la police sur sa disp…

Soudain, les traits d'Alice Magon se crispèrent. Elle opposa le plat de la main, comme pour dire stop.

— Je vous arrête tout de suite. J'aimais ma mère plus que tout, mais sur la fin elle n'avait plus toute sa tête. Elle passait ses journées sur le Grand Bé à s'inventer des histoires…

— Des histoires ? s'étonna Louise. Quel genre d'histoires ?

— Oh, rien, ces délires habituels. Elle voyait des esprits se balader sur les remparts, ce genre de choses.

Les trois de la Breizh Brigade échangèrent un regard interloqué : les joggers de l'Intrail-Muros étaient-ils la proie de fantômes ?!

La piste surnaturelle était difficile à avaler, et pourtant… Voilà qui expliquerait la furtivité de l'assaillant.

À couvert d'un cénotaphe, dissimulée sous la capuche de son ciré – c'était plus discret que le parapluie Police nationale –, Emma Lobo observait la scène avec circonspection.

Officiellement, elle était là pour représenter Christophe Guilloux et le commissariat central. Quelques mois plus tôt, Alice Magon était venue en personne s'excuser des propos incohérents tenus par sa mère dans le cadre de l'affaire Lemoine. Le fait était assez rare pour susciter *a minima* leur curiosité. Et puis, le cimetière de Rocabey n'était qu'à deux pas de son bureau. Ça méritait bien une petite balade sous la pluie.

— Mais qu'est-ce qu'elles fichent encore, là, celles-là ? souffla-t-elle pour elle-même.

Elle avait d'abord repéré Énora Corrigan à sa crinière rousse et au bandage qui enveloppait celle-ci. Puis les deux autres Corrigan qui l'encadraient, la vieille à la canne et la quadra à queue-de-cheval.

— Donc toi, poursuivit-elle son monologue, comme si elle s'adressait à la plus jeune des trois, tu te barres de l'hôpital encore éclopée… pour mieux aller harceler les gens dans les cimetières ? T'es chelou, hein ?

Les trois tenancières du *Manoir des Corrigan* étaient-elles de ces coureuses d'enterrement, qui se repaissent du malheur des autres ? À moins qu'elles n'entretiennent des rapports amicaux avec les Magon ?

Emma retournait ces diverses hypothèses quand une autre apparition en marge de la cérémonie retint son attention. Un homme de grand gabarit, abrité sous un large parapluie, se tenait à quelques enjambées seulement du groupe abîmé dans la prière.

« Ça alors… ».

Arthur Moreau ! Étant donné les incidents des deux nuits précédentes, l'organisateur de l'Intrail-Muros n'avait-il pas mieux ou plus urgent à faire ?

Gageant qu'il ne l'avait pas vue, Emma se tapit du mieux qu'elle le put derrière le monument funéraire.

D'un mot qui se voulait chaleureux, le prêtre venait de disperser l'assemblée, qui ne demanda pas son reste. Aussitôt, tous pressèrent le pas en direction de la rue. Y compris les deux seuls enfants présents, les petits Magon en duffle-coat, confiés aux bons soins d'une femme d'âge mûr, sans doute leur grand-mère.

Ne demeurèrent plus sur place, à l'abri d'une tombe imposante, que le dénommé Arthur Moreau et la mère des deux gamins, une trentenaire blonde toute de noir vêtue. Or, dès qu'ils se sentirent hors de portée des regards, ils s'enlacèrent avec passion. S'embrassèrent avec une fougue un peu déplacée, vu le lieu.

Ces deux-là étaient amants, cela crevait les yeux. Quel statut Moreau leur avait-il indiqué lors de son audition, déjà ? Célibataire, non ?

11

Saint-Malo, commissariat central,
salles de réunion et d'audition

Méthodique, le commissaire Guilloux l'était. Et de son adjointe il attendait qu'elle le fût tout autant que lui.

Hélas, trop souvent, la réalité de l'enquête se dérobait sous l'épuisette de leur rigueur, tel un crabe insaisissable. À son retour du cimetière, Emma commença par dépouiller le rapport complet renvoyé dans la nuit par l'identité judiciaire. Mais la pêche des techniciens rennais se révéla fort mince, confirmant ce qu'ils leur avaient déjà dit sur place : ni sur les deux théâtres des attaques ni sur le matériel utilisé pour piéger les coureurs, ils n'étaient parvenus à détecter la moindre trace papillaire complète ou de quelconques dépôts ADN.

Méthodique(s), le ou les criminels l'étaient eux aussi, voilà le seul enseignement qu'ils pouvaient tirer de cet échec. Les interrogatoires des dix agents employés par Sport & Sécu, conduits plus tôt dans la matinée, n'avaient guère été plus fructueux. Aucun d'entre eux ne semblait détenir un mobile valable pour s'en prendre à l'Intrail-Muros. C'était même tout le contraire. Les trous dans le maillage sécuritaire mettaient en évidence un manque de professionnalisme dont ils se seraient tous bien passés, dixit leur patron. Par ailleurs, aucun de ces messieurs-dames n'avait croisé la route de Moreau ou Portier par le passé, pour la bonne raison que Sport & Sécu assurait la surveillance de l'épreuve pour la première fois – sans doute la dernière.

Plutôt que de ressasser leur impuissance commune avec son boss – Guilloux devenait volontiers grognon lorsqu'ils piétinaient –, Emma mobilisa deux petites mains du commico afin d'éplucher le listing des trois mille et quelques concurrents inscrits à l'Intrail. Tous trois s'installèrent dans une salle de réunion où gisaient encore les reliefs d'un pot de départ.

— Qu'est-ce qu'on cherche ? demanda Jojo Prigent une fois attablé devant sa part de registre imprimé recto verso, piochant sans vergogne dans le reste d'un moelleux chocolat.

— Eh bien, n'importe quel profil un tant soit peu louche. Ou ne serait-ce qu'inattendu.

— D'accord, mais genre qui ?

Sur le coup, elle douta de son recrutement. Le troll brestois était notoirement bas de plafond. Serait-il à la hauteur d'une tâche pourtant aussi élémentaire ?

— Genre des personnes avec un casier – il doit y avoir une étoile à côté de leur nom, le système l'indique de manière automatique. Ou n'importe qui ayant un rapport direct ou indirect avec Arthur Moreau ou Lucas Portier.

— Ah, OK. Et pour ça aussi y'a une étoile ?

« Oh misère », songea-t-elle. « Tu sens que tu vas devoir repasser derrière lui ? »

— Non, pas pour ça, non. Bref, concentre-toi déjà sur les profils à casier ou sur les patronymes qui te disent quelque chose. Ça sera un bon début.

Tel un cancre du fond de la classe, il se pencha sur sa liasse et tira une langue d'écolier en galère, surligneur décapuchonné en main. Si concentré qu'il se barbouillait la joue sans même s'en rendre compte.

Les deux premières heures de consultation minutieuse ne donnèrent pas grand-chose. À intervalle régulier, Emma jetait un œil par-dessus l'épaule de Jojo, pour constater avec effarement que celui-ci avait interprété sa dernière consigne à sa façon, biffant de jaune fluo ce qui devait être les noms de sa coiffeuse, de son boulanger ou de son facteur. Ben quoi, elle avait bien dit des « patronymes connus » ?!

Sur sa propre liste – elle s'était réservé le plus gros tiers, des lettres F à M –, rien de très probant n'apparut non plus dans un premier temps. Quelques identités lui étaient à elle aussi familières, bien sûr, mais aucune ne présentait de caractère suspect.

Jusqu'à ce que, sur l'avant-dernière page…

— Tiens, un revenant, souffla-t-elle pour elle-même.

Là, à mi-colonne, elle venait d'aviser le nom du grand absent de la cérémonie à Rocabey : Guillaume Magon. Après tout, ce n'était pas si surprenant, il avait le droit d'être sportif. Il y a belle lurette que la pratique du running brassait toutes les couches de la population, de l'ouvrier à l'aristo.

Elle tenta de se remémorer l'apparence du quinquagénaire. Mais elle ne l'avait croisé en tout et pour tout qu'une paire de fois en ville, et jamais elle n'avait visité son Musée corsaire. Comme beaucoup de Malouins, elle goûtait peu ces attractions qu'elle estimait trop touristiques.

Quand elle en eut fini avec cette besogne, et en attendant que les deux tâcherons à ses côtés en aient fait autant, elle s'attaqua au répertoire des bénévoles de l'Intrail-Muros pour cette édition, soit une trentaine de noms. Selon les informations fournies de bonne grâce par Moreau, seuls cinq d'entre eux, des fidèles de la première heure, avaient accès à la zone réservée des remparts lorsque les joggeurs y évoluaient.

Là encore, elle ne nota rien qui retint une attention particulière. Les cinq en question étaient tous retraités, citoyens irréprochables et soutiens inconditionnels de l'épreuve. Il y avait bien ce Jean-Pierre Vernaz, un Savoyard émigré à Saint-Malo depuis qu'il ne travaillait plus, et dont Google lui indiqua qu'il était un ancien coureur professionnel qu'une chute avait écarté pour de bon des trails, dix ans auparavant.

Avait-il pu vouloir se venger du sort que lui avait infligé la providence ?

Trois coups de fil rapides suffirent à écarter cette piste fragile. Le soir de la première attaque, une fois n'était pas coutume, Vernaz avait séché l'entraînement de l'Intrail-Muros afin d'animer une soirée de son club de tarot pour séniors. Le président de ladite association, Tarot-Malo, ainsi qu'un autre participant, avaient achevé de blinder cet alibi. Leur partenaire et ami ne les avait pas quittés d'une semelle jusqu'à près de 1 h 45 du matin dans la nuit du 28 février au 1er mars, y compris le temps nécessaire au rangement du local.

Impasse, impasse, impasse... Elle se sentait comme une joueuse de tarot détentrice d'un « petit » qu'elle se ferait croquer avant la fin de la partie.

Un appel anonyme s'invita alors sur son portable. Quittant la pièce par précaution, elle décrocha, et reconnut aussitôt la voix dans le combiné.

— Salut. J'ai rien de super passionnant pour le moment...

— Mais ? décrypta-t-elle l'hésitation en fin de phrase.

Il s'agissait d'un des deux jeunes OPJ missionnés en alternance pour la filature de Lucas Portier. Comme convenu, il lui faisait son rapport biquotidien.

— Mais depuis le début de notre filoche hier, ça fait déjà deux fois qu'il se rend au même endroit, au n° 3 de la rue de Toulouse.

— C'est pas interdit... C'est chez quelqu'un de sa connaissance ?

— Pas un proche, en tout cas, j'ai vérifié. Ni un truc du genre psy, avocat ou toubib. Y'a aucune plaque en façade.

— Hum... Le numéro 3, c'est à quel niveau ?

— Côté porte Saint-Louis, quasi à l'angle de la rue d'Asfeld.

Soit à deux pas de l'hôtel particulier de la famille Magon, que d'aucuns à Saint-Malo appelaient d'ailleurs l'hôtel d'Asfeld, en vertu de son adresse.

— Attends, c'est pas le plus zarbi..., reprit-il aussitôt. Au numéro 3, y'a pas d'entrée d'immeuble.

— Ah... Et y'a quoi, alors ?

— Une porte de garage.

À la reconstruction de la ville, après-guerre, les architectes avaient cru bon d'adjoindre à chaque bâtiment plusieurs boxes sur rue, reconnaissables à leurs portes en bois percées de hublots sur le tiers supérieur. Ces places de parking privatives, biens d'une grande rareté intra-muros, se louaient ou se revendaient depuis à prix d'or.

— T'as vérifié que c'était pas *son* garage, au moins ?

Portier n'avait pas vraiment le profil d'un riche spéculateur immobilier, mais savait-on jamais...

— Je suis bleu, mais quand même... Évidemment que j'ai vérifié. Le parking appartient à un certain Hervé Le Roux, que j'ai appelé. Il s'est plaint que des petits malins faisaient circuler des copies illégales de sa clé. Mais c'est tout. Il ne connaissait pas Portier, et quelque chose me dit que c'est réciproque.

— Tu veux dire qu'il squatte ?

— Ça ressemble à ça. Sauf que les deux fois il s'est pointé à pied, pas en bagnole. Donc c'est même pas pour se garer à l'œil.

Dans ce cas, qu'y avait-il de si intéressant dans ce cube de quelques mètres carrés, qui plus est quasi aveugle, pour que l'ex-salarié de l'Intrail-Muros y pointe chaque jour sans faute ? S'agissait-il d'une banale histoire d'adultère ? Certes Portier manquait de moyens, mais de là à loger ses cinq-à-sept dans un lieu aussi peu hospitalier...

— Il y est resté longtemps, dans ce trou à rats ?

— Une heure hier, et pas loin de deux heures ce matin.

— Ah ouais, quand même...

— On fait quoi, alors ?

— On poursuit. Et surtout vous continuez à tout bien consigner : adresses, noms, horaires, durées, etc.

Méthodique.

Horaires des marées à Saint-Malo

3 mars	
Marée basse	11 h 25
Marée haute	04 h 37
Marée basse	23 h 47
Marée haute	17 h 16

12

3 mars, Saint-Malo, commissariat central,
bureau de Christophe Guilloux

« Magon, née Lauzière, Laure, 34 ans, mariée, mère de deux enfants, associée de la SAS Musée Corsaire, je réside au lieu-dit La Chipaudière, en périphérie de Saint-Malo. »

— Vous n'habitez pas à l'hôtel Magon ? s'étonna Christophe Guilloux. C'est pourtant bien là que vous vous trouviez lorsque vous avez vu votre mari pour la dernière fois, dans la nuit du 28 février au 1er mars ?

Il lisait le PV préliminaire renseigné par l'un de ses agents en suivant les lignes d'un doigt, tel un écolier.

— Oui, c'est exact. On a toujours des appartements privés rue d'Asfeld, mais en règle générale on ne s'y installe que pour les vacances, quand l'afflux de touristes le justifie. Le reste de l'année, on trouve plus agréable de vivre à la campagne.

Dans son ton affleurait cette légère suffisance des transfuges de classe – quelque chose soufflait à l'oreille du commissaire que Laure Lauzière n'avait pas grandi dans le même faste que celui dans lequel évoluait à présent Laure Magon.

— Vos enfants sont scolarisés où ?

— À l'école Montjoie, dans le privé. En voiture, on gagne deux ou trois bonnes minutes en venant de la Chipaudière par rapport au trajet depuis l'intra-muros.

La rumeur de la disparition de Guillaume Magon de la Lande se propageait depuis au moins deux jours dans toute la ville. Selon Janot, le marginal qui prétendait s'adresser aux goélands survolant le môle, ses « bébés » ne parlaient même que de ça. Un seigneur qui s'évanouissait du jour au lendemain, y'avait de quoi jaser. Pourtant, la jeune femme blonde assise face au flic en chef ne paraissait guère plus émue que si elle était venue déposer un banal vol de poubelle.

— Vous me pardonnerez la remarque, mais vous n'avez pas l'air tellement surprise que votre époux se soit volatilisé ?

— Oh, vous savez, entre ses cours à Rennes 2 et ses déplacements liés au musée, ce n'est pas la première fois qu'il s'absente plusieurs jours sans être vraiment joignable.

— Je lis ici qu'il n'a répondu à aucun de vos appels ou SMS depuis le 1er mars au matin, vous confirmez ?

Le patron de la police locale n'était pas sans connaître cette règle intangible : une disparition ne devenait inquiétante qu'au bout de soixante-douze heures. Restait donc encore une bonne journée d'espoir et de recherches – dans 90 % des cas, le fugueur revenait de lui-même avant cette échéance.

— C'est bien ça. Mais je répète, ce n'est pas si inhabituel que ça avec Guillaume.

— Je vois... Dans ce cas, qu'est-ce qui vous a poussé à venir nous voir cette fois-ci ?

Un double toc-toc aussitôt suivi d'une porte qui s'ouvre coupa net leur échange. Découvrant la femme blonde du cimetière installée dans le bureau de son boss, Emma Lobo s'excusa et esquissa une retraite dans le couloir, mais Guilloux l'invita à se joindre à eux d'un geste :

— Entre, entre... Je te présente Laure Magon. Madame, voici le capitaine Lobo. C'est elle qui sera en charge de votre dossier.

— Bonjour, dirent-elles de concert.

À ce regard délavé, où la condescendance le disputait à la détresse, Emma sut que leur visiteuse ne l'avait pas repérée entre les tombes. Un point pour elle.

Tandis qu'elle prenait place à son tour, elle ne put s'empêcher de dévisager la blonde qui la veille embrassait Arthur Moreau à pleine bouche. Une femme se trouvait un amant et son propre époux disparaissait peu de temps après ? On se serait cru dans un roman noir à la Boileau-Narcejac – la flic avait toujours préféré le duo d'écrivains français aux reines du crime anglo-saxonnes.

— Madame était en train de me débriefer sur la nuit où son conjoint a disparu, reprit Guilloux en s'adressant à la déposante. Je vois également que vous faites chambre à part ?

— Oui, depuis des années. Guillaume a pris l'habitude d'animer ses comptes de réseaux sociaux pendant ses insomnies, donc c'est mieux comme ça pour lui comme pour moi. Il est très actif sur Facebook, Tik Tok et Instagram. D'ailleurs, pour répondre à votre question, c'est ça qui m'a inquiété...

— Comment ça ?

— Il n'a rien posté et ne s'est plus connecté à aucun de ses trois profils depuis 0 h 30, dans la nuit du 28 au 1er. Ça ne lui arrive jamais. Même avec quarante de fièvre, il trouve toujours un petit truc à ajouter à destination de sa communauté, ou un commentaire auquel réagir.

— Il a beaucoup de followers ?

— Des dizaines de milliers.

Un vrai toxico numérique, en somme, drogué aux échanges virtuels et à l'intimité trompeuse qu'offraient ceux-ci. Le phénomène était courant, désormais. Avait-il fait une « mauvaise rencontre » parmi ses contacts ? Le fait n'était pas rare, mais il touchait d'ordinaire plutôt de très jeunes femmes que des historiens quinquas désireux de faire mousser leur petit business.

— Qu'on soit bien au clair : à quelle heure exactement l'avez-vous vu pour la dernière fois, et à quelle heure avez-vous constaté son absence le lendemain matin ?

— On s'est dit bonne nuit vers 23 h 30. Lui est allé dans sa chambre au premier étage ; et les enfants et moi sommes montés dans les nôtres, au deuxième.

En d'autres termes, le disparu avait très bien pu sortir de l'hôtel particulier sans produire un barouf de nature à réveiller ses proches.

— Quand je me suis levée à 6 h 30, il n'était plus là.

— L'hôtel Magon est très grand, non ? Est-ce qu'il est envisageable qu'il se soit trouvé dans un recoin et que vous ne l'ayez pas trouvé ?

— Vous avez raison, il y a en tout cinquante-neuf pièces chez nous. Mais croyez-moi, j'ai vraiment fouillé chacune d'entre elles.

Elle avait dit « chez nous » avec un soupçon d'arrogance qui agaça les deux OPJ.

Pourtant, Guilloux pouvait se l'avouer : s'il ne s'était agi d'un personnage aussi éminent que Guillaume Magon, jamais il n'aurait pris la peine de recevoir sa femme.

— En parlant de réseaux sociaux, intervint Emma, vous pourriez nous montrer ses dernières publications ? Je veux dire, avant qu'il passe en mode silence ?

Laure Magon dégaina son portable et tapota quelques instants pour afficher une brève vidéo à l'écran. On pouvait y voir le fringant descendant de corsaire mimer le maniement d'un sabre d'abordage devant un parterre de touristes amusés. Emma nota au passage l'écart d'âge important qui séparait les époux Magon. Pourtant, sans offrir le physique avantageux d'un Arthur Moreau, Guillaume portait plutôt beau.

Les lunettes en écailles, la chevelure mi-longue, poivre et sel, le vieux pull irlandais et le phrasé précieux, tout dans sa dégaine et son attitude semblait calculé pour entretenir le mythe du gentilhomme « fin de race ». Un style travaillé et qui fonctionnait à merveille : les roturiers d'aujourd'hui étaient fascinés par les grandes familles d'hier.

— Ça date de quand ?

— Le 28 dans l'après-midi. La visite guidée de quinze heures. C'est grâce à ce genre de petits sketchs qu'il est devenu assez populaire sur les différentes plateformes.

— Vous reconnaissez une tête quelconque parmi les visiteurs ?

Elle repassa la séquence, mais n'attendit pas sa fin pour agiter la tête en guise de dénégation.

— Désolé, non... Personne qui me dise quelque chose.

— La question va vous sembler tarte à la crème, mais je vous la pose quand même : votre mari se connaît des ennemis ?

— Des ennemis, pas vraiment. Par contre, des gens que son côté « grand prince » exaspère, ça oui, des tonnes.

« Moi la première », clamèrent malgré elle les ridules naissantes autour de ses yeux et de sa bouche. Le phénomène était d'une banalité sans nom : ce qui l'avait séduite au moment de leur rencontre constituait le motif précis de son désamour présent. Cela avait-il motivé son choix d'un amant au profil aussi radicalement différent que ce Moreau ?

— Et puis…, ajouta-t-elle du bout des lèvres.

— Et puis ?

— Non, rien. On ne peut pas parler d'ennemie. Mais il a longtemps entretenu des rapports assez tendus avec sa demi-sœur, Alice, née du deuxième mariage de son père, François.

Alice Magon… Emma revit la silhouette chancelante dans les allées du cimetière, tel un feu follet.

— J'en déduis que ce n'est plus cas ?

— Disons qu'il a mis de l'eau dans son vin. La preuve, il a fini par accepter que les cendres de la mère d'Alice, Renée, soient ajoutées au caveau familial, à Rocabey. La cérémonie a eu lieu pas plus tard qu'hier matin.

Guillaume avait-il été pris d'un remords tardif concernant cet élan généreux ? Cela pouvait-il être la raison d'une fuite volontaire, pile au moment où il aurait dû accueillir sa bâtarde de sœur au sein de la famille Magon ?

— Ah oui, j'oubliais, s'écria Laure. À propos de son activité en ligne : son PC portable a disparu de son secrétaire.

— Aucun autre effet personnel ?

— Le reste, franchement, j'aurais plus de mal à dire. Il lui arrive de dormir dans son bureau à la fac de Rennes, donc il emporte souvent un nécessaire de toilette et quelques vêtements avec lui. Il n'est pas très ordonné, c'est le moins qu'on puisse dire.

« Bureau à la fac », nota de tête Emma. Voilà où il leur faudrait commencer leurs recherches. Le coup de la garçonnière où monsieur se réfugie lorsqu'il a un coup de mou, ça aussi c'est un grand classique, dans la littérature policière comme dans la vie bourgeoise.

Guillaume Magon savait-il pour sa femme et Arthur Moreau ?

13

Saint-Malo, Repaire des corsaires,
Annexe Beauregard, chambre d'Arthur Moreau

La plus grande peur de Fanny Horvais, hormis ces frayeurs enfantines dont on ne triomphe jamais tout à fait, était la réplique exacte de ce qu'elle infligeait à cet instant au couple enlacé sous ses yeux : être surprise en pleine action avec sa Nono. Pire encore, être prise sur le fait par ses parents.

Mais il fallait dire que l'homme et la femme qui s'étreignaient dans l'unique chambre du rez-de-chaussée ouverte à la location, la Chateaubriand, ne faisaient pas dans la discrétion. Fenêtre grande ouverte sur le jardin, effusions bruyantes, ils s'étaient jetés l'un sur l'autre dès l'arrivée de la blonde sophistiquée, qui à présent gémissait sous les caresses d'Arthur Moreau. En spectacle, ils ne lui offraient pas des *Mémoires d'outre-tombe,* mais le journal ô combien vivant de leur relation torride.

Qui était cette belle apparition, à la sensualité assumée ? Fanny ne se souvenait pas l'avoir jamais vue, ni ici ni ailleurs, et pourtant un air familier émergeait de sous les rictus de plaisir.

Lorsque les deux amants eurent joui, elle puis lui, ils se redressèrent une seconde avant de s'allonger de nouveau sur les draps brouillons, emboîtés à la manière de deux figurines.

Fanny eut juste assez de temps pour se tapir dans les gros bouquets d'hortensias plantés à cet endroit, au pied du chambranle inférieur, le cul dans la terre qu'elle venait tout juste d'arroser – l'une de ses innombrables attributions en sa qualité de gérante du lieu.

De là, elle ne les voyait plus mais elle pouvait les écouter tout à loisir. Allaient-ils papoter un instant puis remettre ça ? Elle ne l'espérait pas. Pas plus qu'elle n'aurait aimé être à leur place. Néanmoins, l'accent de l'échange initié se révéla bien plus maussade que la fièvre qui venait de les embraser :

— Ce matin, dit la voix féminine, je suis allée déclarer la disparition de Guillaume chez les flics.

— Ton mari ?!

— Ben oui, tu connais un autre Guillaume dans notre entourage ?

Le claquement doux d'un baiser répondit à cette question. Mais au froissement contrarié qui s'ensuivit, Fanny gagea que ce serait le dernier ce jour-là. Le timbre de la femme, un peu plus présent, lui prouva que celle-ci s'était redressée sur la couche encore chaude de leurs ébats. Elle ne se donnerait plus à lui dans l'immédiat, Fanny l'eût parié.

— Ça fait combien de temps, maintenant ? demanda Moreau.

— Presque trois jours complets. Si j'avais attendu plus longtemps, ça aurait vraiment commencé à devenir louche.

— Oui, oui, c'est sûr... *Ils* ont déjà fouillé l'hôtel Magon ?

— Non, mais j'imagine que ça ne devrait pas tarder. À ce propos...

Un embarras évident empesait désormais chacun de ses mots à elle. Fanny était assez malouine pour capter la référence. L'hôtel Magon, fief de la famille patricienne Magon de la Lande, était l'un des rares hôtels d'armateurs de l'intra-muros à avoir survécu au pilonnage allié d'août 1944. Un joyau qui se visitait et où, selon la rumeur, les Magon logeaient encore par période. La maîtresse d'Arthur Moreau serait donc... Mme Magon en personne ?!

— « À ce propos », quoi ?

— Tu me jures que tu n'as rien à voir avec ce merdier ?

— T'es folle ! se récria Moreau d'une manière qui parut sincère à l'espionne involontaire. Bien sûr que non. Pourquoi je m'en prendrais à ton mari... puisque je t'ai toi ?

— Ça ne prouve rien.

— Et ça, ça ne te prouve pas quelque chose ?

— Laisse-moi..., le repoussa-t-elle de la voix, et sans doute aussi d'un geste.

Fanny faillit surgir de sa cachette et rabattre le caquet de ce macho possessif – elle ne devinait que trop bien la nature salace de l'approche. À la place, elle roula sur le flanc et rampa dans la plate-bande détrempée, le long du mur, jusqu'à être hors de portée de leurs regards.

Magon, Magon, Magon..., retournait-elle le nom dans sa tête, tout en s'éloignant sur le gazon entretenu avec soin. Décidément, le patronyme n'était pas étranger à la jeune employée des Le Divellec. Sans trop savoir pourquoi, elle n'imputait pas cette connaissance à son patron, l'acariâtre Guy, plutôt à sa petite amie. Quand donc Énora lui avait-elle parlé de Guillaume Magon et de son épouse ? Ce n'était pas à l'hôpital, sa compagne était trop flagada ce jour-là pour aborder un pan d'histoire de la ville.

Elle déambulait encore dans le jardin fleuri, du côté de la piscine, lorsque l'évidence la frappa : le cimetière, hier ! Il s'agissait des obsèques d'une Magon, et lors de leurs retrouvailles nocturnes au *Java Café,* leur QG de la rue Sainte-Barbe, Nono avait mentionné l'absence surprenante – pour certains, insultante – de Guillaume Magon, l'héritier en chef de la lignée.

Celui-ci avait-il tout bonnement disparu ?

Fanny tenta d'abord d'appeler Énora à la clinique vétérinaire où cette dernière effectuait son stage. Puis, faute de réponse, elle grimpa dans sa petite Clio bordeaux hors d'âge. Ni une ni deux. De la rue du Puits-Sauvage à la zone commerciale de Saint-Jouan-des-Guérets, il n'y en avait guère que pour cinq minutes en voiture. Il lui en fallut quatre, comme elle le constata sur l'antique horloge à aiguille du tableau de bord.

— Mademoiselle ! Mademoiselle, vous avez rendez-vous ?

L'hôtesse qui intercepta la fusée noire traversant l'entrée n'était pas du genre à s'en laisser conter.

— Non, je viens voir une amie qui travaille ici.

— Qui ça ?

— Énora Corrigan.

À sa grande honte, Fanny constata qu'elle avait dit « une amie » et non « mon amie ». Il lui faudrait encore du temps pour franchir cette étape-là. Alors de là à présenter son amoureuse à ses vieux réacs de parents…

— Je la préviens. Vous êtes ?

— Fanny Horvais.

L'infime sourire éclos sur les lèvres de la secrétaire indiquait que Nono, elle, n'avait pas tenu sa langue.

— Désolée, elle ne répond pas, ni sur son fixe ni sur son portable, annonça-t-elle. Elle doit être en pleins soins.

— Je peux l'attendre ici ?

— Je vous en prie. Installez-vous. Je vous ferai signe quand elle sera disponible.

Elle se posa dans la salle voisine, dédiée aux propriétaires d'animaux, que fermait une cloison vitrée sur toute une longueur. Elle hésitait encore à feuilleter la dernière édition du mook *Miaou*, quand deux silhouettes se profilèrent derrière le verre dépoli. Une voix d'homme s'éleva, à peine assourdie par ce mince paravent, qu'elle reconnut aussitôt : Franck, leur ami éleveur de moutons.

— T'en as parlé à ta gonzesse, de ce projet ?

— T'es dingue ! Si elle le savait, elle m'arracherait les yeux.

La réponse provenait d'Énora en personne.

— Ben, si tu dois partir de Saint-Malo à la fin de ton stage, ça va venir vite. Elle va bien finir par être au courant. Que tu le veuilles ou non.

De quoi parlaient-ils ?! Quel était ce « projet » qui risquait de les éloigner l'une de l'autre ?

Lèvres frémissantes, regard hagard, Fanny hésitait à tambouriner sur la paroi pour conjurer leurs propos, comme on chasse un mauvais rêve.

— Je sais, je sais, glapit la crinière rousse. Il n'est pas question de m'installer à Dinan ou Saint-Brieuc. L'Irlande, quand même…

— Ça va. Je te rappelle qu'il y a des liaisons directes par bateau depuis Cork. C'est pas non plus New York.

— Pour cause, rit-elle avec une tonalité amère. M'étonnerait que tu trouves des Connemara Hills là-bas.

— Ben détrompe-toi, ma vieille. Ça ne date pas d'hier, mais je me souviens en avoir aperçu au zoo de Central Park. Na !

Fuyant la clinique sans un salut ni la moindre explication à l'égard de l'hôtesse, Fanny ne put s'empêcher de corriger la pensée qui l'avait habitée un peu plus tôt. À bien y réfléchir, sa plus grande peur n'était pas d'être surprise dans les bras de Nono. Sa plus grande peur était de prendre son amour en flagrant délit de rupture…

14

Saint-Malo, hôtel Magon de la Lande

« Ben mon vieux, si je veux autre chose que mon T3 en banlieue de Rennes dans ma prochaine vie, faudra déjà que je pense à changer d'ancêtres... », lâcha le plus jeune des deux scaphandriers, tout de blanc vêtus.

— Mouais, clairement on ne part pas tous de la même base.

Son aîné à lunettes approuva d'une moue dépitée.

Cette page de philosophie de comptoir tournée, les techniciens de l'IJ en combinaison intégrale s'engouffrèrent sous le porche au n° 5 de la rue d'Asfeld. Situé au croisement de cette dernière et de la rue de Toulouse, au pied de la porte Saint-Louis, l'hôtel Magon de la Lande dominait de sa majesté tout cet angle de l'intra-muros, pur produit de la « Californie », le quartier chic né du troisième accroissement de la ville fortifiée. À lui seul, il occupait une bonne partie du pâté de maisons réchappé des bombardements de la Libération.

Une fois traversée la courette et montée la petite volée de marches du perron à double révolution, les deux hommes pénétrèrent dans le hall principal où les attendaient la capitaine Lobo et la maîtresse des lieux, Laure Magon. Les deux femmes étaient en pleine conversation.

— Désolée de vous balancer ça de manière aussi abrupte, disait la brune OPJ. Mais nos confrères à la PJ de Rennes sont allés faire un tour au bureau de votre époux, à la fac, et ils n'ont rien trouvé qui indiquerait un séjour récent sur place : pas de vêtements, pas de traces de nourriture, pas d'usage des sanitaires, etc. Son badge d'accès aux espaces réservés aux profs n'a pas bipé au cours des derniers jours, et il n'apparaît sur aucune image de surveillance du campus. Il semblerait en prime qu'il ait planté ses étudiants pour les cours du 1er et du 2 mars. D'après la secrétaire du département d'histoire...

— Coline, précisa Laure Magon d'un filet de voix.

Sans doute avait-elle à cœur de prouver que ce volet de la vie de son conjoint ne lui était pas étranger.

— ... C'est ça, Coline Chaumont, d'après elle, ce n'est pas trop dans ses habitudes. Surtout pas sans prévenir. Vous confirmez ?

— En effet. Guillaume a l'air assez fantasque, comme ça, mais dans le fond, au quotidien, il est plutôt rigoureux.

— Organisé, vous voulez dire ?

— Oui.

— Assez pour planifier sa propre disparition, vous pensez ?

La trentenaire blonde – Emma observa alors que celle-ci avait changé de tenue entre son audition de la matinée et cet instant, environ quatre heures plus tard – accusa le coup sans broncher. Elle releva juste une mèche derrière son oreille, en un geste qui trahissait une légère nervosité.

— Non, non, il ne ferait jamais ça, ni à moi ni aux enfants, se récria-t-elle, sa voix grésillant sous un début d'émotion. Et son PC, ils l'ont retrouvé ?

— Non plus. C'est la raison pour laquelle la procureure de la République Le Cam a jugé sa disparition « inquiétante », et ordonné l'ouverture d'une enquête préliminaire sur les causes de celle-ci.

Ce discours froid et procédurier ne semblait pas choquer la principale intéressée, déjà remise de son léger trouble. Elle valida d'ailleurs cette décision d'un plissement discret des lèvres.

À vrai dire, la flic lui trouvait même plutôt meilleure mine que lors de leur entrevue au commissariat, comme si une crème miracle avait lissé ses traits dans l'intervalle.

— À partir de maintenant, poursuivit Emma, je peux vous garantir que l'impossible sera fait pour retrouver votre mari.

— On peut y aller, capitaine ?

Le chef des IJ s'impatientait. Selon les infos fournies à son service, il n'y avait pas loin de soixante pièces à inspecter, reparties sur six niveaux principaux – dont deux sous terre – auxquels s'ajoutaient deux demi-niveaux, deux cours, des combles et une terrasse, le tout distribué par une douzaine d'escaliers. Une sorte de château en pleine ville, en quelque sorte.

— Allez-y. Repassez juste par ici quand vous en aurez fini avec les appartements privés. Je veux un premier bilan dès la fin de votre visite.

— Vous allez aussi fouiller nos chambres ?

Un éclat soucieux balaya les yeux délavés de Laure Magon. Cette réaction l'humanisait presque.

Craignait-elle ce qu'ils pourraient y dénicher ? Emma la croyait pourtant assez maligne pour ne cacher ni son amant ni les preuves de son infidélité dans les placards.

Tandis que les techniciens effectuaient leur office – on percevait l'écho des planchers craquant sous leurs bottes à travers toute la grande bâtisse glacée –, Emma poursuivit son échange avec la belle adultère.

— Vos hommes, j'imagine qu'ils vont relever des empreintes, ce genre de choses ? demanda celle-ci.

— Oui, pourquoi cette question ?

— Parce que vous savez, la majeure partie du bâtiment est ouverte à la visite. Alors des gens qui touchent les poignées, les vitres, parfois même les bibelots... On leur demande de ne pas le faire, mais y'en a forcément des dizaines toutes les semaines qui ne respectent pas la consigne.

Cherchait-elle à justifier par avance la présence de traces biologiques incongrues, voire accablantes pour certains ? Arthur Moreau et elle s'étaient-ils déjà retrouvés en ce lieu ?

Elles avaient beau être, toutes les deux, mères de deux enfants, séparées par trois ou quatre ans à peine, et partager sans doute une même origine modeste, Emma ne pouvait imaginer femme plus différente d'elle. C'était fou comme quelques années d'aisance et un décor de conte de fées pouvait changer un individu...

— Ne vous inquiétez pas, nos gars ont l'habitude de faire le tri entre ce qui est suspect et ce qu'il ne l'est pas. Au fait, j'ai oublié de vous demander : vous savez si le bâtiment est équipé d'une surveillance vidéo ?

— Non, Guillaume s'y est toujours refusé. De toute façon, comme il n'y avait pas de caméras installées *avant* le classement Monument historique, aujourd'hui l'autorisation serait très difficile à obtenir.

— Je vois... Pas même sur la rue ?

— Non... Ah si, attendez, se reprit-elle dans le même élan. Y'a celle de la porte Saint-Louis, dans l'axe de la rue de Toulouse. Elle donne directement sur la cour d'honneur de l'hôtel.

Côté rue de Chartres, soit le versant opposé à l'accès ordinaire du bâtiment sur la rue d'Asfeld, nota pour elle-même Emma.

Elle pesta intérieurement en réalisant qu'elle aurait dû commencer par là dès le début, dès le matin même : consulter le Centre de supervision urbain géré par ses confrères de la police municipale, afin de déterminer si une activité suspecte apparaissait autour du site la nuit du 28 février au 1er mars. Avec près de quatre-vingts caméras réparties dans toute la ville, ça n'était pas si improbable. Mais à sa décharge, l'affaire de l'Intrail-Muros les occupait déjà bien assez comme ça, depuis trois jours.

S'éloignant de quelques pas, elle appela la permanence du CSU. L'opérateur la reconnut sur-le-champ et accéda à sa demande sans s'encombrer de paperasse.

— Par contre, dit-il, ça va prendre un petit moment pour dérusher une nuit complète, surtout s'il y a du passage.

— *A priori*, tu peux te concentrer sur la tranche 0 h 30 – 6 h 30. S'il y a quelque chose, mon bonheur doit se trouver là-dedans.

Elle raccrochait tout juste lorsque les silhouettes immaculées des IJ réapparurent dans le bureau d'armateur où Laure Magon l'avait elle aussi rejointe un instant plus tôt.

Les tableaux étaient d'époque – pour la plupart des marines ou des scènes de batailles navales –, et les tentures parsemées de fleurs exotiques et d'oiseaux de paradis fleuraient bon le glorieux passé de la Compagnie des Indes. Mais les peintures murales qui s'écaillaient par endroits laissaient deviner pour leur part toute la difficulté à perpétuer le lustre originel d'un tel écrin.

— Quel labyrinthe ! s'exclama le plus vieux des spécialistes, non sans admiration. Et ces petits escaliers dérobés dans l'épaisseur des murs, c'est mortel pour le crâne – il se frottait encore le sommet du sien – mais c'est juste incroyable ! Ça servait à quoi ? À des rendez-vous galants ?

— À mener les transactions commerciales plus officieuses à l'abri des regards, éluda Laure Magon, peu encline à délivrer une leçon d'histoire.

Ce n'était pas non plus la priorité d'Emma Lobo, laquelle pressa leur interlocuteur.

— Vous n'avez rien trouvé ?

— Si par *rien* vous voulez dire aucune présence ou aucun corps, alors non, de ce point de vue, c'est zéro pointé. Pourtant, c'est pas faute d'avoir essayé. On a tout passé au détecteur de sulfures – aucune concentration notable – et on a même sondé les murs qui nous semblaient creux aux ultrasons.

« Je vous l'avais bien dit », semblait appuyer le haussement de sourcils de la jeune châtelaine.

— Pas même un recoin sous terre où il aurait pu chuter ? insista Lobo. Ou l'une des cachettes que vous évoquiez, où il serait resté coincé ?

— Non, je répète, nos instruments ont éliminé toutes ces options-là. Y'a bien une trappe au plafond de la cave voûtée, qui communique avec la réserve du premier sous-sol. Mais elle est scellée. Pour des raisons de sécurité, j'imagine.

Laure confirma l'hypothèse d'un hochement de tête muet.

Soudain, une sonnerie bien moderne s'invita sous les dorures, maintes fois rafraîchies depuis 1730, date d'achèvement de l'hôtel Magon. Emma constata non sans surprise que le numéro finissant par trois 18 du CSU la rappelait déjà. Une nouvelle fois, elle mit quelques pas entre elle et les autres, trouvant refuge sur les premières marches de l'escalier monumental voisin.

— Je croyais que ça allait être long ?

— Pas quand y'a personne à l'image.

— Qu'est-ce que tu veux dire ?

— On a un nouvel algorithme de recherche sur les fichiers numérisés. S'il ne détecte aucune présence humaine, il fait un tout droit et ne déclenche aucune alerte sur nos moniteurs.

— C'est fiable ?

— Franchement, sur tous les tests qu'on a faits, c'est du 100 %

— Et là… C'est le cas ? s'étonna-t-elle. Tu n'as pas un chat durant près de six heures sous cet angle de vue ?!

— Si, vous pensez bien. Plusieurs chats.

Plaisantait-il ou était-il sorti du même tonneau bouchonné qu'un Jojo Prigent ?

— Mais pas la moindre trace d'humain, enchaîna-t-il. J'ai rien non plus sur la caméra située au bout de la rue de Chartres, près de l'*Ibis*, ni sur celle de la rue d'Orléans. Je me suis dit que ça vous intéressait aussi.

À elles trois, comme il s'empressa de le lui expliquer, elles offraient une triangulation visuelle parfaite sur l'hôtel Magon et les voies adjacentes. De telle sorte qu'aucune personne sortant de celui-ci par l'un des deux accès sur rue n'était en mesure d'échapper à leur vigilance.

— C'est dingue !

— Non, c'est juste le coin bourge de l'intra-muros une nuit de février. Pas de bar ou de restau dans le périmètre, très peu de touristes en ville, et des propriétaires qui habitent plutôt à Rennes ou à Paris en cette saison. Perso j'ai déjà fait des tours complets de l'intra-muros la nuit sans croiser qui que ce soit. Et pourtant, ça fait trois siècles qu'il y a plus de mastiffs en liberté dans les rues pour veiller au couvre-feu

En mettant un terme à l'appel, indifférente à cette analyse pourtant pleine de bon sens, Emma Lobo se fit l'effet d'être plus pâle que l'instant d'avant. La tournure quasi surnaturelle que prenait cette affaire chahutait son cartésianisme ordinaire.

Car si l'on croisait cette dernière information avec la fouille infructueuse menée par les deux IJ, cela signifiait *in fine* que... Guillaume Magon s'était purement et simplement volatilisé de son fastueux domicile !

Ni dedans. Ni dehors. Le grand Harry Houdini en personne n'eût pas désavoué la prouesse.

15

Saint-Malo, hôtel Magon de la Lande

« Ça va, inspecteur ? » lui lança Laure Magon en la retrouvant dans le hall. « Vous avez reçu de nouvelles infos sur Guillaume ? »

Encore sous le choc de ses propres déductions, Emma la dispensa de son petit couplet habituel sur la suppression du grade d'inspecteur près de trente ans auparavant – les clichés télévisuels avaient la vie dure.

— Non, rien d'important mentit-elle avec un aplomb qu'elle-même trouva peu convaincant.

— Vous êtes certaine ? Vous avez l'air toute chose...

« Toute chose ». La cohabitation prolongée avec un historien de vingt ans son aîné avait enduit ses expressions d'une encaustique vieillotte.

Encore un point qui les opposait. Jamais Emma ne se serait vue vivre avec un « vioque ». Les cinq ans qui la séparaient de Guilloux, tel était le max qu'elle pouvait envisager – elle chassa aussitôt cette pensée coupable.

— Ça va, vraiment, répliqua l'OPJ après une pause. L'appel concernait une autre affaire. Les attaques sur l'Intrail-Muros, vous en avez entendu parler, je suppose ?

Tout Saint-Malo bruissait de rumeurs à ce sujet, des plus fantaisistes aux plus sombres.

Le masque policé de son hôte se fissura de manière tout juste perceptible, en une infinité de minuscules contractions. Bien sûr qu'elle était au courant : elle couchait avec le patron de la course visée !

— Oui, comme ça, dit-elle d'une voix blanche, cherchant dans la spirale de l'escalier d'apparat une échappatoire qui se dérobait à elle. Les coureurs passent sous nos fenêtres, ce serait difficile d'ignorer la nuisance...

— Hum, c'est sûr. Mais c'est quand même dommage, pour votre mari.

— Dommage ? Je ne comprends pas...

— Eh bien, vu comme c'est parti, il ne pourra pas y participer. Sauf si on le retrouve d'ici demain soir, évidemment.

— Participer... À l'Intrail-Muros ?! Il ne manquerait plus que ça !

Dans les yeux pâles de Laure Magon, Emma lut cette fois un mélange de sincérité et d'incompréhension. La perspective de son époux cavalant en short fluo sur les remparts lui apparaissait de toute évidence comme incongrue. Presque choquante. N'était-il question que de rang et de prestige à tenir ?

— Pourtant, si j'en crois le registre des concurrents, il est bel et bien inscrit.

— Ça doit être une erreur, asséna-t-elle avec conviction.

— Ah non, non, il a même déjà réglé ses frais d'inscription, dix-neuf euros. Il ne vous en a pas parlé ?

— Suivez-moi, lui intima en retour la maîtresse des lieux.

En quelques enjambées, elles traversèrent de nouveau le bureau d'armateur, puis passèrent dans la pièce contiguë, une sorte de petit-salon au parquet en point de Versailles. Au passage, Emma repéra un panneau entrouvert dans les lambris du fond, sans doute l'accès à l'un des fameux escaliers dérobés. Mais elle ne put satisfaire sa curiosité, car Laure Magon la conduisit en sens opposé, du côté des larges baies vitrées donnant sur la cour d'honneur de l'hôtel.

La blonde se planta alors devant un seau en étain à long col, et le désigna d'un mouvement de main théâtral qui semblait valoir pour explication.

— Voilà... Elles sont toutes à Guillaume.

Du contenant jaillissait un bouquet de cannes de factures très diverses. Certaines paraissaient anciennes, de vraies pièces de collection en ébène, acajou, argent ou ivoire ; d'autres étaient plus simples, sans doute plus récentes, et l'on devinait sans peine qu'elles répondaient pour leur part à un besoin fonctionnel.

— Qu'est-ce que vous cherchez à me dire ?

— Mon mari a eu un accident de navigation assez sérieux quand il avait 11 ans. Il est tombé à l'eau et sa jambe gauche a heurté un rocher de plein fouet. Depuis, il boite de manière assez prononcée. Il a une patte folle, comme on dit.

Le détail n'avait pas frappé l'OPJ sur la brève vidéo entraperçue le matin même. Mais celle-ci était cadrée en plan américain, coupé à mi-cuisse, et surtout elle ne durait que quelques secondes à peine. Enfin, la verve dont faisait preuve l'intéressé sur cette séquence achevait de détourner l'attention de son handicap.

— Il ne peut pas courir, c'est ça ?

— Il en est strictement incapable, inspecteur.

« Capitaine » corrigea Emma en son for intérieur.

— Je dois avouer que quand je l'ai rencontré, il y a quinze ans, à Rennes 2, ce petit côté corsaire éclopé ajoutait pas mal à son charme.

— Mais aujourd'hui vous préférez le genre sportif et tablette de chocolat en béton, c'est ça ? Le genre Arthur Moreau ?

Non, cette pique-là, Emma l'avait bien imaginée, mais elle la retint *in extremis*. À la place, elle dit :

— Vous avez vérifié si toutes les cannes que possède votre mari étaient toujours présentes ?

— Ah non, vous avez raison, souffla Laure Magon.

Elle se pencha aussitôt sur le pot métallique et, d'un index couvert d'une épaisse chevalière fleurdelisée, elle entreprit de dénombrer les occupantes. « ... dix-sept, dix-huit, dix-neuf... », comptait-elle à voix basse.

— Vingt-sept. Il en manque une.

— Vous sauriez dire laquelle ?

De nouveau, elle plongea son regard délavé dans la forêt sculptée, puis annonça bientôt :

— Je crois que c'est sa canne de tous les jours.

— Elle ressemble à quoi ?

— Toute blanche, en os de baleine, avec un manche en équerre par rapport au fût. L'intérêt pour lui, c'est qu'elle se repère facilement la nuit, s'il veut se lever pendant ses insomnies.

— Il y tient plus qu'aux autres ?

— Plus, je ne sais pas. Elle lui vient de son grand-père Magon, ça j'en suis certaine. Les autres, il les aime aussi, mais c'est plutôt de la chine en brocante... vous voyez. Y'a moins d'affect.

Les questions affluaient dans l'esprit d'Emma à la vitesse d'une déferlante. Quel ravisseur prendrait le soin de récupérer la canne dont sa victime a besoin, qui plus est sa préférée ?

Ce détail ne plaidait-il pas lui aussi pour la piste de la disparition volontaire ? Restait à savoir comment Magon le magicien avait bien pu faire pour jouer les passe-murailles sans être repéré par la surveillance vidéo – gamine, Emma adorait le personnage de Marcel Aymé, elle rêvait de posséder un don comparable.

Restait surtout à déterminer pour quelle obscure raison le faux-aristo excentrique s'était ajouté à la liste des concurrents de l'Intrail. Pas pour courir, cela semblait acquis. À moins que ce ne fût que dans le seul but d'accéder aux remparts interdits à la promenade le temps de l'épreuve…

Les attaques et sa disparition étaient-elles donc liées, deux affaires pour le prix d'une ?

16

Saint-Jouan-des Guérets, clinique vétérinaire

Depuis six mois qu'elle pointait là – le quotidien de la clinique ressemblait pour elle à celui d'une usine –, Énora s'était fixé une routine tricotée de rituels. Ainsi, chaque jour à 17 heures pétantes, elle s'offrait un dernier café au percolateur du personnel soignant, avant de courir jusqu'à l'arrêt de la ligne 5 et de sauter dans son bus. Un train-train certes rassurant, mais aussi répétitif que lassant. Voilà tout ce qu'elle espérait fuir en Irlande. Sans idéaliser sa vie là-bas, elle n'envisageait pas de prescrire des antibiotiques pour des « chats à mémère » toute sa carrière de véto.

Oh, bien sûr elle culpabilisait un peu à l'idée de laisser derrière elle Shona, la brebis élevée par Franck et dont elle était désormais la marraine. Et aussi…

— Avec Fanny, tout va bien ?

La voix qui venait de faire irruption au beau milieu de ses pensées et des dosettes de macchiato était celle de Marion, l'une des rares autres stagiaires avec lesquelles elle avait accroché. La brunette originaire de Nouvelle-Calédonie assurant ce jour-là la garde en soirée, elles ne papoteraient que quelques minutes autour de leurs mugs fumants. Pourtant, depuis plusieurs semaines déjà, leurs confidences avaient atteint le niveau « déboires amoureux » – Marion se montrait intarissable, et souvent assez drôle, sur ses plans Tinder foireux.

— Oui, oui, ça va... Pourquoi ?

— Rien... Je l'ai croisée sur le parking en arrivant tout à l'heure – le boss m'a demandé de venir plus tôt. Quel relou, j'te jure.

— Et alors ?

— Quoi, le boss ?

— Non... Fanny.

— Ah., oui, pardon. Elle avait l'air... je sais pas, chamboulée.

« Holy feckin' hell », jura-t-elle en silence, comme l'eût fait Maggie. Fanny était venue la voir ici (c'était la première fois) ? Se pouvait-il que...

— Tu sais si elle est entrée dans la salle d'attente ?

Maîtres ou vétérinaires, ils étaient nombreux à s'être déjà plaints de la faible confidentialité offerte par le fameux mur vitré. Le propriétaire d'un Labrador, lequel avait appris de cette manière ô combien indélicate le cancer de son animal, avait même menacé la clinique de poursuites.

— Non, je te dis, on s'est juste aperçues. Mais elle n'a pas répondu à mon bonjour. J'ai même eu l'impression qu'elle pleurait. Ou peut-être qu'elle se mouchait juste, hein. Faut dire que le temps est tellement pourri, en ce moment...

Indifférente au blabla frivole de sa consœur, Énora claqua sa tasse encore pleine sur le plateau en plexi et la coupa net :

— Tu viens bien en bagnole ?

— Ouais..., hésita l'autre d'une voix traînante, flairant le traquenard.

— Tu peux me déposer chez moi vite fait ?

— Putain, Nono, tu charries ! Mon service commence dans dix minutes.

— Super, alors, dit-elle en attrapant Marion par la manche de sa blouse. Qu'est-ce qu'on attend ?

*

* *

Cinq minutes leur suffirent pour rallier la rue du Puits-Sauvage, cette route sinueuse entre ville et campagne.

— Continue, ordonna Énora à l'approche du *Manoir*.

— Ben, c'est pas ici, chez toi ?

— T'inquiète, roule, on va juste à côté.

Moins de trois cents mètres plus loin, au niveau du lieu-dit Beauregard, dixit un panonceau blanc, s'élevait une grosse demeure bourgeoise rénovée avec soin. « Le Repaire des corsaires – chambres d'hôtes » indiquait une plaque métallique discrète.

Intimant l'arrêt d'une main levée, la tornade rousse bondit hors de la citadine sans un merci et se rua sur le portail en bois brun. Comme à l'accoutumée, celui-ci était resté ouvert en journée.

Elle se glissa entre les deux lourds battants, puis traversa le jardin et la terrasse gravillonnée en direction du bâtiment principal, là où se trouvaient les chambres à louer. Elle s'attendait à devoir écumer la propriété pour trouver sa compagne – Fanny ne ménageait pas sa peine, de l'entretien ordinaire jusqu'au jardinage et aux menues réparations –, mais à peine le seuil franchi, elles tombèrent nez à nez.

Un long silence embarrassé, alourdi par le contre-jour, s'étira d'abord. Puis lorsque Énora fit mine de se rapprocher, la main tendue, Fanny recula de deux pas aussi larges et profonds qu'un abîme. Il ne demeurait plus la moindre ambiguïté sur la nature des propos qu'elle avait captés à la clinique.

— Je vais pas « t'arracher les yeux », tu sais, finit par lâcher Fanny, d'un timbre presque trop caressant. J'aimerais juste comprendre.

— Mais y'a rien à comprendre… C'est juste un vague projet. Une connerie.

— Crois-moi, ça sonnait pas comme ça tout à l'heure. T'as quelqu'un qui t'attend, là-bas, c'est ça ?

— Quoi ?! s'étrangla la fautive. Jamais de la vie !

— Hum, de toute façon, tu ne me le dirais pas. Qui répond sincèrement à cette question ?

— Moi ! s'écria-t-elle en effaçant la distance entre elles. Je te promets. Y'a personne d'autre. Je t'aime TOI !

Le regard noir de la jeune beauté black la transperça de part en part.

— Et c'est pour ça que tu veux me quitter. J'adore ta logique.

— Je t'aime *toi*… Et j'aime aussi l'idée de ma vie en Irlande. C'est pas obligé de s'opposer. Tu ne crois pas ?

Son amante opposa une moue où ne s'exprimait que sa soif d'exclusivité. Elle n'était pas née la femme amoureuse qui accepterait d'être placée sur une quelconque balance…

À présent, Énora s'était collée à elle, les bras passés autour de cette taille fine qu'elle aimait tant étreindre.

Par petites touches, *pizzicato* de baisers dans le vide, elle cherchait les lèvres charnues qui se dérobaient.

— De toute façon, siffla Fanny entre ses dents, on sait comment l'histoire finit.

— Ah bon, et comment ?

— Y'en a toujours un des deux qui finit par tromper l'autre.

— Géniale, ta vision de l'amour. On peut savoir d'où tu tiens une idée pareille ?

Fanny soupira profondément, avant de relater, en quelques mots aigres, la scène à laquelle elle avait assisté le matin même : Laure Magon dans les bras d'Arthur Moreau, l'organisateur de l'Intrail-Muros. Il fallut une bonne minute à Énora pour se figurer le tableau dépeint par sa petite amie.

Moreau était sous le coup de menaces graves pesant sur sa course… et il ne trouvait rien de plus urgent à faire que se vautrer dans la débauche ?!

— La miss Magon, elle est juste venue se faire…, éluda-t-elle la partie ordurière de la formule, bref tu m'as compris, ou bien elle avait un truc à lui dire ?

— Si j'ai bien tout chopé, son mari a disparu.

— Guillaume Magon ?!

— Ouais. Elle ne l'a plus revu depuis trois jours. Même qu'elle est allée déposer chez ton grand pote Guilloux.

— *Ton* pote Guilloux, tu veux dire ! la reprit aussi sec Nono.

En effet, le beau commissaire louait un deux-pièces intra-muros à son propre patron, Guy Le Divellec, et à ce titre, ils s'étaient croisés de nombreuses fois au cours de l'année écoulée. Pire, ils se tutoyaient.

Mais l'heure des chamailleries de réconciliation attendrait. De même que celui de leurs baisers. Déjà Énora filait vers l'extérieur. Elle devait partager ces informations avec le reste de la Breizh Brigade séance tenante. Au regard de l'histoire locale, la disparition d'un Magon revêtait au moins autant d'importance que, au pif, un attentat contre le maire. Plus, peut-être, si l'on considérait le poids des siècles. À Saint-Malo comme ailleurs, les élus valsaient ; mais l'influence des Magon dans la cité corsaire, elle, ne se démentait pas.

— Je dois y aller ! cria-t-elle, au comble de la surexcitation. Mais je sais qu'on n'en a pas fini, toutes les deux.

Fanny grimaçait, à demi rassurée seulement. Son regard accroché à la crinière rousse qui fuyait et se diluait dans le gris du ciel.

— Et n'oublie pas, lança Énora pour finir, ponctuant ses derniers mots d'un bêlement qui se voulait comique : je t'aaaaiiiime !

17

Saint-Malo, plage du Sillon

Elle aussi avait ses petites habitudes.

Chaque jour ou presque que Dieu faisait, sa journée de travail à la sous-préfecture à peine achevée, Alice Magon quittait sa villa de Courtoisville vers 17 heures et filait à la cale de Rochebonne, cette langue de pierres et de ciment qui léchait l'immense plage du Sillon. Comme le faisaient autrefois les enfants, elle se signait toujours avant d'« aller à l'eau » – les Malouins ne se baignent pas, c'est chose connue.

De là, immergée jusqu'à la taille, corsetée dans sa combinaison néoprène, elle progressait en direction de l'intra-muros, presque jusqu'au Fort national. Selon la marée, sa séance de longe côte se déroulait plus ou moins au large de la digue. Certains jours, elle n'était plus pour les promeneurs qu'un minuscule point perdu sur l'horizon. Mais, quelles que fussent les conditions, elle en ressortait à chaque fois revivifiée. Rien ne lavait mieux les affronts du quotidien, rien ne la régénérait mieux que ce bouillon primitif.

Il fallait au moins ça, ce jour-là, pour chasser le souvenir de son bref échange téléphonique avec la capitaine Lobo. La flic insistait pour qu'elle vienne auditionner au commissariat, en « qualité de simple témoin », sur la disparition de son demi-frère. Mais Alice avait préféré évacuer le sujet en quelques réponses lapidaires au bout du fil :

— Vous savez, j'ignore tout de la vie privée de Guillaume.

— C'est tout de même votre frère, non ?

— Mon demi-frère, corrigea-t-elle. Nous n'avons pas été élevés ensemble. D'ailleurs, nous ne sommes à nouveau en contact que depuis très peu de temps. Jusqu'il y a peu encore, il m'adressait à peine la parole. Pour la branche légitime des Magon qu'il représente, je n'étais que la bâtarde.

— Vous connaissez les raisons de ce revirement ?

— Non, et vu son absence à la cérémonie pour ma mère, hier, apparemment je ne suis pas prête d'entendre ses explications.

Elle ressassait encore son désarroi, c'était flagrant. Et seules des excuses de la bouche même de Guillaume sauraient effacer ce sentiment amer mieux que l'eau salée.

« La vache, vous avez vu comme elle trace ! » s'exclama Énora depuis la chaussée.

Malgré sa cinquantaine, Alice tenait la forme, en effet. La marée était presque haute, cette fois-ci, et la silhouette sèche se distinguait sans peine depuis le bord. Elle venait tout juste de dépasser la première villa du Sillon, autrefois magasin de jouets et désormais restaurant touristique à la vue mer imprenable.

Par chance, la voisine d'Alice Magon se montrait aussi bavarde que celle-ci était insaisissable. La vieille dame n'avait fait aucune difficulté pour leur révéler son rituel quotidien. « Oh, à cette heure-là, elle fait trempette ! Vous êtes sûres de la trouver là-bas. »

La repérer sur les trois kilomètres de plage, en revanche, leur avait pris plus de quelques minutes. Mais le jeu en valait la chandelle, Maggie en était persuadée. Qui mieux que la belle-sœur de Laure Magon pouvait les renseigner sur ses écarts conjugaux ? Qui mieux qu'elle pouvait deviner les raisons pour lesquelles Guillaume s'était évaporé ?

Le rapport de Nono au retour de Beauregard avait suffi à rebattre les priorités de la Breizh Brigade. L'enquête sur l'Intrail-Muros attendrait. À elles le mystère que constituait le subit évanouissement de Guillaume Magon !

— On fait quoi ? s'enquit Louise, emmitouflée dans un caban élimé ayant appartenu à son père. On attend qu'elle sorte de l'eau ?

— No way ! Si on veut avoir une chance de la faire parler, au contraire, faut la prendre dans son jus.

À ces mots, elle dévala les quelques marches conduisant sur le sable, franchit le rideau de brise-lames aussi noueux que des sarments, et trotta en direction de la nageuse. D'abord prises de court, sa fille et sa petite-fille ne tardèrent pas à la rejoindre.

Brandissant sa canne comme une baguette d'officier, Maggie pointa la quinquagénaire qui pataugeait à quelques pas d'elle.

— You ! aboya-t-elle. Now, we need to talk. Et pas les jérémiades bullshit que vous nous avez servies au cimetière.

L'agression verbale surprit tant Alice Magon que celle-ci trébucha et manqua boire la tasse.

— Ça va pas bien ?! se récria-t-elle. Laissez-moi tranquille, ou j'appelle à l'aide !

Mais la vieille Irlandaise n'était pas du genre à se laisser impressionner par des menaces aussi vagues. De toute manière, le temps était maussade, et sur la plage quasi déserte le passant le plus proche ne se trouvait qu'à plusieurs centaines de mètres d'elles.

Maggie entra dans l'eau sans une once d'hésitation. En deux ou trois enjambées, elle se trouva trempée elle aussi jusqu'aux genoux. Une telle audace pétrifia Alice. Celle-ci ne se rebella même pas lorsque le pommeau en argent comprima sa gorge.

— Vous savez pourquoi votre frère n'était pas présent à la cérémonie. Vous savez pourquoi il a disparu, Am I right ?

— Mais non ! Si je le savais, croyez-moi, je l'aurais dit aux flics qui ont voulu m'interroger tout à l'heure. Je ne suis pas maso au point de me faire passer pour suspecte.

— Qui d'autre, alors ? la pressa Énora, quelques pas en retrait, au sec.

— Je ne sais pas, moi. Commencez peut-être par sa femme. Après tout, c'est elle qui vit avec lui, pas moi.

Maggie abaissa sa canne. Les trois Corrigan échangèrent un bref regard, puis Louise revint à la charge, à sa façon, plus pondérée :

— Laure... Vous êtes au courant de ses... ?

— Qu'elle couche à droite à gauche ? la coupa-t-elle net. Oui, et je peux vous dire que ça ne date pas d'hier. Je pense même que ça la démange de quitter Guillaume depuis belle lurette. Même si elle ne l'avouera jamais.

— Qu'est-ce qui la retient, à votre avis ? Les enfants ?

— Oui, mais pas seulement. Si elle part demain, faudra bien qu'elle les fasse manger, ses gamins.

Une aigreur était perceptible dans ses propos.

— Elle ne travaille pas ?

— Hum, plus ou moins... Enfin, si on peut appeler « travailler » ce qu'elle bidouille à titre bénévole pour la société qui gère le musée.

— Vous voulez dire qu'elle a peur de la précarité financière en cas de divorce ? Elle devrait pourtant toucher une pension alimentaire confortable, non ? Sans parler d'une prestation compensatoire pour elle.

Sa séparation avec Alain avait beau remonter à près de vingt ans, Louise connaissait bien le sujet.

Mais, en réponse, Alice haussa des sourcils confits de sel marin. Ce scénario favorable semblait la laisser dubitative.

— Vous, on voit bien que vous n'avez pas eu accès aux comptes de mon frère...

— Pourquoi ? Vous oui ? s'étonna Louise.

— Disons que j'ai eu vent de certaines choses, esquiva-t-elle la question. Guillaume a beau n'être que mon demi-frère, les gens viennent volontiers me parler à son sujet.

— So what ? s'impatienta Maggie.

— C'est très simple : il est criblé de dettes. Ses avoirs courants se résument à des montagnes d'agios. Alors oui, son patrimoine vaut une petite fortune – environ quatre millions pour l'hôtel Magon, et au moins autant pour la Chipaudière. Mais tant qu'il se refusera à vendre – ne serait-ce que l'un des deux – et qu'il s'acharnera à les entretenir coûte que coûte... Sa comptabilité restera un véritable cul-de-basse-fosse. On n'en voit pas le fond.

La Breizh Brigade digéra ces révélations quelques instants, leurs pensées fouettées par le vent du nord qui balayait la plage à perte de vue. Un début de crachin avait repris et piquait la surface émeraude blanchie d'écume.

— Mais si Guillaume venait à mourir, ou si son décès venait à être déclaré par les autorités... Laure hériterait de tout, non ? Financièrement parlant, elle serait sortie d'affaire ?

— Je vois bien ce que l'hypothèse peut avoir de tentant...

Partageait-elle ces coupables pensées s'agissant de sa belle-sœur ? Après tout, elle ne semblait pas porter celle-ci dans son cœur, et avait même la confidence assez facile à son sujet.

— ... Mais je vais devoir vous contredire une nouvelle fois. Guillaume et Laure sont mariés sous le régime de la séparation de biens. De telle sorte que dans le cas que vous évoquez, elle ne pourrait prétendre qu'à la moitié des biens communs. Or, seule la Chipaudière a été mise à leurs deux noms. Elle ne toucherait pas un centime sur l'hôtel Magon, qui reviendrait à ses enfants à la majorité de Grégoire, soit pas avant une bonne douzaine d'années. D'ici là, même si elle revendait la Chipaudière au prix que je vous ai indiqué, elle n'aurait ni les moyens de racheter leurs parts à ses enfants, ni celui de maintenir les deux biens en l'état tout ce temps-là. Au mieux du mieux, elle pourrait s'offrir un bel appartement moderne en front de mer, et mettre le reste à l'abri pour vivoter une fois les dettes de Guillaume acquittées. Mais ça s'arrêterait là. On ne peut pas dire qu'elle s'enrichirait.

— Are we supposed to cry ? s'agaça Maggie, elle-même au fait des difficultés qu'il y avait à entretenir un patrimoine historique.

— Tout ce que je voulais dire, c'est que Guillaume n'est pas la poule aux œufs d'or que vous pourriez imaginer.

Pas plus que Laure Magon n'en constituait une (potentielle) pour son amant, Arthur Moreau.

— Croyez-moi, conclut-elle en sortant enfin de l'eau – son dépit était manifeste. Les œufs d'or de la famille, il y a bien longtemps que mon père et mon frère les ont gobés tout cru !

18

Saint-Malo, porte Saint-Vincent, office de tourisme

« Donc vous, votre solution de merde à mes problèmes, c'est de foutre des mois de travail à la poubelle et de renvoyer tout le monde à la maison ?! »

La voix d'Arthur Moreau avait retenti à la façon d'une corne de brume. Une gueulante à réveiller tous les marins morts en mer. Les quelques visiteurs égarés dans l'office de tourisme au beau milieu de l'hiver en étaient restés statufiés. Celui à qui était destinée cette diatribe, en revanche, n'opposait qu'une figure impassible – il faut croire qu'il avait l'habitude de se faire aboyer dessus.

— Ne dites pas n'importe quoi, maugréa Christophe Guilloux avec calme. Vous savez très bien que notre unique souci est la sécurité des participants. Je constate juste qu'en l'état, ni vous ni nous ne pouvons la garantir.

— La sécurité... et la prospérité de mes concurrents ! s'emporta Moreau.

Voilà qu'il enfourchait son vieux cheval de bataille paranoïaque. À l'écouter depuis le début, les attaques contre son Intrail-Muros n'avaient d'autre objet que de favoriser les courses rivales. Une piste que rien n'avait permis d'étayer jusqu'à présent.

Les deux hommes se faisaient face dans l'entrée du bâtiment vitré, baigné d'une lumière grise et uniforme. À côté d'eux, et quoique de taille moyenne, Fabienne Leroy, la responsable du lieu, se sentait minuscule.

— De toute façon, dit le commissaire en se tournant vers celle-ci, la décision d'annuler ou non votre épreuve ne m'appartient pas. C'est à la mairie de trancher.

D'ordinaire très sûre d'elle, la jeune femme blonde en tailleur pétrissait ses mains en un geste répétitif qui trahissait tout son embarras.

Maintenir, c'était prendre le risque d'un nouvel incident. Annuler ou même reporter l'épreuve, c'était la certitude de perdre un nombre important de touristes et de clients potentiels pour les commerces malouins. Un dilemme dont Francis Leroy s'était déchargé sur elle avec une rare lâcheté. « Fais comme tu le sens : après tout, c'est toi qui connais le mieux le dossier, non ? » lui avait-il lancé quelques heures plus tôt, dans son bureau niché au sommet du château voisin.

— Et si on doublait les patrouilles ? suggéra-t-elle du bout des lèvres.

— On les a déjà doublées après le premier incident. Avec le succès que tu sais... Ceux qui installent ces câbles sont de vrais courants d'air. Et on ne peut pas mettre non plus un agent derrière chaque coureur.

— J'aurais bien une solution, intervint Moreau, qui semblait être redescendu d'un ton. Mais je ne suis pas sûr qu'elle plaise à monsieur le maire.

Intriguée, la représentante de ce dernier l'encouragea d'un moulinet de la main.

— Dites toujours.

— Eh bien, c'est tout simple : puisque les lignes en question ont été à chaque fois tendues entre des points de fixation déjà présents sur les remparts... Pourquoi on ne retirerait pas ceux-ci, au moins à titre provisoire ? Et on réinstallera tout dès que l'Intrail aura eu lieu.

Fabienne Leroy vira au blanc linceul.

— Vous voulez virer les anneaux de recul et les canons de la Hollande ? Vous vous rendez compte du travail que ça demande ?! Sans parler des autorisations à obtenir de la part des Monuments historiques. On ne touche pas si facilement à notre patrimoine.

— Si ça ne tient qu'à ça, j'ai trente bénévoles qui peuvent donner un coup de main. Je passe quelques coups de fil et on peut s'y mettre dès ce soir, sous les ordres de vos employés municipaux. Ça vous irait ?

— T'en penses quoi ? interpella-t-elle Guilloux.

Voilà déjà plusieurs mois qu'elle n'envisageait plus le fringant commissaire comme une option intime possible, mais elle persistait à voir en lui un soutien fiable. Quelqu'un qui voyait juste et sur qui elle pouvait compter.

Comme un fait exprès, c'est le moment que choisit Emma Lobo, l'adjointe de Guilloux et sa rivale non déclarée, pour les rejoindre à l'intérieur. À voir leurs mines défaites, celle-ci comprit qu'un bonjour muet était de rigueur.

— J'en pense qu'on n'atteindra jamais le zéro risque, lâcha l'intéressé. Donc si tu considères que cette solution est viable... C'est bon pour nous. Faudra juste qu'on se coordonne pour que la désinstallation se fasse elle aussi sous notre surveillance.

Un air de triomphe s'afficha sur la face cubique de Moreau, lequel attira Fabienne Leroy à part, afin d'évoquer les détails de son projet. Malgré les quelques pas qui les séparaient désormais, les deux OPJ comprirent qu'il était question d'une interview qu'il donnerait le soir même au *Pays malouin*, pour parution dès le lendemain matin. Rassurer les participants, telle était désormais sa priorité.

« Alors, si j'ai bien compris, on maintient ? »

Emma avait grimacé sa question plus qu'elle ne l'avait posée. S'éloignant à leur tour des deux autres, ils étaient sortis hors de l'office de tourisme. Là, une marquise à haubans les protégeait des quelques gouttes qui s'acharnaient à tomber. À Saint-Malo, il n'y avait guère que la pluie pour être aussi têtue que ses habitants.

— Ouais, départ demain soir à minuit, comme prévu, admit-il sans conviction.

— Hum. Tu sens comme moi le plan foireux ?

— Fais pas ta défaitiste. L'idée de couper l'herbe sous le pied des agresseurs est plutôt bonne.

— Attends, t'as quand même conscience que le grand gagnant, dans l'histoire, ça va être Moreau lui-même ?

— Qu'est-ce que tu veux dire ?

— Figure-toi que j'ai demandé une version actualisée de la liste des participants : les deux premières attaques n'ont pas généré de défections, c'est même tout le contraire ! L'odeur du sang attire du monde. Y'a eu plus de trois cents inscriptions supplémentaires au cours des trois derniers jours.

— Elles ne sont pas bouclées ?

— Faut croire que non. Et à dix-neuf euros par tête, ça fait près de six mille euros en plus dans les caisses de M-Trail.

— T'es pas en train de me dire qu'il aurait monté tout ça lui-même, juste pour se faire un coup de pub ?! s'étrangla Guilloux. Y'a quand même un type encore entre la vie et la mort à l'hosto !

— Exact. Et je ne suis pas en train de te le dire.

Elle assortit sa repartie d'un clin d'œil complice, avant de poursuivre.

— Pour la bonne raison que, en l'état, j'ai pas la queue d'une preuve. Ce que je peux te donner comme info, par contre, concerne les comptes de M-Trail. Portier nous a fourni les références de l'agence bancaire de la SAS.

— Conclusion ?

— Il apparaît que celle-ci est grave dans le rouge.

— Plus que de six mille euros ?

— Bien plus. On parle de plusieurs crédits, tous avec des incidents de remboursement, pour un encours total d'au moins trois cent mille euros.

— Ah ouais... Il est dans la merde jusqu'au cou, en fait.

D'où l'insistance du patron de l'Intrail à voir sa course maintenue. D'où sans doute aussi le licenciement expéditif de Lucas Portier.

Mais il n'y avait pas besoin d'être très doué en calcul mental, pour comprendre qu'il faudrait plusieurs éditions bénéficiaires, et un nombre décuplé de participants à chacune d'entre elles, pour lui permettre d'éviter la banqueroute.

— À propos de son « rapprochement » avec Laure Magon... T'es sûre de ton coup ?

— Pourquoi ? Tu penses qu'il couche avec elle par intérêt ?

— Ben, je suis moins spécialiste que toi des grandes familles malouines. Mais c'est bien une des principales fortunes de la ville, non ?

Emma n'eut pas le temps d'explorer cette hypothèse avec lui. Un drelin insistant agitait son portable. Elle prit l'appel, enchaîna une série de Oui et d'OK laconiques, puis raccrocha et annonça dans la foulée à son chef, sur un ton où la stupeur le disputait à l'euphorie :

— On a retrouvé le 4 × 4 de Guillaume Magon. Sans Magon dedans, je précise.

— Où ça ?

— Au parking de la gare de Rennes.

Soit à soixante-dix kilomètres de son domicile et du point où il s'était évaporé. Le fantôme à la canne en os de baleine avait-il pris le train pour une autre destination ?

19

Saint-Malo, Manoir des Corrigan, *salle de jeu*

« Whiskey ? »

— Feck yeah... Whiskey, approuva Maggie en s'effondrant dans l'un des trois fauteuils club.

Quoique volontaire, son bain de mer aux côtés d'Alice Magon l'avait épuisée. Une fois au sec, elle avait mis plusieurs heures à réchauffer ses vieux os irlandais. Il n'y avait certes pas d'âge pour de telles bêtises, mais il lui fallait bien reconnaître qu'elle les payait désormais au prix fort.

— Maman, whiskey ? insista Énora, carafe en main.

Occupée à raviver le feu dans la cheminée à l'aide d'un tisonnier, Louise déclina l'offre d'un petit geste évasif. Et lorsque enfin les flammes lui parurent aptes à réchauffer l'atmosphère glacée de la pièce, elle prit place à son tour dans le cercle de cuir élimé – elle se contenterait cette fois-ci d'une tisane aux herbes du jardin.

Le rituel de leur débriefing prenait d'autant plus de relief quand les éléments se déchaînaient au-dehors. Il n'était pas 19 heures et déjà une nuit griffée de pluie isolait leur bulle cosy du reste du monde. L'écrin parfait pour un round de confidences et de spéculations échevelées.

— Au fait, s'enquit Nono entre deux gorgées brûlantes, tu lui as demandé quoi, à Alice, quand t'es retournée la voir ?

Juste au moment de quitter la plage, en effet, Louise avait rebroussé chemin quelques instants. Une toute dernière question à poser à la femme en combinaison néoprène.

— Je l'ai interrogée sur sa part d'héritage dans la fortune laissée par François Magon.

— Et alors ?

— Eh bien, il a beau avoir vécu plus longtemps avec Renée qu'avec sa première femme, il ne leur a pas légué grand-chose, si on compare ça au patrimoine qui est revenu à Guillaume.

— Le chacal !

— Oui, enfin, on parle quand même d'une villa 1900 en plein Courtoisville, c'est pas non plus la misère. Mais c'est vrai qu'à côté de l'hôtel Magon et de la Chipaudière, ça ne fait pas vraiment le poids.

— Alice... tu penses qu'elle en conçoit une forme de jalousie ?

— Of course she's jealous ! s'exclama Maggie. Non seulement tout le monde la considère comme la bâtarde, mais en plus il lui laisse trois pennies ! What a bollix !

Du Maggie Corrigan pur malt, toute en nuances.

— En tout cas, pondéra Louise, ça expliquerait un peu pourquoi Guillaume a évité sa demi-sœur tout ce temps.

— Tu veux dire qu'il n'y aurait pas qu'une question de légitimité en jeu ?

— Eh bien, mets-toi à sa place deux minutes. Imagine que tu aies un demi-frère et que ton père et moi on t'ait ouvertement favorisée *toi*. À ses dépens. Tu ne te sentirais pas un tout petit peu coupable vis-à-vis de lui ? Tu le fréquenterais comme si de rien n'était, sans arrière-pensée, sans imaginer qu'un jour il viendrait te réclamer des comptes, ou juste son dû ?

— Sans doute pas, non, admit Énora, songeuse.

Guillaume Magon fuyait-il ce qu'il supposait être le ressentiment envieux d'Alice ? Avait-il organisé sa propre disparition dans le seul but d'éviter la cérémonie en l'honneur de Renée ? Un peu gros, non ?

Longtemps, dans ses jeunes années, Nono s'était demandé pour quelle obscure raison ni son père ni sa mère n'avait refait sa vie après leur divorce. Par moments, elle leur en avait même voulu de ne pas lui avoir donné de frère ou de sœur, fût-il ou fût-elle « demi ».

Mais, aujourd'hui, il lui suffisait de surprendre leurs regards transis pour comprendre. Ces deux-là vivaient leur amour à distance, comme deux chemins parallèles, séparés et néanmoins indissociables.

— En même temps, plaisanta-t-elle pour dissiper ses pensées, tout l'héritage qu'on aurait eu à se partager, mon frangin et moi, c'est une malouinière en ruine avec une mamie ronchon à l'intérieur. Tu parles d'un cadeau !

Tout en poursuivant la dégustation de son vingt ans d'âge, Maggie déploya un majeur dressé le long du verre à l'intention de sa petite-fille.

— This one is for « mamie ronchon », ma chérie, grinça-t-elle avec une évidente affection.

Elles partirent toutes trois d'un rire aussi léger qu'un arc-en-ciel sur la lande du Kerry. Il fallait bien ce genre de parenthèses enjouées, pour supporter la pression qu'elles se mettaient elles-mêmes. Résoudre des énigmes aussi complexes avec les seuls moyens de la Breizh Brigade n'était pas toujours une sinécure. Plus encore quand il leur en tombait deux sur les bras…

— Well, reprit Maggie avec plus de sérieux, what do you think ? On se concentre plutôt sur les attentats contre la course, ou plutôt sur la disparition du bleedin' Magon ?

— J'avoue qu'avec ce que Fanny nous a appris sur les infidélités de Laure Magon, dit Louise, je pencherais plutôt pour l'option deux. D'autant plus qu'on est au point mort sur l'Intrail.

Les deux autres femmes abondèrent d'un hochement silencieux. Elle n'avait pas tort. À part pour fantasmer sur d'improbables fantômes, ni leurs investigations propres ni ce qu'elle avait capté des recherches policières via Jojo Prigent ne les avaient menées très loin.

— D'ailleurs, à propos de Guillaume…

Elle attrapa l'ordinateur potable qui reposait sur la table basse et lança l'une des innombrables vidéos postées par l'intéressé sur les réseaux sociaux. On y voyait un Guillaume Magon fanfaronnant pour son public de visiteurs, sorte de capitaine Haddock malouin, les insanités en moins.

— Comme vous le voyez, il est plutôt du genre à aimer se mettre en scène. Officiellement, toujours pour valoriser le patrimoine familial. Mais quand même… Il m'a l'air d'avoir un sacré ego, notre ami l'armateur.

— OK. Et tu en déduis quoi ?

— Rien de concret. Mais je me dis qu'on ne cherche pas à se faire mousser de la sorte en permanence sans faire d'ombre ou de tort à un tiers. Y compris à son insu.

— Tu crois qu'il écrase quelqu'un et que ce quelqu'un aurait pu vouloir prendre sa revanche sur lui ? suggéra Énora. Quelqu'un… comme Alice ?

— Disons que c'est une hypothèse parmi d'autres. Mais on pourrait aussi se demander si, tout simplement, deux amants illégitimes dans la fleur de l'âge n'ont pas cherché à se débarrasser d'un vieux mari encombrant.

— Oh, le cliché…, soupira Nono.

— Ce n'est pas parce qu'un scénario est classique qu'il est pour autant moins probable que les autres. D'un point de vue statistique, ce serait même plutôt l'inverse. Crois-moi, dans la vraie vie, on navigue plus souvent dans du Feydeau que du Stephen King.

Laure Magon avait-elle pu vouloir éliminer son époux pour des motifs autres qu'économiques ? Par pure passion ? Autre chose encore ?

— What if on enquêtait sur les deux, l'Intrail *et* Magon ? Après tout, on a au moins un protagoniste commun entre les deux, Arthur Moreau.

— Sérieux ? s'écria Énora. Tu trouves qu'on n'est pas assez occupées comme ça avec une seule affaire ?

Dans son ton soudain vindicatif, dans ce corps blessé qui s'était tendu contre le dossier du fauteuil s'exprimaient d'évidence les séquelles de l'agression subie, encore bien présentes. Sans compter son stage, sa brouille avec Fanny… Leurs poids conjugués semblaient l'écraser un peu plus encore sur l'assise enfoncée.

Louise se contenta de hausser les épaules et Maggie de siroter son whiskey comme si le dilemme ne la concernait pas, ponctuant chaque lampée d'un slurp sonore.

— Hé, enchaîna la furie rousse, c'est pas parce que vous n'avez pas de vie que je dois faire pareil !

— What !? Je te rappelle qu'on vient *encore* de me demander en mariage. Tout le monde ne peut pas en dire autant. Right ?

— Ben, tu vas refuser, granny, non ? Comme d'habitude ?

La réplique avait jailli avec la vitesse et la brutalité d'une gifle.

Maggie se figea, bredouilla une repartie qui lui échappait en grande partie, puis plongea son regard et ses lèvres dans le liquide ambré. Dieu seul savait ce qu'elle ratiocinait à cet instant-là. Dieu seul pouvait deviner – et pas elle – quelle décision elle prendrait *in fine*...

20

Saint-Malo, Manoir des Corrigan, *bar clandestin*

De l'aveu même d'Arnaud Prigent – quand sa lucidité inter-cuites le lui permettait –, l'ascendant qu'avait pris son cousin Jojo sur son auditoire au clandé des Corrigan, lui compris, avait submergé la digue du raisonnable.

À vrai dire, on naviguait même en plein délire collectif.

Chaque soir ou presque, le même petit cercle de shootés aux derniers scoops s'agglutinait autour du bar, non loin de là où trônait l'improbable mannequin représentant feu le propriétaire des lieux, Constant. Les oreilles s'ouvraient en grand, Jojo avalait deux ou trois pintes pour se donner de l'allant, et c'était parti pour une ou deux heures de révélations toutes plus brûlantes les unes que les autres. Mais ce qui avait commencé comme un rendez-vous pour quelques happy few prenait depuis quelques jours des proportions préoccupantes. Et plus le fan-club des curieux s'élargissait, et plus Jojo se sentait tenu d'ajouter force détails. Quitte à saupoudrer les PV et rapports de ses confrères de quelques fantaisies de son cru.

Malgré tout, et dans la plupart des cas, il répétait mot pour mot ce qu'il avait entendu derrière les portes de ses chefs. C'est fou comme la piètre qualité du matériel administratif laissait bien passer les sons…

— Donc le gars Magon, il clopine comme un tordu, et malgré ça il s'inscrit à la course la plus casse-gueule de la Terre ! Vous y croyez, vous ?

— Enfin le plus zarb, renchérit Arnaud, c'est quand même la façon dont il s'est volatilisé de chez lui ! Il est là, et paf, il est plus là !

Après quelques verres, il lui arrivait d'inverser certaines syllabes, une sorte de dyslexie alcoolique, dont n'était pas non plus exempt son parent.

— Moi, celui que je sens pas, intervint un autre arsouille vautré sur le zinc, c'est le Moreau. Ses finances sont à la ramasse et comme par hasard il couche avec l'une des plus riches héritières de la ville ?! On va nous faire croire que c'est par amour, peut-être ?

— Moreau ou pas, ceux qui ont escamoté Magon sont plutôt forts. Rien sur les caméras de surveillance de l'intramuros la nuit de la disparition. Pas de traces de lui non plus à son bureau à la fac. Et je ne parle même pas de son 4 × 4 retrouvé vide à la gare de Rennes…

— Tu sais quand il s'est garé là ?

— Mieux que ça, plastronna Jojo, j'ai chopé la vidéo de surveillance. Depuis la reconstruction de la gare, ils ont un système au top.

Joignant le geste au blabla, il sortit son smartphone et ne tarda pas à afficher une séquence vidéo monochrome, et horodatée. Le début donnait à voir un parking encore aux trois quarts vide. Puis soudain un gros Range Rover sombre apparaissait à l'image et se logeait sur un emplacement, en marche avant.

— 29 février à 7 h 32, commenta-t-il. En gros une heure après que sa bourgeoise a constaté qu'il s'était fait la malle avec sa canne préférée.

— Vu le temps qu'il faut pour faire Saint-Malo-Rennes par la quatre-voies, c'est pas déconnant.

— Attends la suite…

Après plusieurs minutes sans action, la porte côté conducteur s'ouvrit sur une silhouette coiffée d'une casquette à motif, impossible à identifier vu l'angle de la caméra. Ce qui sautait aux yeux, en revanche, et ce dès les premiers pas de l'inconnu à travers l'espace désert, était le boitement de sa jambe gauche. Une claudication assez prononcée pour être visible sur des images de faible définition.

— Gast ! Jura Arnaud en breton. C'est Magon ?!

— Ben si c'est pas lui, c'est son jumeau. Même taille, même gabarit, même patte folle…

— Et tu sais où il est allé après ?

— Non. Les caméras le perdent à la sortie des sous-sols. À cette heure-là, dans la salle des pas perdus, c'était l'affluence des banlieusards qui transitent par le centre de Rennes. Il a pas eu de mal à se noyer dans la masse.

— J'imagine qu'on a aucun billet de train réservé à son nom ?

— Que dalle, t'imagines bien. Et rien non plus sur les écrans des principales gares de destination : Nantes, Laval, Montparnasse, etc.

Deux disparitions en quelques heures, ça commençait à faire beaucoup pour un seul homme. L'assistance, bouche bée devant ce double prodige, préféra recommander à boire pour noyer sa déconvenue. En quelques secondes,

Sophie la barmaid vit affluer plus de demandes de pintes que dans l'heure écoulée. Les exégèses avinées et les théories fumeuses allaient bon train parmi les poivrots. « P'têt ben que c'est un extraterrestre ?! » lança l'un d'entre eux, aussitôt corrigé par un autre « ou un illuminati, va savoir avec leur alchimie de mes deux… ».

Jojo profita de cette diversion pour attirer son cousin à l'autre extrémité du zinc, moins encombré de soûlards et de spéculations complotistes. Face aux grandes portes vitrées donnant sur le parc obscurci. Et pile sous l'œil inerte de Constant Corrigan.

— À toi, je peux bien montrer le meilleur.

— Il réapparaît ?! conjectura Arnaud, l'œil rond et la bave aux lèvres.

Une vraie drogue, décidément. Mais le flic à tête de troll agita sa lippe en guise de dénégation.

— Faut pas charrier, quand même. C'est pas David Copperfield. Mais regarde-moi un peu cette merveille…

En trois clics sur l'écran de son mobile, il avait fait surgir une vue (grisâtre et fixe) sur une pièce vide, sans décoration, juste pourvue d'une table et de deux chaises en plastique.

— C'est quoi ? C'est où ?

— Eh eh, c'est mon nouveau tour de magie à moi : captation en direct des salles d'audition du commico. Et t'as pas tout vu, y'a encore mieux.

D'un doigt gauche, il passa d'un plan à l'autre, matérialisés par autant de miniatures. Un familier des lieux eût reconnu sans peine le hall du commissariat, puis la salle de repos des OPJ, et même le bureau de Christophe Guilloux en personne. Le patron, toujours à l'œuvre en dépit de l'heure tardive, y était attablé, en grande conversation avec son adjointe, Emma Lobo.

— C'est dingue ?! Comment t'as fait ça ? T'as encore graissé la patte de tes collègues du service technique ? demanda Arnaud. Ça va te coûter bonbon en exos pour les matches.

— Même pas eu besoin. Tutos en ligne, mon gars. Comme j'avais déjà certains accès, ça a été simple comme bonjour. Demain, je veux hacker le Pentagone, y'a tout ce qu'il faut sur YouTube.

Il exagérait un chouïa, bien sûr, mais il disait vrai quant à la méthode employée. Pressant l'icône en forme de haut-parleur, il partagea alors le son étouffé capté par la webcam. On distinguait assez mal les voix, et le propos était en partie haché. Certaines phrases émergeaient néanmoins de ce magma sonore :

— Tu penses comme moi ? disait la jeune femme brune.

— Ça pue la mise en scène, ouais… Et d'expérience, quand ça pue comme ça, la charogne n'est jamais très loin. Faut juste qu'on renifle mieux.

21

Saint-Malo, sur la route conduisant au Manoir, *hameau Saint-Étienne*

« Qu'est-ce que tu me veux, precisely ? »

— Rien, juste dîner avec toi.

— Pour quoi faire ?

— Mais… pour le plaisir de passer une soirée ensemble. C'est interdit ? s'était indigné Jacques, pour la forme.

— Don't be such a gobshite. Bien sûr que ce n'est pas interdit. Enfin, tant que tu ne m'emmènes pas là où tu vas avec *elle,* of course.

Maggie Corrigan n'était pas née d'une pluie assez récente pour douter des intentions véritables de son prétendant. Dans l'attente d'une réponse plus claire que ce « B'fhéidir » pétri d'incertitudes, celui-ci comptait bien jouer toutes les cartes à sa disposition pour faire pencher la balance en sa faveur. Et si on n'acceptait pas une demande en mariage contre un dîner aux chandelles, un peu de gratification ne pourrait pas nuire.

Tandis que Louise poursuivait ses recherches en solo au *Manoir* et qu'Énora tentait de « rattraper le coup avec

Fanny » au *Java café*, le couple de septuagénaires s'était donc attablé à *La Corniche*, un restaurant avec vue mer, à deux pas du casino. Malgré son emplacement privilégié, l'établissement avait changé plusieurs fois de propriétaire et de nom en quelques années. Le soir, le panorama idyllique disparaissait dans l'obscurité, mais une oreille attentive pouvait le recomposer d'après l'écho des rouleaux qui déferlaient de l'autre côté de la rue. Les jours de grande marée, celle-ci se voyait submerger par les paquets de mer et de varech. Plus attrape-touristes, on pouvait difficilement, mais le lieu n'en conservait pas moins des notes flatteuses sur TripAdvisor et une bonne réputation d'ensemble, y compris parmi la clientèle locale.

— Comment sont tes Saint-Jacques ? demanda-t-il pour combler un silence qui s'étirait trop à son goût.

— Well, je dirais des Saint-Jacques *à la Jacques*.

Maggie picorait ses coquillages en en savourant chaque bouchée.

— Qu'est-ce que c'est supposé vouloir dire ?

— Ça signifie que c'est bon, très bon même. Mais on se demande quand même si le prix à payer pour un plat aussi simple à préparer n'est pas un peu too much.

Gaillard encaissa la pique avec tout le flegme britannique dont était dépourvue son Irlandaise de maîtresse. Il lissa ses cheveux gris et plongea le nez dans sa souris d'agneau comme s'il n'avait rien entendu. Puis, après quelques bouchées, il éprouva le besoin d'ajouter :

— Tu sais, tu seras aussi libre qu'avant, si c'est ça qui t'inquiète. Il n'y aura pas de « prix à payer ». Je m'y engage.

— Feckin' hell ! Bien sûr que je serai aussi libre que maintenant !

« J'aimerais bien voir dans quelle version de la réalité ce ne serait pas le cas ! » s'offusquait le regard gris-bleu de Maggie.

À titre d'illustration, elle déclina la proposition de dessert faite par une jeune serveuse blonde en marinière – l'uniforme du personnel en salle – et sortit sur la chaussée du Sillon sans un merci ni un au revoir pour son convive, occupé à régler l'addition.

En prenant place derrière le volant de Lilybeth, garée non loin, elle en conçut une forme de culpabilité. Jacques avait beau l'irriter avec ses engagements solennels, il ne méritait pas qu'elle le traitât avec une telle rudesse. Mais, après tout, il n'était jamais trop tôt pour dresser son mari – si toutefois il le devenait un jour. S'il y a une promesse qu'elle tenait pour sa part à honorer, c'était de ne jamais répéter les erreurs commises avec Constant, son CO_2, cet époux volage à qui elle avait tout passé.

À son habitude, elle traça sur la D301 qui traversait la périphérie sud de la ville, à toute allure, indifférente aux klaxons outrés des véhicules à qui elle grillait la priorité. En dépit de ses hoquets récents, Lilybeth semblait ce soir-là d'humeur folâtre, pétaradant son plaisir de foncer de la sorte. À l'unique feu rouge du parcours, une fois n'était pas coutume, Maggie tourna le bouton du vieux poste radio analogique, puis cala l'aiguille des grandes ondes sur le repère LUX., comme Radio Luxembourg. « RTL, il est 21 heures, les informations avec... »

Soudain, la porte côté passager s'ouvrit en grand et une silhouette toute de noir vêtue grimpa dans l'habitacle aux teintes nacrées. Las, la condamnation centralisée n'existait pas, dans les années soixante.

— Holy Feckin' shit ! hurla la conductrice sous le coup de la peur.

L'intrus, lui, paraissait aussi sûr de lui que s'il s'était agi de monter à bord d'un taxi. Il semblait attendre que le feu passe au vert et que l'antique Coccinelle bleu nuit redémarre. D'autorité, il coupa le son de la radio.

— For Jaysis sake, qu'est-ce que vous me voulez, encore ?

Car ce n'était pas la première fois que cet individu cagoulé lui fichait une trouille pareille. L'été précédent, et de nouveau au mois de septembre… « Each time on a planché sur une enquête avec les filles », songea-t-elle. La seule différence résidait dans le lieu et les circonstances de son apparition. Il avait snobé cette fois la roseraie du *Manoir*, et choisi un car-jacking disons plus spectaculaire.

Le feu tricolore avait changé de teinte et déjà l'automobiliste derrière elle manifestait son impatience.

— Allez-y, intima la voix électronique de l'inconnu. Avancez.

La première de Lilybeth rauqua un peu, avant de glisser sur la seconde puis la troisième dans un ronflement satisfait. Désormais, Maggie conduisait à une vitesse mesurée, pour elle inhabituelle.

— Well, qu'est-ce qui me vaut votre visite ? La dernière fois, vous m'avez bien dit qu'on devait se débrouiller toutes seules, Am I wrong ?

— Non. J'ai juste dit que j'étais là pour stimuler vos propres stratégies.

— So, in a way, you're like a virus, persifla-t-elle.

L'homme ne put contenir un petit rire qui, déformé par le boîtier collé à sa bouche, produisit un étrange grésillement.

— Si ça vous amuse de le croire… Ce que vous devez savoir dans le cas présent, c'est que ce que vous cherchez est peut-être beaucoup plus proche que vous ne l'imaginez.

— Ce que je cherche… You mean Guillaume feckin' Magon ?

— Je répète, Maggie : je ne suis pas là pour vous donner les solutions sur un plateau. Je suis là pour que vous appreniez à les trouver par vous-même.

Une diversion qui valait pour approbation, conclut-elle. À l'en croire, l'héritier des Magon de la Lande se trouvait à proximité de l'hôtel d'armateur où il s'était évanoui trois jours plus tôt.

Mais si tel était le cas, alors comment son passager pouvait-il détenir une telle information ? Était-il impliqué dans le rapt ?

Good Lord, était-il dangereux ?!

Elle se demandait comment chasser cet inquiétant personnage de son carrosse quand, à la faveur d'un stop, à quelques tours de roue de la rue du Puits-Sauvage, celui-ci ouvrit la portière et se jeta au-dehors. L'instant d'après, il s'était déjà dissipé dans la nuit, percée à cet endroit d'aucun réverbère. On se trouvait dans l'une de ces zones rurbaines indéfinissables, faite de lotissements récents et de terrains vagues, ni ville ni campagne, no man's land sans charme.

Maggie demeura à l'arrêt une bonne minute, le pied droit pétrifié sur la pédale du frein. Les questions l'assaillaient comme autant d'insectes nocturnes. Pourquoi diable cet homme s'intéressait-il à elle et à la Breizh Brigade ? Quel intérêt personnel avait-il à tirer de leurs éventuelles réussites ? Pourquoi ne livrait-il pas plutôt ses tuyaux à la police, comme elles l'avaient fait elles-mêmes en plusieurs occasions, et par-dessus tout : pourquoi tenait-il donc tant à son anonymat ?!

Horaires des marées à Saint-Malo

4 mars	
Marée haute	05 h 28
Marée basse	12 h 18
Marée haute	17 h 58

22

Nuit du 3 au 4 mars, Saint-Malo,
remparts face à l'hôtel Magon

« Wait : tu ne crois quand même pas qu'on va courir, ta mère et moi ?! »

— Non granny, y'a longtemps que je n'espère plus de miracle. Par contre, je crois à mort au saint Badge-d'accès.

— What ? s'étrangla Maggie.

Après tout, il y avait bien dans la région un saint dénommé Cast, un autre Briac et un autre encore Lunaire. Alors saint Badge, pourquoi pas, ça ne semblait pas si absurde...

— Si vous vous inscrivez à l'Intrail-Muros, expliqua Énora, on aura toutes les trois accès aux entraînements du soir, et donc aux remparts. Et qui dit accès aux remparts...

— Dit vue imprenable sur les portes de l'hôtel Magon ! s'écria Louise avec enthousiasme. On pourrait même y aller dès maintenant.

Les informations qu'elle avait récoltées via l'impayable Jojo Prigent – elle s'était empressée de les partager par SMS avec les deux autres Corrigan – avaient écourté la soirée de Nono au *Java café* et accouché d'un conciliabule nocturne dans la salle de jeu.

En un sens, avait argué l'institutrice, meilleur garant de leur cohésion, cette planque leur permettrait de faire d'une pierre deux coups : ainsi enquêteraient-elles à la fois sur la disparition de Guillaume Magon *et* sur les attaques contre l'Intrail – qui sait si le coupable ne rôderait pas une nouvelle fois dans les parages. Grâce à elle, une réconciliation entre Maggie et Énora était en vue.

— Y'a juste a very little issue, tiqua la doyenne d'entre elles. Comment on va faire pour s'inscrire à la course à une heure pareille ?

— T'inquiètes, ils ont tout prévu. Les attentats ont généré plus de nouveaux coureurs que de défections. Raison pour laquelle ils ont ajouté un comptoir d'adhésion au chapiteau à l'entrée du parcours. Bref, y'a plus qu'à.

Et c'est ainsi que, moins d'une heure plus tard, les bénévoles purent voir cet étrange trio s'engager entre les barrières de sécurité, toutes trois munies de leur précieux sésame.

Énora s'était enfin libérée du bandage sur son crâne. Louise avait rangé son abondante chevelure brune sous un bonnet marin. Mais ces détails mis à part, ni leurs tenues sombres ni la canne empoignée par la plus vieille d'entre elles ne se conformaient à l'apparence des autres participants. Autour d'elles, qui en jogging qui en combinaison, on cavalait et on suait à grosses gouttes.

Seules quelques autres silhouettes, à l'arrêt sur les bords du tracé, ne se fondaient pas elles non plus au flux caracolant. Elles en repérèrent au moins trois grappes semblables, une fois montées sur les remparts.

— Qu'est-ce qu'ils fabriquent ? s'étonna Énora.

— On dirait qu'ils retirent les anneaux de recul scellés dans les murets.

À bien y réfléchir, l'objet de cette manœuvre ne faisait aucun doute : couper l'herbe sous le pied des agresseurs, en retirant les rares points de fixation disponibles pour leurs satanés câbles. Au passage, et parmi les uniformes de la police municipale, Nono reconnut le visage de quelques bénévoles déjà croisés par le passé. De toute évidence, Arthur Moreau avait validé cette opération.

Depuis l'escalier de la porte de Dinan jusqu'au bastion Saint-Louis, il n'y avait guère que deux cents mètres à peine, une distance faible et qu'elles mirent néanmoins à profit pour partager leurs spéculations du moment. Quand l'ombre de l'hôtel Magon surgit à l'angle sud-est des murs, telle une frégate prête à prendre la mer, l'échange se recentra sur le mystère entourant les descendants d'armateurs.

— Faut bien avouer qu'en l'état, dit Louise, c'est à n'y rien comprendre. Entre la canne fétiche de Guillaume Magon qui se volatilise en même temps que lui et son 4 × 4 retrouvé à Rennes, je pencherais de plus en plus pour une disparition volontaire.

Exit, dans ce cas, les hypothèses impliquant Alice l'héritière dépouillée, ou encore Laure l'épouse infidèle, et son amant, ravisseurs potentiels.

— Mais ? la relança sa fille. J'imagine qu'il y a un « mais » ?

— Mais d'une part ça n'explique pas comment il aurait fait pour sortir de là...

À travers le rideau de pluie qui redoublait, elle avait tendu un index accusateur en direction de l'hôtel Magon...

— Je veux dire, reprit-elle, sans être capturé par aucune des caméras de la ville. En mode fantôme, quoi. D'autre part, sa réapparition au parking de la gare le lendemain matin est plutôt louche. Même les flics n'ont pas l'air d'y croire.

— Si ça se trouve, il avait un complice, suggéra Énora. Quelqu'un qui s'est fait passer pour lui.

— Yes, and maybe Guillaume Magon himself n'a jamais quitté l'intra-muros.

En quelques mots, Maggie relata l'intrusion de l'inconnu cagoulé dans Lilybeth, et la piste fournie à cette occasion : « Ce que vous cherchez est peut-être beaucoup plus proche que vous ne l'imaginez. »

Il n'y avait rien de plus rageant, pour une Maggie Corrigan, que de savoir la solution sous ses yeux et de ne pas la voir. Était-ce réellement le cas ? Son informateur mystère était-il fiable ?

Elle fouilla sa mémoire pour tenter d'y trouver un ex-amant farceur qui aurait pu prendre un plaisir retors à la mener en bateau. Se put-il que Jacques lui-même, lassé d'être éconduit… ? Mais elle rangea aussitôt cette perspective dans la case « impossible ». Jamais il n'aurait eu le temps de la rattraper au sortir de *La Corniche.*

Lorsque enfin elles parvinrent au niveau de la rue d'Asfeld, il fut convenu de la répartition suivante : Énora se posterait dans l'axe exact de cette rue, avec vue sur l'entrée ordinaire de l'hôtel Magon ; Louise, elle, descendrait quelques marches de l'escalier partant du bastion Saint-Louis vers la rue de Chartres, à l'abri des regards des coureurs : quant à Maggie, elle se tapirait derrière l'un des bancs en ciment collés à la muraille extérieure du rempart, d'où elle pourrait contempler la façade de l'hôtel particulier.

Une fois postées, aussi furtives que le leur permettaient leurs tenues couleur nuit, elles s'appliquèrent à faire abstraction du flot ininterrompu des runners. Le regard braqué sur les accès de l'hôtel Magon. Malgré la météo, ils étaient encore nombreux, ce soir-là, à s'époumoner en prévision de la grande épreuve du lendemain.

— Vous m'entendez ? demanda Nono dans son oreillette Bluetooth.

À la manière des espions de cinéma, elles s'étaient toutes trois branchées sur le canal d'une conversation audio WhatsApp, où elles pourraient se chuchoter toute information utile.

— Bon pour moi, confirma Louise.

D'abord, Maggie ne répondit rien. Puis, après quelques secondes de silence :

— Mayday, mayday...

— C'est pas drôle, granny.

— Feckin' hell, jura-t-elle en sourdine. I'm not joking !

— Qu'est-ce qui se passe ?

— Laure et Moreau. Ils viennent de passer devant moi, dans le sens inverse des coureurs. Loulou, get out of here ! Now !

Le patron de l'Intrail-Muros était-il venu superviser en personne les travaux de désinstallation ?

Louise eut juste assez de temps pour dévaler les marches et prendre la fuite, avant que le couple ne s'y engage à son tour. Rencognée en hâte sous l'arche de la porte Saint-Louis, elle put les voir passer la double porte cochère blanche sise au n° 2 de la rue de Chartres.

— Ils viennent d'entrer dans l'hôtel, souffla-t-elle. Par la cour d'honneur.

— I guess c'est encore la grand-mère qui garde les enfants pendant que madame s'envoie en l'air.

Venant d'une femme dont l'âge mûr n'avait fait que décupler l'appétit de la chair, c'était assez cocasse.

En tout cas, la scène semblait confirmer les dires de Fanny. Laure Magon et Arthur Moreau entretenaient bien une liaison. Ce qui était plus étonnant, voire condamnable, c'est qu'ils persistaient dans leurs habitudes adultères, alors même qu'ils figuraient parmi les principaux suspects dans la disparition de Guillaume. Mais force était de constater qu'ils cédaient moins à la panique qu'aux appels de leurs sens.

Une très longue minute s'écoula encore avant qu'une lueur ne s'élève à l'intérieur de la grande bâtisse austère. Ce ne fut d'abord qu'un halo diffus au rez-de-chaussée. Puis soudain un lustre s'illumina au deuxième étage. D'où se trouvait Maggie, elle ne pouvait rien manquer du spectacle.

— Ils s'embrassent, indiqua-t-elle à ses acolytes. Hum, no... It's far more than a kiss.

Comme pour lui donner raison, la lumière s'éteignit soudain, rendant les deux corps en partie dénudés à leur intimité. La suite appartiendrait à leurs soupirs.

— Je suis au porche, annonça Louise après une poignée de secondes. Ah mince... Ils l'ont refermé à clé derrière eux.

— Pourquoi, tu aurais voulu te rincer l'œil ?

— Je suis sérieuse. Quelque chose me dit que si on veut avancer dans cette affaire, il va bien falloir qu'on finisse par fouiner à l'intérieur.

— C'est pas toi qui nous as dit que les flics avaient sondé le moindre pan de mur ? Qu'est-ce que tu veux qu'on fasse de plus qu'eux et leurs gros moyens techniques ?

— One point for Nono, valida Maggie, qui sortait de sa cachette.

Des joggers qui passaient là la contournèrent *in extremis*, déroutés par cette soudaine apparition à la canne.

— Je ne sais pas... Mais je connais au moins une façon de pénétrer dans cette forteresse.

— Ah bon ? Et lequel ?

— Les visites publiques. Tous les jours à 15 heures. Pas besoin de clé, juste d'une tête de touriste lambda. Ça devrait être dans mes cordes, non ?

23

4 mars, Saint-Malo et Rennes

Dès les premiers tours de roue, les pistons de Lilybeth ronronnèrent avec entrain, tout à leur joie de filer vers Rennes. La pluie avait enfin cessé, le temps était radieux et l'asphalte aussi sec qu'il peut l'être en Bretagne au mois de mars. Au niveau du ruisseau de la goutte, un bras mort de la Rance, elles se délectèrent de la vue inondée de lumière. À bien des égards, elles préféraient ces paysages doux et austères de l'intérieur au déferlement monotone des rouleaux sur les plages.

Les trois passagères se sentaient comme toujours à l'unisson des humeurs du ciel et de la Coccinelle. Les occasions de se promener dans la capitale régionale leur étaient rares, et d'autant plus appréciées.

En attendant la visite publique de l'hôtel Magon de la Lande, la Breizh Brigade avait concentré ses recherches sur la personne d'Arthur Moreau. Or, le CV du gérant de M-Trail tel que publié sur LinkedIn indiquait un passage quinze ans plus tôt par la fac Rennes 2, et plus spécifiquement par un cursus d'histoire qu'avait aussi fréquenté une certaine… « Laure Magon », s'était exclamée Louise en dénichant l'information sur Internet.

— Donc si je comprends bien, dit Énora depuis la banquette arrière, ils se connaissent depuis super longtemps. Peut-être même avant que Laure ne rencontre son futur mari.

— Well, le copain de jeunesse qui devient ton lover many years later, par nostalgie, c'est un grand classique.

Maggie avait asséné cette vérité avec l'autorité de l'experte. Certains de ses innombrables amants l'avaient-ils rencontrée dès son arrivée à Saint-Malo, lorsqu'elle était encore miss O'Connell, cette petite étudiante irlandaise balbutiant tout juste quelques mots de français ?

Ce qu'en savaient sa fille et sa petite-fille, c'est que les hommes qui passaient dans la vie de la veuve Corrigan constituaient moins un réservoir de caresses qu'un inépuisable vivier de main-d'œuvre gratuite. Pas plus tard que le mois précédent, elle avait mobilisé trois d'entre eux pour rustiner un pan de toiture aussi poreux qu'une passoire. « Il faut bien que ces bollix servent à quelque chose ! » avait tranché l'indigne septuagénaire.

Elles longeaient la muraille verte d'un grand pépiniériste installé en bord de nationale, quand la voiture bleu nuit exprima un début de mécontentement, succession de hoquets rapprochés. Mais Maggie alterna les pressions sur l'embrayage et sur l'accélérateur, comme le lui avait appris Constant, et Lilybeth repartit de plus belle, jusqu'au périphérique et à la sortie porte de Villejean.

Le campus de l'université Rennes 2 se situait en pleine ville. Et pour y avoir séjourné deux années au début de ses études, Louise en maîtrisait encore le plan, au moins dans les grandes lignes. Elle guida ainsi sa mère jusqu'au parking de l'UFR des sciences sociales, longue barre en béton typique des années soixante-dix, puis jusqu'à l'entrée conduisant au secrétariat du département d'histoire, le bureau A218. « Coline Chaumont » précisait la plaque sur la porte.

— Coline Chaumont, pouffa Nono au moment de franchir le seuil. Y'a quand même des parents sans pitié pour leurs enfants.

— Mesdames, je peux quelque chose pour vous ? leur lança la femme à lunettes derrière son écran, en fixant Énora. Si c'est pour une inscription, mademoiselle, c'est trop tôt, faudra repasser fin mai début j...

— Really ? C'est très flatteur, mais vous pensez vraiment qu'on a encore l'âge de s'inscrire à la fac ?!

Elle avait prononcé « fac » comme elle aurait dit « feck », car c'est à peu près dans cette estime qu'elle tenait le milieu universitaire dans son ensemble. La fameuse Coline dut le sentir car elle se raidit d'un coup contre le dossier de son fauteuil.

— J'ai été étudiante ici, il y a déjà pas mal de temps, se risqua Louise pour rattraper le coup.

— Ah oui ? En quelle année ? Quel est votre nom ?

— Louise Corrigan. Mais ça remonte à près de trente ans.

« Je ne suis pas vieille au point d'avoir occupé ce poste à une période aussi reculée », semblait dire le regard de Coline Chaumont.

— En effet, ça ne me dit rien. Vous avez besoin d'une copie de votre diplôme, c'est ça ?

— Pas vraiment… J'étais amie avec un étudiant à l'époque, Guillaume, et on s'est perdus de vue. Je me demandais si vous aviez toujours ses coordonnées. Je crois savoir qu'il enseigne ici, maintenant.

— Guillaume… Magon ?!

Elle glapit son nom plus qu'elle ne le proféra. Son émotion contaminait l'atmosphère spartiate de la pièce. Pour avoir (probablement) répondu aux interrogations de la police, elle n'ignorait pas que le professeur Magon avait disparu depuis plusieurs jours.

— Oui, c'est lui.

— Qu'est-ce que vous lui voulez ? Vous savez que je n'ai pas le droit de communiquer ce genre d'informations, pas plus sur nos élèves que sur nos enseignants.

— Je me doute, mais disons… Disons que c'est personnel. *Très* personnel.

Louise jeta un regard oblique à Énora. Un regard si long, si éloquent, si chargé de souvenirs et d'affects, qu'il ne pouvait être interprété que d'une seule manière par leur hôte : la jeune femme rousse tatouée de toutes parts était la fille de Guillaume, et sa mère l'avait cachée tout ce temps au principal concerné.

— Ah, mais, mais, mais, bafouilla-t-elle, c'est qu'il est marié.

— Ah… je comprends. Avec qui ?

La pauvre Coline était si dépassée par le mélodrame qui s'était invité dans son bureau qu'elle en perdait toutes ses défenses. Il n'y avait plus guère besoin de la presser pour que les vannes de la confidence s'ouvrent en grand.

— Euh, Laure, Laure Lauzière, Guillaume était l'un de ses profs. Enfin, maintenant c'est Laure Magon, elle a pris son nom.

— What a shame, s'indigna Maggie pour consolider la légende improvisée par sa fille. Elle ne pouvait pas plutôt sortir avec un autre étudiant ?

Elle retint sa réponse un instant, jaugea une nouvelle fois les trois femmes, puis se livra. Elle paraissait se libérer d'un fardeau trop lourd pour elle.

— Eh bien, figurez-vous qu'elle l'a fait. Elle a longtemps fréquenté un garçon de son âge, Arthur Moreau. Lui aussi élève dans la classe de Guillaume. Je crois même qu'ils étaient fiancés. Mais bon...

— Mais « bon quoi » ? intervint Énora.

— Pff, soupira Coline en rosissant un peu. Guillaume est ce qu'il est, mais il est parfois assez difficile de résister à son charme.

Avait-elle souffert elle aussi du caractère volage de Magon ?

Louise leva les yeux au ciel. « Oh ça, ne m'en parlez pas ! » semblait-elle confirmer.

— Vous voulez dire qu'il a piqué Laure à ce Moreau ?

— Oui, et je peux même vous dire qu'il lui a sorti le grand jeu : balade en mer sur un bateau corsaire, week-ends de rêve dans son château...

Sans doute voulait-elle parler de la Chipaudière, la malouinière devenue depuis la résidence principale de Laure Magon.

— Le pauvre Arthur ne pouvait pas lutter.

— C'est sûr, commenta Louise. Quoi qu'il en soit, ce ne sont pas les scrupules qui l'étouffent. Je le reconnais bien là.

Sans avoir à se concerter, les trois Corrigan adoptèrent un air réprobateur de circonstance. « Quel salaud », clamait leur silence qui mettait la secrétaire au supplice.

Intérieurement, c'est pourtant une tout autre musique qui se synchronisait entre elles : puisque Guillaume le prof bellâtre avait ravi la belle Laure à Arthur Moreau, et puisque les révélations d'Alice Magon avaient en théorie exclu un quelconque mobile financier... Alors pouvait-on imaginer que Moreau ait œuvré tout ce temps dans le seul but d'assouvir sa vengeance ? Et si reprendre Laure pour maîtresse n'était que l'acte I de son plan machiavélique ? Et si, à l'insu de sa belle, il était le seul cerveau derrière la disparition du descendant d'armateur ?

Tant qu'on ne l'avait pas vécu soi-même, on ne mesurait jamais de quoi était capable un individu désireux de laver les humiliations subies.

Pour donner le change, Louise griffonna l'adresse officielle de Guillaume Magon, à l'hôtel du même nom, une adresse qu'elle connaissait déjà et où elle se rendrait l'après-midi même. Puis toutes trois remercièrent Coline avec force poignées de mains éplorées, et moues et œillades à l'avenant, avant de quitter le bâtiment aux faux airs de HLM.

Aussitôt revenue sur le parking, Énora dégaina son portable et appela la seule autre personne susceptible de les renseigner sur le nouveau suspect dans leur viseur.

— Fanny ?

— Si tu veux t'excuser de m'avoir laissée toute seule au *Java* hier soir, c'est soit trop tard, soit trop tôt.

Malgré leur rabibochage esquissé la veille, sa compagne nourrissait encore plus d'un grief.

— Je m'excuse. Mais là, tout de suite, j'ai aussi besoin de ta science.

— Ben voyons...

— Est-ce que la nuit du 28 au 1er tu aurais vu ou entendu Arthur Moreau quitter l'annexe Beauregard ?

— Non.

— T'es certaine ? insista-t-elle. C'est très important, Fann'.

— Je m'en souviendrais. Je te rappelle que cette nuit-là tu m'as planté pour ta course à la con. Et moi j'ai pas bougé de ma chambre. Même que j'ai à peine fermé l'œil – tu ne répondais pas à mes SMS. Par contre…

— Oui ?

— Je l'ai clairement aperçu en train de se barrer hier soir.

— Vers quelle heure ?

— Tard. Un peu avant minuit.

Ça, la Breizh Brigade le savait, et pour cause, puisqu'elles avaient failli se faire surprendre par le couple illégitime durant leur planque sur les remparts.

Quand Nono eut raccroché, elles conjecturèrent un bon moment dans Lilybeth. Autour d'elles, une nuée d'étudiants en trottinette ou à vélo indiquait que les premiers cours de la journée n'allaient pas tarder à débuter. Encore une fois le professeur d'histoire Guillaume Magon manquerait à l'appel. Avait-il tenté de séduire l'une de ces jeunes filles insouciantes qui riaient entre elles ? Pourquoi pas cette petite brune au look néo-hippie, aux antipodes de sa femme blonde et sophistiquée ?

— Ce qu'on peut déjà retenir, tenta de synthétiser Louise, c'est que Moreau s'est bien gardé d'évoquer son historique avec Laure et Guillaume dans sa déposition aux flics.

— À moins que Jojo ait mangé cette partie du PV d'audition.

— Aucun risque, dit Énora. T'as bien vu. Il prend tellement son pied à occuper le devant de la scène qu'il serait capable de réciter le numéro Cerfa des formulaires à son auditoire.

— Maybe Arthur avait juste peur que ça paraisse louche, tout ce troubled past avec les Magon.

Voilà que, selon son habitude, Maggie inaugurait la longue litanie des peut-être, aussi abondants que les pistes qui s'offraient à elles.

— Ou maybe il prépare son coup dans l'ombre depuis quinze ans, ajouta Nono. Maybe il n'a créé l'Intrail-Muros que pour mieux se rapprocher de Saint-Malo et de Laure !

— Un homme recherche le succès à tout prix pour reconquérir la femme qu'il a perdue, philosopha Louise, ça aussi c'est aussi vieux que l'humanité. Des empires entiers se sont forgés sur ce script-là.

— T'as raison. Mais tous les amoureux éconduits ne se débarrassent pas pour autant du type qui leur a volé leur gonzesse.

Arthur Moreau était-il habité d'une telle rage ? Et si c'était le cas… alors quel sort avait-il pu réserver à son rival de toujours, le vieux prof boiteux ? Dans quelle oubliette avait-il bien pu se débarrasser de Guillaume Magon ?

24

Saint-Malo, Manoir des Corrigan / *commissariat central de Saint-Malo*

« Y'a quand même un hic avec l'hypothèse Moreau », argua Louise dès leur retour au *Manoir*. Au passage, ladite théorie infirmait de manière flagrante celle où Guillaume Magon avait organisé lui-même sa disparition, mais la Breizh Brigade naviguait dans des eaux encore trop troubles pour lever de telles contradictions.

— Really ? Et quoi donc ?

— Eh bien, dit-elle en ouvrant le PC portable de sa mère, la qualité de la capture est mauvaise, mais quand même...

Elle lança alors la capture de la séquence de vidéo-surveillance jouée par Jojo Prigent sur son mobile, la veille au soir. Il s'agissait là d'une troisième génération d'images, et la dégradation consécutive noyait certains contours dans un brouillard pixélisé. Toutefois, on distinguait assez bien la silhouette sortant du Range Rover puis boitant à travers le parking désert.

— Qu'est-ce que ça prouve ? s'écria Énora. Moreau a très bien pu imiter la démarche de Guillaume Magon, pour se faire passer pour lui. Ça me semble un excellent meilleur moyen de brouiller les pistes.

— Tu as raison. Mais y'a rien qui te chagrine concernant notre boiteux à la casquette ?

— His stick ! s'exclama Maggie. Il n'a pas pris de canne.

Elle qui ne se séparait jamais de la sienne, cette absence la frappait à son tour.

— Exactement, confirma Louise avec un air de triomphe modeste.

— Et alors ? Il a merdé dans l'interprétation de son personnage, point barre. Je répète : ça ne pr…

— Enfin, Nono ! Notre copine Coline vient de nous le dire. Arthur Moreau connaît Guillaume Magon depuis plus de quinze ans. Il couche même avec sa femme, *chez* les Magon. Tu crois vraiment qu'il aurait oublié un détail aussi important au moment de se faire passer pour lui ?!

Les trois femmes installées dans la salle commune, vide à cette heure, se dévisagèrent, interdites. On était en fin de matinée mais des relents de potato farl servi au petit déjeuner persistaient dans la vaste pièce lambrissée d'acajou. À l'approche de l'Intrail-Muros, les sept chambres d'hôte du *Manoir* étaient toutes occupées, la plupart par des concurrents venus de loin.

— Et Fanny me soutient que Moreau n'est pas sorti de sa chambre cette nuit-là, admit d'elle-même Énora.

— Tout juste. Sans compter que le type sur ces images n'est pas taillé comme un colosse. Son gabarit est plus proche de celui de Magon que d'un gaillard ultra-sportif comme Moreau.

— Tu penses que c'est lui, Magon ?!

— Non. Apparemment il est incapable de marcher sans aide. Il ne se serait jamais lancé dans une pareille aventure sans sa canne.

C'était à n'y plus rien comprendre. Car si l'inconnu de la gare de Rennes n'était ni Guillaume Magon ni Arthur Moreau... alors qui était-il donc ? Voilà que l'ombre d'un éventuel complice s'invitait de nouveau dans cette affaire. Une ombre de plus, aussi furtive que celle qui planait sur les remparts piégés.

*
* *

« Y'a quand même un hic, avec cette bagnole », soupira Emma Lobo au moment d'entrer dans le bureau de son patron. Dans le même mouvement, elle jeta devant lui une part de far breton enveloppé de papier sulfurisé. Il la remercia d'un hochement de tête distrait – l'attention était devenue un rituel presque quotidien.

— Pourquoi ? C'est pas celle de Magon ?

Depuis la veille, l'adjointe de Christophe Guilloux se repassait en boucle la vidéosurveillance produite par la gare de Rennes.

— Si, si, j'ai vérifié l'immat. C'est bien la sienne. Range Rover TDV8 de 2010.

— Alors c'est quoi, qui te chiffonne ?

— Ben, ce que je trouve louche, c'est que les collègues n'ont rien retrouvé à bord. Que dalle. Même pas un kleenex usagé ou des miettes de biscuit.

— Tu t'attendais à quoi ? À son ordi sur la banquette arrière, les clés sur le contact et un mot d'adieu posé sur le volant ?

— T'es con. Non. Mais tu l'as dit toi-même, ça sent vraiment le leurre destiné à nous balader. C'est comme si le gars dans le 4 × 4 avait tout nettoyé à l'intérieur avant d'en sortir.

Une affirmation que confirmaient les longues minutes qui s'étaient écoulées entre l'arrêt du véhicule et le moment où l'individu à la casquette en avait surgi.

— Franchement, poursuivit-elle, si tu improvisais ta propre disparition, tu prendrais autant de soins pour effacer tes traces ?

— Peut-être que c'est pas improvisé. Peut-être que c'était prévu de longue date.

— Hum, grommela-t-elle en feuilletant les impressions grisâtres extraites de la vidéo.

Le Range pénétrant dans le parking. Le Range tout juste stationné. L'inconnu sortant du Range, puis s'éloignant dans les confins du sous-sol. Oui, quelque chose contrariait Emma Lobo, sans qu'elle parvînt à mettre des mots sur cette étrangeté tenace. Un long moment, elle considéra le dernier cliché. L'homme – s'il s'agissait bien d'un homme – paraissait d'une taille et d'une corpulence moyennes. En cela, il composait un Guillaume Magon assez crédible.

— Au fait, dit Guilloux, dissipant la songerie de sa subordonnée. T'as des nouvelles des travaux de désinstallation sur les remparts ?

— C'est bon. Tout a été fini cette nuit. Y'a plus aucune possibilité de fixer un câble en travers du parcours. Et donc plus aucun risque pour ce soir.

— Parfait. Et le type à la gorge tailladée, il en est où ?

— Pronostic vital toujours engagé, mais stable. Il est quand même pas passé loin de la décapitation.

Le commissaire grimaça son morceau de far. Il le savait : tant qu'une victime des attaques restait entre la vie et la mort, sa hiérarchie exigerait de lui une résolution expresse de cette affaire. Ni la mairie, ni la préfecture, ni surtout la procureure Le Cam ne lui laisseraient le moindre répit.

Or, en l'état, le coupable demeurait tout aussi fantomatique que Guillaume Magon. Un vrai vent de mer, glacé et insaisissable. Certains jours, la douceur presque méridionale du Morbihan lui manquait.

— On connaît la situation financière des Magon ? revint-il au sujet du moment.

— Pas terrible, je crois. Leurs deux joyaux leur coûtent une fortune en entretien. Et j'imagine que c'est pas avec quelques milliers de visiteurs par an et un salaire de prof à temps partiel que ça fait la farce. Pourquoi tu me demandes ça ?

— Parce qu'on pourrait aussi bien avoir une classique arnaque à l'assurance-vie sur les bras. Monsieur disparaît, madame empoche le pactole, et on retrouve le couple deux ans plus tard sur une île sans convention d'extradition avec l'UE.

— Mouais. Je comprends l'idée, mais ça colle assez mal avec le profil de Magon. Il a l'air attaché à sa ville et à son patrimoine de manière viscérale. Je le vois mal tout laisser en plan derrière lui pour aller se dorer la pilule aux îles poupouilles.

L'expression tira un bref sourire au flic en chef.

— Entre ça et la banqueroute, il n'a pas forcément eu le choix. Tu veux pas creuser quand même de ce côté-là ?

— Comme si c'était fait.

Elle repartait déjà sur cette piste, quand la sonnerie de son portable figea son élan.

— Capitaine Lobo, j'écoute.

— Bonjour capitaine, c'est Coline Chaumont, à la fac de Rennes.

D'un geste réflexe, Emma actionna le haut-parleur du combiné, afin de partager l'échange avec son boss.

— Vous m'aviez demandé de vous rappeler si je remarquais n'importe quoi d'un peu inhabituel concernant *notre* affaire.

— Tout à fait. Je vous écoute.

— Eh bien, Y'a trois femmes bizarres qui sont passées me voir au secrétariat du département, tôt ce matin.

— Bizarres comment ?

— Elles m'ont posé tout un tas de questions sur monsieur Magon, mais aussi sur Laure, sa femme. Je… Je me demande si je n'ai pas été un tout petit peu trop bavarde, pour être honnête. Je suis désolée.

— C'est pas grave. Dites-moi plutôt à quoi elles ressemblaient…

— Une vieille dame avec une canne et un drôle d'accent ; une femme brune entre deux âges ; et une jeunette rousse avec des tatouages partout sur les bras.

À trois Corrigan en goguette, aurait aussi bien pu répondre à sa place Emma.

À trois Corrigan plus fouineuses que jamais, pensa Guilloux en s'étranglant avec son ultime bouchée.

25

Saint-Malo, hôtel Magon de la Lande,
15 heures

Longtemps, passer inaperçue avait été pour Louise une blessure.

Dans la tribu Corrigan, elle était celle qu'on ne calcule pas. La transparente. La modeste institutrice à la voix douce et au tempérament policé. Et ce qui lui valait la confiance des parents d'élèves lui attirait par ailleurs bien peu de lauriers. Il avait fallu la création de la Breizh Brigade, une décennie plus tôt, pour qu'enfin elle découvre quel profit paradoxal elle pouvait tirer de cette discrétion légendaire.

Parmi les visiteurs du Musée corsaire, une Maggie eût sauté aux yeux des hôtes dans la seconde, sans parler d'Énora, tornade rousse qui laissait son empreinte partout où elle passait. Pas Louise, laquelle attendait sagement que la balade guidée commence, assise dans l'escalier d'honneur du hall principal, côté rue d'Asfeld. Il y avait là une bonne vingtaine de touristes de tous âges et toutes nationalités. En patientant, elle avait même capté un accent québécois dans le groupe. Comme d'habitude, il semblait que personne n'avait relevé sa présence et, de fait, personne ne s'était adressé à elle depuis son arrivée.

— Bonjour à tous, et bienvenue au Musée corsaire. Vous êtes ici dans l'hôtel Magon de la Lande, achevé en 1730. Comme vous l'aurez peut-être compris, je ne suis pas Guillaume Magon, le propriétaire des lieux…

L'homme qui venait de prendre la parole entrait dans la catégorie des Louise, songea Louise. Là où un Magon brillait par sa fantaisie langagière et vestimentaire, il affichait pour sa part un profil des plus ternes, quadragénaire brun, de taille moyenne et sans charme particulier.

Vincent Gravelet, se souvint-elle du nom mentionné par Alice lors de la cérémonie à Rocabey.

— … Monsieur Magon de la Lande vous prie de l'excuser, il est indisponible aujourd'hui.

Indisponible, drôle de façon de qualifier une disparition inquiétante.

— C'est donc moi, son assistant, qui conduirai votre visite à travers cet hôtel et l'histoire de Saint-Malo. Je vous rassure, depuis près de dix ans que je travaille ici, je pense assez bien connaître les deux.

Quelques moues déçues fleurirent çà et là, sans doute des abonnés aux divers profils en ligne de Magon, et que ses prestations hautes en couleur avaient poussés à venir sur place. Mais dans l'ensemble, l'auditoire semblait indifférent à ce changement de casting inopiné. Et la petite troupe emboîta le pas du guide de secours avec docilité, en direction du salon d'armateur attenant.

En queue de cortège, Louise n'éprouva aucune difficulté à disparaître aux yeux des autres. Puis Gravelet demanda à l'un des visiteurs de refermer la porte derrière eux pour conserver la chaleur de la pièce, et elle se retrouva seule dans l'entrée. Isolée du reste du groupe. Désormais invisible.

Quatre à quatre elle gravit les marches en granit du grand escalier. « Appartements privés » indiquait un panonceau sur pied. Mais hormis cette mise en garde, rien n'entrava sa progression vers l'étage. Là, elle déboucha sur un escalier en bois plus étroit menant au niveau supérieur, puis sur un long couloir mansardé qui distribuait une enfilade de pièces donnant sur le port. Selon leur taille, celles-ci affichaient un décor plus ou moins riche, lequel mêlait lambris et panneaux de papiers peints à la main, de restauration semblait-il assez récente.

La première porte qu'elle poussa donnait sur une chambre d'enfant. La deuxième également. La troisième chambre ne pouvait être que celle de Laure Magon, celle qu'elles avaient vue s'illuminer la nuit précédente depuis les remparts : coiffeuse encombrée de produits de beauté, vêtements féminins jetés sur un mannequin Stockman, draps en satin rose et, par-delà l'odeur entêtante d'encaustique, un parfum fleuri qui embaumait la pièce.

Las, l'inspection des tiroirs et placards ne révéla rien de très probant. De toute évidence, il s'agissait là pour Laure d'une résidence secondaire, le genre d'endroit où on ne conserve aucun objet précieux ni aucun document sensible. Les éléments les plus intéressants la concernant devaient se trouver à la Chipaudière. Louise tiqua juste sur une carte de visite publicitaire portant le logo et les coordonnées du *Repaire des corsaires – Annexe Beauregard*. Sans doute Arthur Moreau l'avait-il donnée à sa maîtresse, pour qu'elle sache où le rejoindre lorsque l'un de leurs après-midi torrides se profilerait.

Au moment de redescendre au premier étage, Louise manqua se faire surprendre par une femme de ménage passant sur le palier. Mais celle-ci était trop encombrée d'appareils et de produits ménagers pour noter sa présence, quelques marches au-dessus d'elle. L'intruse se figea. Pria pour que les lattes de bois vernis sur lesquelles elle se tenait ne grincent pas. Et enfin reprit son pas de souris lorsque la domestique dévala l'escalier vers le rez-de-chaussée, si pesamment lestée qu'elle risquait la chute à chaque enjambée.

Ce niveau-là, cela ne faisait aucun doute, était le domaine réservé de Guillaume Magon. Bureau, bibliothèque, cabinet de toilette privé et bien entendu une vaste chambre, dont le joyeux foutoir à bibelots évoquait plutôt un cabinet de curiosités. Toutes les pièces sentaient l'homme d'âge déjà mûr et le tabac. Aux murs, une impressionnante collection de tableaux, en majorité des marines, retraçait les hauts faits de la famille Magon, de leurs combats contre les frégates anglaises jusqu'à l'époque plus lucrative encore de leurs voyages commerciaux en Chine. Sur les meubles anciens, quelques porcelaines bleutées étaient là pour témoigner de ces temps glorieux.

Déjà, au rez-de-chaussée, le brouhaha croissant des visiteurs indiquait un reflux vers le hall. S'il était peu probable de les voir monter ici, Louise ne voulait pas prendre le risque de les croiser au bas des escaliers. Elle émergea donc de son émerveillement et se mit à fouiller en hâte les quelques tiroirs qui tombaient sous sa main.

Dès le premier, celui de la table de chevet, une photo coupa son souffle…

— Mince alors… Il sait pour eux !

Le cliché de qualité médiocre, piètre paparazzade, donnait à voir Laure Magon et Arthur Moreau enlacés dans leur chambre de l'annexe Beauregard. La posture était sans équivoque. Guillaume était-il tombé sur la carte de visite détenue par sa femme ?

Un détail retint l'attention de Louise : au second plan, juste derrière le couple adultère, un bougeoir en étain trônait sur une commode. Un objet que Fanny avait chiné moins d'une dizaine de jours auparavant, elle en était certaine – Guy dépensait sans compter pour parfaire la décoration de ses chambres d'hôte.

La photo était donc très récente. Magon l'avait-il prise lui-même, ou s'était-il adjoint les services d'un détective privé ?

En bas, l'écho des voix s'était encore déplacé. À présent, il lui semblait provenir du dehors. Un coup d'œil furtif par la fenêtre lui prouva hélas qu'elle avait raison : le groupe de visiteurs traversait la cour d'honneur en direction de la sortie sur la rue de Chartres, côté remparts.

— Chiasse, grinça-t-elle entre ses dents.

Il était trop tard pour les rattraper et se mêler à eux comme si de rien n'était. Rageant de devoir interrompre si tôt sa fouille, elle sut avec certitude qu'elle passait à côté de l'essentiel. Dieu seul savait quels autres secrets recelait la vieille bâtisse.

Louise n'avait d'autre choix désormais que de repartir par l'entrée, au risque de tomber nez à nez avec Gravelet.

Celui-ci se trouvait bien là. Mais il n'était pas seul. Habillée cette fois non pas de noir, mais d'un long manteau rouge sang, Laure Magon affichait le visage des mauvais jours.

— Qu'est-ce tu veux que je te dise ? gronda-t-elle.

— Ah, mais moi, ton blabla, je m'en fous. Il est trop tard pour ça. Moi ce que je veux maintenant, c'est du concret. Tu m'entends ?

Soucieux de poursuivre leur échange à l'abri des regards éventuels, le duo quitta le hall sous l'impulsion de la femme blonde et passa dans le salon voisin. Louise tenta bien de coller son oreille à la porte, mais manifestement ils s'étaient engagés plus loin à l'intérieur du bâtiment. Leurs propos ne lui revenaient qu'assourdis. À peine audibles.

Elle remonta alors l'escalier d'apparat et prit une petite porte basse sur sa droite, à mi-chemin de la volée de marches. Elle l'avait lu sur Internet : l'hôtel Magon était réputé pour ses demi-niveaux et ses pièces dérobées. Traquant la source des voix, elle s'orienta à travers un dédale de coursives, toutes plus étroites et dangereuses les unes que les autres. La dernière d'entre elles, très pentue, buta sur un panneau de bois cloué sur le chambranle d'une porte condamnée.

« Une impasse… »

Mais elle n'eut qu'à faire pivoter un petit cercle mobile à hauteur de visage pour dégager un judas – sacrés filous, ces armateurs. De l'autre côté, la conversation houleuse se poursuivait, à présent aussi intelligible que si elle se tenait à leurs côtés :

— Oh c'est très simple, menaçait Gravelet, d'un ton sans appel. Si je ne suis pas payé cette semaine de tous mes salaires en retard, j'arrête les visites.

— Tu ne peux pas faire ça, Vincent. Pas après dix ans avec nous. Pas avec ce qui se passe en ce moment.

La référence à la disparition de Guillaume Magon était explicite.

— Désolé, mais Guillaume ou pas Guillaume, je ne vois pas bien ce que ça change. C'est la même merde, non ?

— Tu sais bien ce que...

— Cette semaine ! tonna-t-il en quittant la pièce. Et pas des miettes pour m'amadouer, c'est fini ces conneries. Je veux la totalité.

La situation financière de la SAS Musée Corsaire était-elle si critique ? Alice avait bien mentionné des difficultés. Mais de là à ne pas pouvoir payer leur unique employé...

Louise se rua vers la courette donnant sur la rue d'Asfeld, dans l'espoir de se glisser entre eux deux. Par chance, une fois à l'extérieur, elle aperçut la silhouette de Gravelet qui filait en direction de la rue Jacques-Cartier. Son pas était rapide. Presque saccadé. À la main, il tenait un imposant trousseau de clés qu'il agitait par moments, d'un geste qui exprimait toute sa colère.

— Les clés de l'hôtel Magon, souffla-t-elle en cavalant quelques dizaines de mètres derrière lui.

Si seulement elle pouvait mettre la main dessus, alors tous les mystères de leur auguste famille s'offriraient à la Breizh Brigade. Si seulement elle avait le culot d'une Maggie ou le charme d'une Énora. Oh, à la fac de Rennes, elle avait bien fait preuve d'une certaine audace. Mais, à nouveau, sur ces pavés encore luisants de la dernière averse, elle se sentait Louise parmi les Louise.

Un ectoplasme incapable du moindre exploit.

Horaires des marées à Saint-Malo

5 mars	
Marée basse	00 h 34
Marée haute	06 h 09
Marée basse	13 h 01
Marée haute	18 h 35

26

Nuit du 4 au 5 mars, Saint-Malo,
quais et remparts, Intrail-Muros

« Énora Corrigan » annonça-t-elle au bénévole du premier poste de contrôle, au pied des silos du bassin Duguay-Trouin. Dans la foulée, elle présenta le badge où figuraient son portrait et son numéro de concurrente, le 1236.

Le type en doudoune et bonnet aux couleurs de l'Intrail-Muros compulsa la liste des participants sur sa tablette tactile, puis releva sur elle un regard effaré.

— Euh... Vous êtes sûre ?

— Que je suis Énora Corrigan ? Oui ça fait plus ou moins vingt-trois ans que j'en suis certaine, oui.

— Non mais, sérieusement... Je vois ici que vous faites partie des...

Il répugnait à prononcer le mot.

— Des victimes de la première attaque, reprit-elle à sa place, tout à fait. Mais participer à la course est encore le meilleur moyen de dire merde à ceux qui nous ont fait ça, vous ne croyez pas ?

— Si, si...

Pour le moins déconcerté, il cherchait du regard une autorité à laquelle se raccrocher, afin de valider le passage de la rousse en jogging et hoodie. Mais ses yeux s'égarèrent sur l'eau sombre du bassin, et au-delà sur l'ombre massive du *Joseph Roty II*, l'un des principaux bâtiments de pêche industrielle encore en activité, sans parvenir à trouver le bon référent. Aucune trace d'Arthur Moreau dans les parages. Il n'y avait là qu'un contingent renforcé de flics, et les agents de Sport & Sécu, reconnaissables à leurs blousons floqués.

— Bien dit ! s'exclama une femme dans la quarantaine qui attendait son tour dans la file. Vous avez du cran, mademoiselle.

— Merci. Mais on se connaît, non ?

— Oui, je loge chez vous, au *Manoir*.

Le visage ne lui était pas inconnu en effet, croisé le matin même au petit déjeuner.

— Ah oui, pardon. Avec tout ce qui se passe en ce moment, j'avoue que j'ai du mal à imprimer les nouvelles têtes.

— Je me doute. À ce propos, ça va comment vos blessures ?

— Oh, ça tiraille un peu ici ou là. Mais rien de bien méchant.

— C'est ce que dit aussi votre médecin, bien sûr ? ponctua-t-elle sa question d'un clin d'œil.

Énora lui retourna son mouvement complice, avant de confirmer pour la blague :

— Bien sûr. Jamais je ne me lancerais dans un trail contre un avis médical. C'est pas mon genre.

La vérité, c'est qu'elle n'était plus retournée à Broussais faire contrôler son état depuis qu'elle en était sortie de manière prématurée, quatre jours auparavant. Résisterait-elle aux douze kilomètres du parcours et à ses zones patinoires ? Comme un fait exprès, un crachin sournois tombait de nouveau sur la ville. Les glissades seraient nombreuses, il fallait s'y attendre.

— Si ça peut vous rassurer, je peux courir avec vous, proposa la pensionnaire affable.

— Ouh là, je vais vous ralentir. Je suis en état de courir, mais pas de battre le record de l'épreuve.

— Vraiment, ça me ferait plaisir, insista l'autre, presque trop souriante pour être honnête. Moi vous savez, je suis là pour le fun et pour la beauté du décor, pas pour le chrono.

Elle la draguait, ou quoi ?

Nono déclina poliment l'offre – ne jamais froisser une cliente – puis s'engagea entre les barrières métalliques, jusqu'à la ligne de départ. Plusieurs centaines de participants s'agglutinaient déjà sous le portique gonflable aux couleurs des innombrables sponsors.

L'un d'entre eux avait-il un profil d'agresseur ? Pouvait-on lire le mal sous les traits marqués par le stress et l'impatience ?

La seule chose certaine, c'est que les sacs, même mini, avaient totalement disparu des dos. La direction de l'Intrail les avait cette fois prohibés – un SMS informant de cette disposition de dernière minute était tombé l'après-midi même sur les portables de tous les concurrents.

« 23 h 57. Plus que trois minutes avant le départ », constata-t-elle en jetant un œil à sa montre connectée, ce que confirma presque aussitôt une annonce micro. Un vent fébrile passa sur la foule en tenues de sport. Les discussions se tarissaient. Chacun puisait en lui l'énergie et la détermination nécessaires. Dans ce silence concentré, les quelques bavards ressortaient d'autant mieux.

Ainsi Énora capta-t-elle la complainte de deux hommes :

— Dis donc, cette année, c'est radinerie et compagnie. La gourde promise nous a même pas été offerte. Et quand j'ai demandé pourquoi, on m'a envoyé chier comme un malpropre.

— Qu'est-ce que tu veux, c'est le monde d'aujourd'hui : tu raques, tu raques, et tu peux toujours courir si t'en réclames pour ton argent.

— Ouais, comme tu dis, on est juste bons à courir.

Il n'y avait donc pas que les Magon à se dépêtrer dans les problèmes de fric, songea Énora. Moreau aussi, semblait-il, lequel rognait sur la moindre petite dépense.

Les inconnus partirent d'un rire amer, puis se turent à leur tour. Le compte à rebours venait de se déclencher sur la pendule numérique au-dessus de leurs têtes.

À présent, les muscles se contractaient et les visages se crispaient, sans plus aucune autre préoccupation que la piste luisante qui s'ouvrait sur le quai devant eux. Les souffles se retinrent une dernière poignée de secondes. Puis la masse s'élança à toute vitesse dès la détonation du pistolet de starter. Improbable troupeau propulsé dans la nuit.

Nono non plus ne recherchait pas la performance. Très vite, elle se retrouva dans une grappe de runners au rythme peu soutenu, lui-même inclus dans un deuxième voire troisième paquet de coureurs. Au loin, on voyait déjà ceux qui se disputeraient la victoire finale tracer comme des lévriers sur un anneau de vitesse.

Sa dragueuse avait raison. Saint-Malo la nuit, même sous la pluie, brillait de mille éclats. Telle l'étoile au sommet d'un sapin de Noël, la flèche de la cathédrale défiait le ciel d'encre et enluminait l'austère citadelle.

Bercée par le tempo de ses jambes et le défilement régulier du paysage, elle s'abandonna à de nouvelles pensées. L'une d'entre elles la surprit au premier chef, car elle s'étonna de ne pas l'avoir eue plus tôt : lors des deux premières attaques, l'assaillant avait choisi les remparts pour lieu de ses forfaits. Pourtant, à bien des égards, il aurait été plus simple de poser ses pièges ailleurs, sur des tronçons du parcours plus larges, plus riches en recoins et surtout moins surveillés. Pourquoi donc s'acharnait-il à frapper là où c'était pour lui le plus risqué ? L'absence de caméras de surveillance municipale sur la muraille y était-elle pour quelque chose ?

Le premier kilomètre et demi de course, dans la longue ligne droite conduisant à l'intra-muros, se déroula sans encombre aucun. Idem pour le crochet en bord de port de plaisance, puis la montée sur les remparts par la porte Saint-Louis. Mais à peine Énora avait-elle gravi les marches, posant le pied sur le bastion pavé de granit, qu'elle entendit des cris résonner en tête d'épreuve, du côté de la Hollande. Là même où avaient été retirés les canons.

« C'est pas possible ! Ils ont enlevé tous les points de fixation ! »

Autour d'elle, une onde de panique doucha l'enthousiasme collectif chargé de dopamine. Beaucoup marquèrent le pas ; certains se figèrent comme de nouvelles statues posées çà et là sur la muraille. Énora, elle, redoubla au contraire d'efforts pour parvenir au plus vite sur le lieu du drame.

Là, un bouchon de joggers ahanant obstruait désormais l'étroit escalier montant jusqu'à l'esplanade.

— Qu'est-ce qui se passe ? S'enquit-elle auprès d'un cyclope en bonnet et frontale. Encore une attaque ?

— Oui... Enfin, non. Les trois gars devant devaient se méfier, parce qu'ils ont repéré le câble une bonne vingtaine de mètres avant d'arriver dessus. Ils ont pilé juste à temps. Et surtout, ils ont pu prévenir ceux qui les chassaient. À ma connaissance, personne n'est tombé.

En un sens, le fait que l'obstacle eût été dressé au beau milieu des marches les avait sauvés. Sans cela, sans doute seraient-ils arrivés trop vite sur le piège pour réussir à l'anticiper.

Mais la seule question qui comptait ne résidait pas dans ce choix pour le moins surprenant de la part de l'agresseur. La seule question valable était : comment diable s'y était-il pris pour déjouer la surveillance, et plus encore pour pallier l'absence de points d'accrochage dans les parapets ?

Se glissant entre les ombres, Nono s'approcha du muret incriminé. Elle s'agenouilla dans une flaque, puis se pencha sur les pierres. À la place des anciens anneaux de recul, des crochets neufs avaient été fixés, vissés dans des chevilles en métal comme on en trouve dans tous les magasins de bricolage.

Voilà qui était encore plus incompréhensible. Le taré qui s'en prenait à eux avait réussi à installer son dispositif comme s'il posait une simple étagère dans son salon, au nez et à la barbe de la sécurité !

Elle ressassait encore cette énigme, un peu sonnée par la dimension surnaturelle que prenait l'affaire, quand elle vit s'éloigner une silhouette isolée en aval du câble, tout en haut des marches. Malgré la distance, l'obscurité et la vue en contreplongée, elle aurait pu le jurer : cet individu boitait !

Enjambant le câble, elle grimpa ce qu'il restait d'escalier à toutes jambes. Au sommet, elle hésita un instant entre une montée sur le bastion en surplomb, à droite, ou le chemin de ronde au pied de celui-ci, sur la gauche – là où l'un de ses camarades avait failli se faire trancher la tête lors du précédent attentat.

Elle opta pour la sécurité et se retrouva bientôt sur le vaste square de la Hollande. Une unique statue s'y dressait, celle de Jacques Cartier. Hormis ce visiteur échappé d'un autre siècle, pas un chat à l'horizon.

— C'est pas vrai…, souffla-t-elle. Comment il a fait, ce con ?

Comment un type à la patte folle avait-il pu la distancer et se volatiliser en une seconde seulement ?

Elle fit plusieurs fois le tour du terre-plein. Fouilla les taillis de buis et le dessous des quelques bancs publics. Elle se pencha même, en retrait de la place, sur la fosse où les maîtres-chiens enfermaient autrefois les célèbres mastiffs, chenil à ciel ouvert.

De guerre lasse, elle emprunta pour finir l'étroit et dangereux passage en contrebas. Mais là non plus, elle ne dénicha âme qui vive. L'éclopé s'était évaporé, aussi peu consistant désormais que cette bruine et ces embruns qui cinglaient ses joues.

Fallait-il croire aux histoires de fantômes de feu Renée Magon ? Lui fallait-il à son tour perdre la raison, pour prendre la mesure de cette menace ?

Elle trembla presque en formulant cette question qu'elle n'adressait pourtant qu'à elle-même : Guillaume Magon était-il mort dès la nuit de sa disparition, et hantait-il depuis lors les remparts de Saint-Malo ?

27

5 mars au matin, Saint-Malo,
Manoir des Corrigan, *fournil*

« You're one hundred percent sure que c'était lui ? »

— One hundred, je sais pas..., répondit Énora, pensive. Mais au moins 90 %, ça oui. Il boitait de la jambe gauche, il avait un gabarit très semblable à celui de Magon, et surtout il connaissait assez bien les remparts pour me semer en deux-deux. Après, c'était la nuit, il crachotait... ça reste un peu flou.

Le trio Corrigan s'était réuni dans le refuge favori de Nono, l'ancien fournil du domaine. La petite bâtisse manquait elle aussi d'une bonne réfection, et le confort y était rudimentaire. Mais elle en appréciait le calme, loin du tumulte du *Manoir*, surtout quand celui-ci affichait complet et bruissait des dernières rumeurs venues de l'intra-muros. Ce matin-là, l'unique sujet de discussion était l'attaque de la nuit précédente et le report de la course annoncé pour le 8 mars à minuit.

Le petit déjeuner des pensionnaires désormais derrière elles – la joggeuse de la veille avait encore dragué la jeune vétérinaire –, le temps d'un conciliabule improvisé s'imposait.

— En admettant que l'homme que tu as aperçu cette nuit était bien Guillaume Magon, tenta de rationaliser Louise, ça laisserait entendre qu'il a organisé lui-même sa disparition pour mieux se venger de Moreau à travers l'Intrail-Muros, on est d'accord ?

— Oui. Enfin, c'est surtout que je ne vois pas d'autre option. Tu sais s'il s'est reconnecté sur ses comptes de réseaux sociaux depuis l'autre jour ?

— Rien du tout. Il est toujours aux abonnés absents.

— Damn yeah, Renée Magon n'était peut-être pas aussi cinglée qu'elle en avait l'air. Parce que si ça n'est pas un bleedin' ghost, je ne comprends toujours pas comment il fait pour se glisser et disparaître des murs sans jamais se faire repérer.

Le mystère le plus épais résidait bien là, aussi impénétrable que ce crachin malouin qui s'accrochait au ciel depuis des jours et des jours.

Ses deux comparses approuvèrent avec la même mine désemparée. Elles avaient beau abreuver leurs investigations à une source policière toujours plus abondante (merci Jojo) ; elles avaient beau bénéficier de nombreuses aides (merci Alain, Fanny, et quelques autres) et déployer elles-mêmes des talents jusque-là insoupçonnés ; il leur fallait bien admettre de temps à autre qu'elles ne formaient rien d'autre qu'un petit club d'enquête amateur à peine plus performant qu'un après-midi Cluedo dans l'EHPAD du coin.

Si toutefois la piste Guillaume Magon se confirmait, la seule certitude en leur possession résiderait alors dans ce lien avéré entre les deux affaires du moment – un lien qui souderait à nouveau la Breizh Brigade autour d'un objectif unique. Mais pour ça, encore faudrait-il mettre la main sur le disparu, jusqu'ici aussi insaisissable qu'un courant d'air.

— Pas de nouvelles de ton informateur cagoulé ? s'enquit Énora pour la forme, en s'adressant à sa grand-mère.

— Feck' no, pas depuis avant-hier soir. Je ne comprends pas quel intérêt il trouve à nous donner des infos au compte-goutte.

L'inconnu cherchait-il au contraire à les orienter vers de fausses pistes ? Était-il ennemi plutôt qu'ami ?

— Moi je sais qui pourrait nous en dire plus sur les secrets des remparts, dit Louise.

— Le fantôme de Renée de Magon ?

— Non, rit-elle jaune. Quoique... Mais je pensais plutôt au grand copain de granny.

« Lequel ? ». Dans le regard de sa fille, elle lut que cela pouvait désigner plusieurs dizaines d'hommes, pour la plupart d'anciens amants de la vieille dame.

— Yves-Malo Bazin. Après tout, c'est le meilleur spécialiste de l'histoire malouine qu'on connaisse. Et bavard comme il est, j'imagine qu'il se fera un plaisir de nous affranchir sur le sujet.

— Bordel de hell ! s'écria Maggie en resserrant ses mains sur le pommeau de sa canne. Qu'est-ce qu'il vient nous emmerder so early, celui-là ?

Parlait-elle du sémillant président de l'AHSM, en des termes aussi désobligeants ?

Brandissant son bâton en ébène en direction de la malouinière, elle désigna la silhouette pataude d'Alain Le Divellec, son ex-gendre, lequel venait à leur rencontre. Même à cette distance, même sans distinguer les traits de son visage, il ressemblait à un vieux chien fatigué. Il les eût saluées d'un gros wouf qu'aucune d'entre elles n'eût été réellement surprise.

— Bon... Bonjour, bégaya-t-il à la place.

Maggie grimaça. Louise s'empourpra, les lèvres mi-closes, comme empêchée de lui répondre. Seule Nono s'exprima en retour.

— Salut, p'pa.

— Vous co... vous connaissez la nouvelle ?

— Pour le report de l'Intrail ?

Il secoua sa tête de Droopy pour approuver. Le Leica autour de son cou ballotta à l'unisson.

— Tu penses. Tous nos clients du moment sont des coureurs. Depuis ce matin, ça cause que de ça. Restera, restera pas, c'est la grande question...

— Well, c'est pour nous donner les news du jour, que tu viens nous chercher au fond du jardin ? Malo est off ?

La mauvaise foi de Maggie était manifeste, car le fournil était le bâtiment annexe le plus proche de la malouinière. Quant à Malo, l'éternel soupirant et le meilleur ami de Nono, il officiait entre autres petits jobs en qualité de livreur du *Pays malouin*. Tous les jours ou presque, c'est lui qui déposait l'édition du jour sur la console du hall d'entrée.

— Je ne suis pas là pour ça, se justifia-t-il, sur le ton de l'excuse.

— About what, then ?

— C'est Guy...

À l'évocation de son beau-frère, Louise abandonna le pourpre de ses joues pour virer au blafard. À sa décharge, il était rare qu'on mentionnât Guy Le Divellec pour un motif prêtant à réjouissance. Fanny, employée de ce tyran de poche depuis plusieurs années déjà, pouvait en témoigner. À de nombreuses reprises, Énora lui avait enjoint de se trouver un autre emploi. Ce n'est pas les locations touristiques ou les hôtels qui manquaient, dans la région, et nombre d'entre eux affichaient même une pénurie criante de personnel.

— Qu'est-ce qu'il a encore fait, ce bollix ?

— Il se van... van...

— « Il se vend ?! »

— Il se vante partout dans Saint-Malo, reprit-il, cette fois d'une traite. Il dit qu'avec la mort probable de Guillaume Magon, il va pouvoir racheter l'hôtel particulier et la Chipaudière et en faire des établissements de luxe.

Tiens donc. Si Alice, Laure et Arthur semblaient exempts d'intérêts économiques dans la disparition de Magon, tous ne pouvaient pas en dire autant. Tel un cormoran à l'affût d'un banc de poissons, Guy se disait prêt à fondre sur ses proies.

Cette rapacité avait-elle un rapport avec l'esclandre qui l'avait opposé à Laure Magon, lors de la cérémonie en mémoire de Renée ?

« Dites-lui bien que nous concernant, il n'a plus toute l'éternité. C'est compris ? » avait crié l'homme en polo criard, avant de quitter le cimetière. Avait-il jugé utile d'abréger les jours de Guillaume pour parvenir à ses fins ? Mais si tel était le cas, aurait-il été assez bête pour exposer son plan au vu et au su de tous ?

Guy n'était pas très intelligent, mais assez malin tout de même pour éviter ce genre de bévue.

— D'apr... D'après ce que j'ai entendu, il a même déjà pris contact avec Fabienne Leroy.

— Why is that ?

— Pour programmer des animations dans ces futures acqu... acquisitions. Des concerts privés à l'hôtel Magon et un grand bal masqué à la Chipaudière. Ce genre de choses.

Des divertissements certes rentables, mais aussi très racoleurs, qu'un Guillaume Magon aurait sans aucun doute désavoués, soucieux qu'il était de préserver l'authenticité de son patrimoine.

La piste « Guy Le Divellec » avait beau contredire celle échafaudée quelques instants plus tôt, elle devenait la plus consistante à ce jour concernant la disparition de l'historien. En revanche, elle dissociait une nouvelle fois les deux énigmes. Car quel intérêt aurait pu avoir Guy dans la mise en danger de l'Intrail-Muros ?

— Il faut absolument qu'on en sache plus sur ce qui lie Guy et les Magon, conclut Énora en se tournant vers son père. Tu ne voudrais pas l'appeler et lui poser quelques questions à ce sujet ? Tu pourrais dire que c'est pour le journal…

— Qui ça… Moi ?!

Sa lippe de bouledogue avait chuté de deux crans. La proposition semblait lui paraître très au-delà de l'incongru. Il faut dire que l'on ne pouvait imaginer plus mauvais bluffeur qu'Alain.

— Of course, toi ! Not the feckin' queen !

— Laissez tomber, trancha Louise, avec une fermeté inhabituelle. Alain a raison. Jamais Guy ne lui donnera le moindre tuyau sur son business. Surtout pas à lui. Surtout pas à nous.

28

Saint-Malo, appartement d'Yves-Malo Bazin

Pour un féru d'histoire locale, Yves-Malo Bazin s'était choisi un nid plutôt surprenant. Son appartement de la rue Nicolas Bouvier, vue imprenable sur la médiathèque et la gare SNCF, se situait au dernier étage d'un immeuble récent, dans le quartier le plus moderne de la ville. Malgré un toit en zinc percé de chiens-assis, l'architecture du bâtiment lorgnait vers le contemporain et le fonctionnel : visiophone, porte à badge, ascenseur, box et cave privative, etc.

— Il y a longtemps que j'ai fait passer mon confort avant mes vieilles lubies, se justifia-t-il en leur ouvrant la porte. Mais je vous en prie, entrez.

Le foutoir à l'intérieur de son vaste trois-pièces contredisait ce propos. Les murs disparaissaient sous les cadres et les meubles sous les bibelots. Pêle-mêle, on trouvait là autant de souvenirs rapportés des quatre coins du monde, pour la plupart sans valeur, que d'authentiques pièces de musée rattachées à l'histoire de Saint-Malo. Une longue-vue en cuivre. Un sextant du même métal. La reproduction d'un cotre corsaire. Sans compter, bien entendu, d'innombrables portraits de beaux messieurs emperruqués, échappés du temps glorieux de la Compagnie des Indes.

Libérant un vieux canapé en cuir encombré de paperasse, il invita ses trois visiteuses à s'asseoir.

— Bien, que puis-je pour vous ? Rassurez-moi : vous n'allez pas encore envoyer un de mes proches en prison ?

L'allusion à l'affaire Francis Lemoine, le maire de la ville, victime d'un attentat à la bombe six mois auparavant, prouvait qu'il accusait encore le coup. Son propre frère cadet, Erwan, en attente de jugement, encourait une peine de plusieurs années pour sa contribution à ladite attaque.

— Hell no, répondit Maggie avec un petit sourire coupable. Et crois-moi, on n'a pris aucun plaisir à ce qui est arrivé à ton frère. Mais il fallait bien qu'il rende compte de ses actes, don't you think ?

— Bien sûr, bien sûr.

Il hocha une tête appesantie par le chagrin, ses lunettes menaçant à chaque mouvement de quitter le bout de son nez proéminent.

Louise avisa une aquarelle placardée derrière leur hôte, une vue du mur d'enceinte de la ville close, et la désigna d'un index curieux :

— Vous connaissez bien les remparts, n'est-ce pas ?

— Disons qu'ils ne me sont pas étrangers, se rengorgea-t-il, à nouveau plus allègre. J'ai même un projet de livre sur eux dans mes cartons. Mais ça demanderait un travail colossal. Entre ma présidence de l'AHSM et mes autres activités, je crois que je n'aurais pas assez de cette vie pour arriver au bout de mes recherches.

Le regret teinté de fatuité laissait entendre qu'il était le seul à pouvoir réaliser un tel ouvrage. Mais, derrière l'importance qu'il cherchait à se donner, peut-être était-ce vrai.

— Est-ce que vous savez s'il existe des caches ou des passages secrets à l'intérieur, bref des endroits où une personne se promenant sur le mur pourrait se faufiler de manière très rapide ?

— Dans les remparts, vous voulez dire ?

— Oui.

— Eh bien, vous avez par exemple l'escalier rouge.

— What's that ?

— La rampe d'accès qui grimpe sur le bastion Saint-Louis depuis la rue de Chartres. Durant la Terreur, c'est dans ce tronçon creux qu'était rangée la guillotine. D'où le nom un peu sanglant. D'où aussi les légendes qui ont couru à cette période sur les fantômes des exécutés.

— Des fantômes ? s'exclama la Breizh Brigade d'une seule voix.

— Tout à fait. On prétendait qu'ils hantaient cette portion du mur. Enfin, tout ça c'est du folklore, bien sûr.

Énora fut saisie d'un frisson rétrospectif en songeant que la première attaque contre l'Intrail-Muros s'était déroulée à quelques pas de là – cela expliquait peut-être la furtivité de l'assaillant, sa faculté à déjouer les contrôles.

Las, s'agissant du principal motif de leur visite, le bastion Saint-Louis se trouvait à l'opposé de la direction prise par le fuyard boiteux pris en chasse par Nono. Ça ne collait pas.

— Des portions accessibles, il n'y en aurait pas du côté de la Hollande, par hasard ? intervint Énora.

— La Hollande, laissez-moi réfléchir… Il y a bien l'ancien chenil des mastiffs, en contrebas de la porte Saint-Pierre. Mais ça se situe en dehors de la muraille en tant que telle.

L'enclos en question, sorte de courette murée à peine plus large qu'un puits, jouxtait la terrasse du bien nommé restaurant *Les chiens du guet.*

— À ce niveau, sous l'esplanade, les remparts sont vides ou ils sont pleins ?

— Pleins, pleins, répéta-t-il comme pour mieux s'en convaincre lui-même. Mais vous savez, depuis le XIIIe siècle, entre les accroissements successifs et les travaux de reconstruction après-guerre, il est très difficile d'avoir une radiographie fiable de l'ensemble de l'édifice. Les remparts de Saint-Malo sont une sorte de puzzle dont les différentes pièces n'auraient ni le même âge ni la même structure, et je ne parle même pas de leur documentation. Un vrai casse-tête d'historien.

Il se leva, se rapprocha d'une gravure représentant l'intra-muros vu du ciel, et indiqua l'une après l'autre les zones creuses les mieux renseignées. Parmi celles-ci, elles reconnurent notamment les salles voûtées aménagées sous le tronçon longeant la rue Jacques-Cartier, toutes transformées en bars ou restaurants depuis près d'un siècle. Ou encore la galerie proche de la porte Saint-Thomas, laquelle abritait un vivarium ouvert au public sous le nom de Micro Zoo.

Il fallait se rendre à l'évidence : aucun de ces spots ne se situait à proximité de la Hollande.

— De toute façon, conclut-il sur un ton qui se voulait dissuasif, les éventuelles caves ou niches non occupées sont interdites d'accès par arrêté municipal. Et quand bien même, elles se trouveraient dans un tel état qu'il serait vraiment dangereux de s'y aventurer.

Flairant qu'il était prêt à repartir pour l'une de ses logorrhées truffées d'anecdotes, Maggie mit un terme à leur visite d'un coup de canne sur le carrelage, puis se redressa d'un bond.

— Well, my dear, merci beaucoup pour tes éclaircissements. You're a treat, as always.

Les trois Corrigan remontaient le couloir à la suite de leur hôte, en direction de la sortie, quand Louise se figea devant l'une des innombrables photos accrochées là, des images plus personnelles. Ainsi, le cliché en question donnait à voir un Yves-Malo Bazin, un Guy Le Divellec et un Guillaume Magon tout sourire, se tenant par les épaules pour la pose.

— Vous connaissez Guy ? s'étonna-t-elle.

— Bien sûr. Il a contribué de manière assez généreuse à certains programmes de réhabilitation engagés par l'AHSM.

— Des programmes dont a bénéficié le patrimoine des Magon ? insista-t-elle en pointant du doigt l'homme à la canne, au centre de cet autre trio.

— Entre autres, oui. Pourquoi vous me demandez ça ?

Parce que ça expliquerait pas mal de choses, pensèrent-elles de concert, soulignant leur intuition de regards entendus.

— As far as you know, ils ont d'autres intérêts en commun ?

— On peut dire ça, répondit-il avec prudence, les yeux un peu fuyants.

— C'est-à-dire ?

— Au fil des ans, Guy a acquis des parts assez importantes dans la SCI qui détient l'hôtel Magon et la Chipaudière.

— Dans quelles proportions ? le pressa Énora.

Bazin les considéra un instant comme si trois délinquantes avaient forcé sa porte. C'était peu dire que leurs questions le plongeaient dans l'embarras.

— Je ne dispose pas des détails...

— How much ?! aboya presque Maggie.

— Aux dernières nouvelles, quelque chose comme 48 ou 49 %. Je crois.

Soit à un cheveu seulement de la majorité.

L'assurance avec laquelle Guy claironnait sa prochaine razzia sur les avoirs immobiliers des Magon n'était donc pas qu'un effet de son ambition sans borne. Il paraissait fondé à nourrir de pareilles vues. *A fortiori* si Guillaume Magon disparaissait pour de bon de Saint-Malo et de la surface de la Terre. Ce dernier mort, les 1 ou 2 % qui lui faisaient défaut tomberaient dans son escarcelle – tel devait être son calcul.

— Et si Guy devient l'actionnaire majoritaire, que se passera-t-il pour Laure et les enfants ?

— Oh, il peut très bien leur laisser l'usufruit, au moins sur les appartements privés de la Chipaudière. Si tous les châtelains français devaient quitter leurs murs quand ceux-ci tombent entre les mains des fonds de pensions, croyez-moi, ce serait un véritable exode doublé d'un scandale qui ferait grand bruit.

Il évoquait le sujet comme si Guy Le Divellec était connu pour son empathie et sa grandeur d'âme.

— Vous ne sauriez pas chez quel notaire tout ce micmac a été acté ?

Une fois dans la rue, à l'abri du porche en composite rouge brique, elles n'eurent aucune difficulté à contacter le secrétariat de maître Groillard. Celui-ci, assez réjoui semblait-il par le possible changement à la tête de la SCI Magon de la Lande, pour lui synonyme d'honoraires juteux, confirma les propos d'Yves-Malo Bazin.

Depuis plusieurs années déjà, Guy était à l'affût, chien de chasse prêt à guetter sa proie le temps qu'il faudrait, habité par cette certitude : un jour elle tomberait d'elle-même dans sa gueule. Mais comment expliquer alors son coup de sang au cimetière ? Le processus traînait-il trop à son goût ? Avait-il voulu l'accélérer un tantinet ?

Alain répondit dès la première sonnerie – l'affichage du numéro de Louise produisait à chaque fois ce même miracle. Quoique toujours réticent, il accepta sa mission et rappela son ex-femme moins de dix minutes plus tard :

— D'ap... D'après Aline...

Aline Le Divellec, sa belle-sœur, la si servile et si dépressive épouse de Guy, chez qui l'absence d'enfant valait pour trauma originel. Autant dire qu'elle nourrissait tant de ressentiment à son égard qu'il n'était pas difficile de la faire baver sur son charmant époux.

— Oui, d'après Aline ? l'encouragea Louise de sa voix la plus caressante.

— Guy a passé la nuit du 28 février au 1er mars au casino Barrière.

— Jusqu'à quelle heure ?

— La fermeture. 2 heures du matin.

L'homme était un joueur notoire, presque compulsif, un accroc aux tables de jeu. L'alibi correspondait donc bien au personnage. Le disculpait-il pour autant ? De 2 heures à 6 h 30, heure à laquelle Laure Magon avait constaté la disparition de Guillaume, il lui était resté un créneau bien assez large pour passer à l'action.

— Et après ? Il est rentré rue Godard ?

— C'est ce qu'elle prét... prétend. Il était chez lui à Saint-Servan vers 2 h 30.

Si Aline disait vrai, cela ne laissait pas un laps de temps suffisant à son chacal de mari pour faire un crochet par l'hôtel Magon, puis enlever celui qui, pour quelques jours encore, demeurait le légitime propriétaire des lieux.

Or, les Corrigan le savaient, il entrait bien dans les manières de Guy Le Divellec de déléguer ses basses besognes. Mais dans ce cas... À qui donc ?

29

Saint-Servan, Le Repaire des corsaires

« T'es en train de me demander les clés de chez mon patron pour pouvoir l'espionner, ou je rêve ?! »

La remontrance de Fanny poursuivit Énora jusqu'à son arrivée sur place, à Saint-Servan. La rue Godard se présentait comme une petite voie en sens unique perpendiculaire au principal axe commerçant du quartier, la rue Ville-Pépin. À l'angle des deux rues trônait d'ailleurs une boulangerie où elle engloutit un pain aux raisins en hâte, pour éviter que son ventre ne gargouille (comme celui de sa mère) durant son intrusion.

Le Repaire des corsaires se nichait dans une belle maison bourgeoise début de siècle à deux étages. Sous le toit d'ardoises à la Mansard, la façade avait été repeinte d'un gris souris très tendance, lequel contrastait non sans élégance avec l'encadrement blanc des fenêtres. Ces dernières étaient toutes closes, rideaux tirés, constata-t-elle en avalant l'ultime bouchée de sa viennoiserie.

D'après Fanny, Guy était très peu présent à son domicile en journée. Mais il en allait autrement d'Aline, femme au foyer modèle, à laquelle incombaient la réception et l'entretien des pensionnaires de la maison d'hôtes.

« On peut savoir ce que tu cherches là-bas ? » s'était aussi enquise sa compagne au moment de lui remettre le trousseau.

— Je n'ai pas d'idée précise... Tout ce qui tendrait à prouver que Guy n'est pas rentré directement du casino cette nuit-là, et qu'il a fait un crochet par l'hôtel Magon.

— Si c'était le cas, tu penses qu'il serait assez con pour conserver un objet appartenant à Guillaume Magon dans sa table de nuit ?

— Non, t'as raison, il est bien plus méchant qu'il n'est bête. Mais on ne sait jamais...

— Admettons. Et tu vas faire comment pour t'introduire et fouiner à l'intérieur sans te faire repérer, surtout en plein jour ?

À présent qu'elle se tenait devant la grille en fer forgé anthracite, Énora constatait la pertinence de la mise en garde. Certes, elle ne percevait aucun son ni aucun mouvement à l'intérieur du corps de bâtiment principal. Mais d'une part rien ne garantissait qu'il fût vide d'occupants. D'autre part, avant de gravir les quelques marches du perron à marquise, elle devrait passer devant la dépendance, là où les Le Divellec parquaient leurs clients.

« Passe de préférence par la petite porte sur rue, lui avait conseillé Fann', et ensuite contourne la maison par la gauche. Si personne ne veille derrière les carreaux, ça devrait te permettre d'accéder ni vue ni connue à la porte extérieure de la cuisine, côté jardin, à l'arrière du bâtiment. »

Nono appliqua la consigne à la lettre, puis patienta cinq bonnes minutes à l'abri de deux gros arbustes fleuris en forme de globe. Derrière la petite porte vitrée, elle ne nota ni mouvement particulier ni des bruits qui auraient trahi une quelconque activité.

« La clé de la cuisine, c'est la bleue. » Facile à repérer parmi ses consœurs de couleurs vives. Quelle riche idée que ce trousseau arc-en-ciel ! songea la fantômette improvisée. Le symbole lui tira un sourire – Guy avait-il conscience de la référence LGBT+ ? – et enfin elle monta le bref escalier. La serrure n'opposa qu'un couinement discret, de même que les gonds qu'une petite main devait graisser de temps à autre.

À l'intérieur, une odeur alléchante de plat en sauce, peut-être une blanquette, flatta d'abord son nez puis rassura ses yeux quand elle repéra les deux assiettes sales empilées dans l'évier. Le couple Le Divellec avait fini de déjeuner. Elle en déduisit que Guy avait dû ressortir et que seule Aline demeurait encore dans le logis.

« Une fois dans l'escalier principal – il se situe sur ta gauche en quittant la cuisine –, monte directement au second. C'est là que se trouve le bureau du patron, la plus grande pièce, face à toi sur le palier. »

Hélas, on n'entretient pas des marches en bois ancien comme on huile de vieilles huisseries. Malgré la présence d'un épais tapis bleu nuit, chaque planche craquait comme le cercueil de Dracula.

— Oh putain, le con..., souffla-t-elle, cramponnée à la rambarde, pétrifiée d'effroi.

Averti par les grincements, un chat venait de débouler entre ses jambes, lui adressant au passage un long miaou courroucé. « Matador est aussi couillon et désagréable que son maître, mais c'est un vrai pétochard, il ne devrait pas te causer de soucis. »

Mais la meilleure recommandation que lui avait fournie Fanny avant son départ du *Manoir* concernait les petites habitudes d'Aline. Le ronflement sonore qu'elle perçut à l'approche du premier niveau confirmait les dires de sa belle : « Le meilleur créneau, c'est après le déj, entre 13 h 30 et 14 h 30. Sauf urgence, elle s'offre une sieste tous les jours que Dieu fait. Toujours une heure. Question sommeil, cette bonne femme est un vrai coucou suisse. »

De fait, son repos paraissait profond, car le grondement en provenance de la suite parentale ne varia pas d'un décibel quand la visiteuse passa devant la porte entrouverte. Au passage, Nono nota que la maîtresse de maison portait un masque de sommeil et des bouchons d'oreille jaune fluo.

Comme annoncé, le domaine de Guy s'ouvrait bien à l'orée du couloir distribuant le second niveau. On aurait dit une version m'as-tu-vu du bureau de Maggie, tapissé de posters encadrés de Philip Plisson, le célèbre photographe maritime, et encombré de bibelots en bois laqués trop neufs pour être authentiques. Par chance, Guy Le Divellec devait se croire intouchable en son fief, car aucun des tiroirs de son secrétaire n'était bouclé. Dans le plus bas d'entre eux, dernier dossier de la pile, elle mit la main sur une chemise sobrement intitulée « Magon ». Son contenu, qu'elle feuilleta à toute allure, était édifiant : plans d'architectes en vue de rénovations, formulaire de permis de construire, devis divers émis par des prestataires dans le domaine de l'animation et du catering, etc. Guy le rapace avait déjà tout prévu dans l'éventualité où l'hôtel Magon et la Chipaudière tomberaient entre ses griffes. La plupart de ces documents, déjà signés de sa main, n'attendaient plus que timbre et enveloppe pour sceller le destin du patrimoine des Magon – bientôt celui des Le Divellec –, transformant celui-ci en nouveau fleuron régional de l'hôtellerie de luxe.

« Ça a de la gueule, non ? » gronda une voix d'homme depuis le palier.

Le cœur d'Énora manqua se décrocher et choir sur le plancher. Guy la considérait avec calme, aussi assuré qu'un prédateur acculant sa proie au fond d'un terrier.

— J'imagine que ça te démangeait de venir faire un tour ici, depuis tout ce temps ? demanda-t-il, se rapprochant d'un ou deux pas.

Que voulait-il dire par là ? Sa relation avec Fanny n'était-elle plus un secret pour lui ? À moins qu'il se référât juste à leur parenté – malgré ce lien, c'était bien la première fois qu'elle mettait les pieds ici.

Comme elle ne répondait rien, écrasée de stupeur, il vint jusqu'à elle, prit le dossier dans ses mains, le rangea et referma le tiroir avec autorité.

— Par contre, ma jolie, ce n'est pas une raison pour fouiller dans les affaires de ton tonton.

C'était vrai, il restait son oncle, même si elle l'oubliait le plus souvent.

— Qu'est-ce que tu as fait à Guillaume Magon ?! s'écria-t-elle soudain, elle-même surprise par son audace.

— Ce que j'ai fait à Guillaume ? Mais rien du tout. Je le sors juste de sa montagne de dettes et autres emmerdes financières. Voilà ce que je fais. Crois-moi, s'il daigne réapparaître un jour, il pourra me remercier. Et sa femme et ses enfants aussi.

« S'il daigne réapparaître un jour... » Le croyait-il sincèrement, ou détenait-il d'autres informations qu'elle ignorait à ce sujet ?

— Tu sais, poursuivit-il, je ne suis pas pressé. Je sais qu'à terme il sera obligé de me céder la majorité de ses biens. Pourquoi j'irais prendre des risques inutiles pour décrocher quelque chose qui va me tomber tout cru dans le bec ? Tu peux me l'expliquer ?

Guy était un salaud, et son présent propos, gonflé de certitudes et de mépris, le prouvait une nouvelle fois. Mais, aussi difficile cela fut-il à admettre, ce trait de caractère ne faisait pas pour autant de lui un criminel. Oui, le mal aussi pouvait se parer de nuances.

Tandis qu'il lui indiquait la sortie d'un bras tendu, Énora eut le réflexe de glisser le trousseau multicolore au fond de sa poche – ne manquerait plus que sa complice ne se fasse virer.

— On est d'accord que tu n'as jamais vu le contenu de ce dossier, de même que je n'alerte pas la police, et que je ne te demande pas comment tu as fait pour t'introduire ici...

Le marché proposé était aussi abject que son regard porcin, mais dans l'immédiat il constituait la seule issue acceptable. Car que deviendrait leur double enquête, et au-delà la Breizh Brigade, si elle échouait le jour même chez les flics ?

30

Saint-Malo, Maison du Québec,
permanence de l'Intrail-Muros

S'il semblait pour sa part dépourvu d'intérêt financier immédiat dans la disparition de Guillaume Magon, Arthur Moreau n'était pas pour autant exempt de mobile. Possiblement, le sien s'appelait Laure Magon. Certes, le détail de la canne manquante sur la vidéo de la gare tendait à le disculper. Mais il n'en restait pas moins que la Breizh Brigade ne lui connaissait aucun alibi solide pour la nuit du 28 février au 1er mars. En effet, la seule fois où l'une d'entre elles l'avait croisé, lors de la deuxième attaque, les circonstances ne se prêtaient pas à un interrogatoire en règle.

— Quand on y pense bien, conjectura Énora à son retour de Saint-Servan, s'il y a *une* personne susceptible de bricoler des pièges sur les remparts sans être inquiété, c'est lui.

— Bleedin' putain de hell… Tu veux dire qu'il saboterait lui-même sa course ? C'est pas vraiment le meilleur moyen de briller aux yeux de sa lady.

— C'est sûr. Mais c'est peut-être aussi la seule solution qu'il a trouvée pour renflouer ses caisses.

— Elle n'a pas tort, appuya Louise. Faudrait voir ce que prévoit son assurance en cas d'impossibilité pour la course d'avoir lieu. Mais s'il a bien négocié sa police, il n'est pas exclu que d'un point de vue comptable il sorte plus gagnant d'une annulation que d'un maintien.

Sur ces bonnes paroles, le trio décréta qu'il était grand temps de faire parler le bel Arthur Moreau, le seul suspect dans les deux affaires qu'elles n'avaient pas encore cuisiné.

Quelques minutes du moteur crachotant de Lilybeth suffirent à les conduire jusqu'au parking de la galère, au pied de la tour des Dames et à deux pas du casino. De là, elles prirent le petit passage menant à la plage de l'éventail – un vent à décorner des bœufs balayait ce versant du château – puis s'engouffrèrent dans la cité par la porte Saint-Thomas. Renonçant à emprunter les remparts, trop exposés, elles déambulèrent par les petites rues de l'intra-muros. La place du Québec et la maison du même nom ne se trouvaient qu'à quelques minutes à pied. Deux drapeaux du pays cousin, croix blanche sur fond bleu roi fleurdelisé, y claquaient sous les rafales puissantes. Sur l'un des volets rouges, une flèche indiquait « Intrail-Muros – Permanence ».

Mais lorsqu'elles entrèrent dans le bâtiment bas en pierres, ce n'est pas avec le patron de l'épreuve sportive qu'elles tombèrent nez à nez.

— Bonjour, bredouilla Laure Magon. Je peux vous aider ?

Elle portait ce même manteau rouge sang que Louise lui avait vu lors de son altercation avec Vincent Gravelet. L'institutrice pria pour que la jeune femme blonde ne l'ait pas aperçue lorsqu'elle filochait ce dernier. Or, rien dans le regard de Laure n'indiquait qu'elle reconnaissait les trois visiteuses. Peut-être même ne se souvenait-elle pas de leur présence quelques jours auparavant, au cimetière de Rocabey – entre Guy et Alice, elle avait eu fort à faire.

— Nous aimerions parler à Arthur Moreau, annonça Loulou.

— Il n'est pas là. C'était pour quoi ?

— Je fais partie des blessés lors de la première attaque, improvisa Énora. J'aimerais savoir ce que prévoit l'assurance souscrite par M-Trail dans ce genre de situations. Je suis étudiante, et ma mutuelle ne prend qu'une part de mes frais d'hospitalisation et de soins...

— Ah..., souffla-t-elle. Alors, laissez-moi votre nom et votre numéro, je lui transmettrai.

— Je préférerais vraiment en parler avec lui de vive voix.

— Je vous l'ai déjà dit, se braqua Laure. Arthur est absent pour le moment. Moi-même je me suis cassé les dents. Avec le report de la course, il est très occupé. Maintenant, si vous voulez à tout prix échanger avec lui, il va falloir repasser plus tard.

Ce disant, elle avait forcé le passage et pressait déjà le pas sur l'esplanade bordée de buissons, de toute évidence désireuse de leur échapper.

— Et ça ! cria Louise en brandissant son portable en direction de la fuyarde. Ça pourrait pas le faire réapparaître comme par magie ?

Laure Magon jeta un œil par-dessus son épaule, se figea, puis rebroussa chemin vers le trio. Livide, elle contemplait le cliché capturé par cette inconnue à queue-de-cheval, et qui dévoilait une intimité volée avec son amant.

— Où avez-vous eu ça ? s'étrangla-t-elle. Qui êtes-vous ?!

— La bonne question serait plutôt de savoir comment votre mari est entré en possession de cette image, et pourquoi il n'a pas souhaité vous confronter jusqu'ici ?

Pur bluff de sa part. Mais à lire la stupeur sur le beau visage maquillé de leur interlocutrice, celle-ci ignorait que son époux l'avait démasquée.

— Je ne sais pas qui vous êtes, ni ce que vous cherchez, mais je n'ai aucune raison de répondre à votre interrogatoire. J'ai déjà dit tout ce que j'avais à dire à ce sujet à la police.

— Perfect ! s'exclama Maggie en faisant tourner sa canne entre ses mains. In that case, ça ne vous dérangera pas si on leur transmet cette photo, right ?

Nouveau coup de poker. Par le passé, elles avaient commis cette erreur de communiquer certaines de leurs trouvailles à Christophe Guilloux et ses sbires. Une faute qui avait presque valu à la Breizh Brigade d'être révélée au grand jour, et qu'elles ne rééditeraient plus, foi de malouines.

Était-ce l'émotion, étaient-ce les bourrasques ? Toujours est-il que Laure chancela un instant, avant de prendre appui sur la rambarde métallique qui courrait là. À quelques pas d'elles, le bras tendu vers le large, face au vent, le Chateaubriand de bronze n'avait quant à lui pas bougé d'un iota.

— Ça va ? s'inquiéta Nono.

— Oui, oui… Disons qu'entre la disparition de Guillaume et les problèmes d'Arthur avec l'Intrail, la période n'est pas facile.

Dans l'éventualité où son époux ne refaisait pas surface, se savait-elle menacée de ruine – voire d'expulsion – par la rapacité d'un Guy le Divellec ? N'était-elle qu'une mère angoissée pour l'avenir de ses enfants ?

Énora lui prit le bras. Maggie remisa sa pugnacité en même temps que sa canne. Et Louise dégaina l'un de ses sourires discrets qui réconfortaient les plus gros chagrins d'enfant. La blonde dut se sentir soudain en confiance parmi elles, car elle reprit sur un ton plus amène :

— Arthur a été mon premier grand amour, bien avant que je ne rencontre Guillaume. On s'est connus au lycée. Puis après le bac, on s'est inscrits ensemble à la fac, ça nous semblait naturel.

— Jusqu'à ce que votre prof d'histoire vous vole à lui.

— On peut dire ça comme ça. Guillaume était brillant, charmant, un peu fou et anachronique aussi, mais tellement drôle par certains aspects. D'ailleurs, les débuts de notre relation et de notre mariage ont été très heureux.

— Mais plus depuis longtemps ?

Elle approuva d'un hochement triste.

— Guillaume n'a qu'une seule vraie passion, vous savez : le patrimoine et l'histoire des Magon. J'ai mis du temps à l'admettre, mais ni moi ni nos enfants ne ferons jamais le poids, comparé à plus de trois siècles de vieilles pierres. Au mieux, pour lui, on s'inscrit dans le décor.

— Quand Arthur a créé l'Intrail-Muros, vous vous êtes « revus » tout de suite ? demanda Louise en soulignant les guillemets.

— Non. Au début, j'ai même tout fait pour l'éviter. Je n'étais pas dupe.

— Pas dupe de quoi ?

— Eh bien, du fait qu'il organise son premier gros événement sportif justement ici, à Saint-Malo, presque sous nos fenêtres. C'était, comment dire...

— Une sorte d'appel qu'il vous envoyait ? suggéra Louise.

— Voilà. Ou un signal. Parce qu'il aurait pu faire ça n'importe où, à Rennes, ou ailleurs dans la région. Ce ne sont pas les beaux paysages qui manquent.

— Monter l'Intrail autour de l'intra-muros, ce n'était pas aussi un pied de nez qu'il adressait à votre mari ?

Elle avait dit « pied de nez », mais toutes comprirent « doigt d'honneur ».

— Sans doute… Arthur a toujours eu un complexe de classe, de prestige, peut-être même d'ordre intellectuel, vis-à-vis à Guillaume. Déjà à la fac, quand je l'ai quitté pour celui qui était notre prof, il a pris ça comme une claque. Quelque chose qui le renvoyait à ses origines plus modestes. D'ailleurs, à l'époque, on ne peut pas vraiment dire qu'il se soit battu pour me retenir.

Moreau avait-il voulu corriger cette défaillance sur le tard ? Et enfin reprendre celle qui, à ses yeux, lui appartenait de manière légitime ?

— Vous pensez que ça pourrait être le cas aujourd'hui ?

— Qu'est-ce que vous voulez dire ? se raidit-elle à nouveau. Au point de s'en prendre à Guillaume, c'est ça ?

— Love is blind… and blindness means clumsiness. Ce ne serait pas le premier homme jaloux à s'en prendre à son rival.

— Je n'y crois pas. Je vous accorde qu'Arthur a repris du poil de la bête, depuis cette année-là. Il n'est plus du genre à se laisser marcher dessus. Mais pas au point de s'attaquer au père de mes enfants. Il sait que je ne l'accepterais pas. D'ailleurs, si j'avais eu le moindre doute, j'aurais déjà mis un terme à notre relation.

Au lieu de cela, et alors même que son époux s'était volatilisé, elle folâtrait avec le beau sportif, dans son hôtel particulier ou à Beauregard, avec une insouciance de femme volage.

Après tout, la disparition de son mari négligent ne constituait-elle pas pour elle une bonne nouvelle ? Sauf à considérer le péril économique que cela faisait peser sur les siens...

La couleur de ses joues paraissait ravivée par les embruns – à moins que ce ne fût le soulagement ressenti après sa confession.

Laure Magon s'apprêtait une nouvelle fois à décamper, quand Maggie interposa sa canne, tel un portillon infranchissable. Sa posture n'était pas sans rappeler celle de l'auteur des *Mémoires d'outre-tombe*, figée non loin de là et pour l'éternité.

— Wait ! J'imagine que vous êtes au courant des parts que Guy le Divellec détient dans votre SCI ?

— Bien sûr, Guillaume m'en a parlé.

— À hauteur de 49 %, dit Louise, on est d'accord ?

Une nouvelle fois, elle blêmit. Pas besoin d'avoir fait HEC pour comprendre dans quelle position de vulnérabilité cela plaçait les Magon.

— Non... Je ne savais pas que c'était autant que ça.

— Pourtant, c'est aussi de *votre* patrimoine, dont on parle.

— Je sais... Mais Guillaume a toujours été tellement obsédé par la transmission de son nom, qu'il a exigé qu'on établisse un contrat de mariage.

— En votre défaveur ?

Les Corrigan connaissaient déjà la réponse, fournie par Alice durant sa séance de longe côte. Mais il était intéressant d'entendre *sa* version des faits.

— Je dirais plutôt en faveur de mes enfants, argua-t-elle avant de répéter presque mot pour mot les propos de sa belle-sœur. Et si vous vous demandez quel intérêt personnel je pourrais avoir à la disparition de mon mari, laissez-moi vous dire qu'en l'état de notre compte commun il y aurait bien plus de crédits contractés en nos deux noms – et qu'il me faudrait rembourser seule à sa mort – que d'argent à gratter. J'ai toujours su qu'il était endetté jusqu'au cou. Donc ça peut vous paraître douteux, mais je ne l'ai pas épousé pour son argent.

— À propos de la nuit de sa disparition… Vous n'avez rien entendu du tout ?

Elle parut un peu surprise qu'on la questionnât encore sur cet aspect des choses, mais répondit néanmoins :

— Je dormais dans ma chambre sous les combles. Et l'hôtel Magon est très vaste. Cinquante-neuf pièces réparties sur six niveaux. La plupart du temps, depuis l'étage supérieur, on ne capte rien de ce qui se passe au sous-sol.

Pourquoi spécifiquement le sous-sol ? Détenait-elle un détail qu'elle avait caché aux flics pendant son audition, ou que l'affreux Jojo Prigent avait omis lors de ses logorrhées arrosées de vieux rhum ?

— Pourquoi vous dites ça ? D'après vous, votre mari se serait évanoui à cet endroit-là, et pas ailleurs dans le bâtiment ?

— Je n'en sais rien, se corrigea-t-elle, soudain sur la défensive. Je faisais juste référence à son obsession. Quand il n'est pas dans son bureau, Guillaume passe le plus clair de son temps à la cave. Enfin, *aux* caves, ça descend sur deux étages.

— Il y fait quoi ?

— Des travaux, des fouilles, des recherches..., éluda-t-elle. Au fil du temps, il s'est persuadé que l'hôtel Magon n'était qu'une des nombreuses étapes d'un réseau de galeries qui courrait sous l'intra-muros. Selon lui, il y aurait un véritable labyrinthe sous nos pieds.

— Ah bon... Et il vous en a déjà donné un aperçu ?

— Guillaume ?! Partager ses lubies avec moi ?! On voit que vous ne le connaissez pas. Son domaine, c'est *son* domaine. D'ailleurs, c'est simple, même moi je n'ai pas les clés de ces pièces-là sur mon trousseau.

Un fief que les techniciens de l'identité judiciaire avaient pourtant sondé avec des moyens ultramodernes, *in fine* sans succès.

— De toute façon, conclut-elle, avec lui, c'est difficile de faire la part de la vérité historique et de la légende. Entre ce qu'il sait être un fait avéré et ce qu'il fabrique de toutes pièces pour amuser les visiteurs, j'ai tendance à penser qu'il est le premier à s'y perdre.

Réel ou imaginaire, s'était-il égaré dans son fameux dédale ? Ou une bonne âme, Moreau ou autre, l'y avait-elle précipité à jamais ?

Horaires des marées à Saint-Malo

6 mars	
Marée basse	01 h 15
Marée haute	06 h 45
Marée basse	13 h 39
Marée haute	19 h 09

31

Nuit du 5 au 6 mars, Saint-Malo,
hôtel Magon de la Lande

Ce qu'un homme bafoué était prêt à faire par vengeance n'avait pas de limites, elles le savaient. Maggie l'avait appris plus d'une fois à ses dépens quand, lassée, elle s'était débarrassée sans ménagement de l'un de ses amants – cela lui avait valu, pêle-mêle, des tags sur le mur d'enceinte du *Manoir* (pour le plus jeune d'entre eux), des jets de projectiles divers sur ses rosiers (pour la majorité), mais plus souvent encore des lettres calomnieuses adressées à ses connaissances par un corbeau (pour les plus old school).

Or, ce qui valait pour ces messieurs vaudrait peut-être, l'espéraient-elles, pour…

— Vincent Gravelet, lurent-elles de concert le nom sur l'interphone.

— Dis donc, il habite à deux pas de son boulot.

L'immeuble de la rue des Cordiers donnait sur la halle aux blés, le marché couvert de l'intra-muros, élégante bâtisse fin XIXe à structure métallique et façade vitrée.

Celle-ci se situait en effet à moins de trois minutes à pied de la rue d'Asfeld.

Gravelet leur ouvrit sans faire de difficultés et, comme elles l'avaient imaginé, il vit dans la requête de ce trio incongru une bonne occasion de châtier ses employeurs.

— Bon par contre, précisa l'homme plus-terne-tu meurs, elles s'appellent reviens. Si les Magon apprennent que j'ai perdu mon jeu de clés, ils auront beau jeu de me licencier pour faute grave. Faudrait quand même pas que ça vire au monde à l'envers. Ce sont *eux* les fautifs.

— On vous les glissera dans votre boîte après usage, promit Louise. Sans faute.

Le soir tombait déjà sur la cité corsaire et, à défaut de chiens dans les rues, d'autres urgences appelaient ailleurs deux d'entre elles. Fanny souhaitait retrouver Énora au *Java café*, afin d'y poursuivre leur discussion ô combien sensible amorcée quelques jours plus tôt à Beauregard. Louise, elle, avait accepté la surprenante invitation à dîner que lui avait lancée Alain – officiellement, il s'agissait de parler de son frère et de ses liens pour le moins troubles avec les Magon. Seule Maggie était libre comme l'air, pour une fois sans aucun galant à l'horizon (à moins de compter Jacques).

— Attends, s'exclama Nono, tu ne crois quand même pas qu'on va te laisser te jeter seule dans la gueule du loup ?!

— Why not ? Loulou l'a bien fait, et ça ne t'a pas choquée.

— On ne parle pas de la même chose, plaida l'intéressée. J'y suis allée en pleine journée et à la faveur d'une visite publique. Pas par effraction.

— Effraction ? What effraction ?

Elle agita le trousseau avec un large sourire pour mieux appuyer son argument. Deux coups de fil d'annulation plus tard – l'une ronchonna, l'autre bégaya –, la Breizh Brigade se posta au pied de l'hôtel d'armateur, rue de Chartres, du côté de la cour d'honneur. Au-dessus des hautes fenêtres assombries, seule une lucarne sous les toits brillait encore.

— Shite, grinça Maggie à l'irlandaise. Lady Magon est encore dans sa chambre.

— Vous croyez qu'elle attend Moreau ?

— Après notre visite et toutes nos questions indiscrètes ? s'interrogea Louise à voix haute. Ça m'étonnerait un peu.

— On fait quoi alors ? On laisse tomber pour ce soir ?

Mais la brusque extinction de la loupiote au second étage trancha pour elles. D'un bond, elles se réfugièrent sous la porte Saint-Louis, là où Louise s'était déjà planquée. Et moins de deux minutes plus tard, elles aperçurent la silhouette écarlate de Laure Magon passer dans l'axe de la rue de Toulouse, fanal fragile aspiré par la nuit malouine.

— Let's go, girls ! souffla la doyenne et la plus entreprenante des trois.

Une fois rue d'Asfeld, elles patientèrent encore quelques instants que les voies attenantes se vident de passants. Vérifièrent qu'aucun rideau ne bougeait aux fenêtres alentour. Puis glissèrent l'une après l'autre les plus grosses caroubes dans la serrure de la porte verte.

La quatrième se révéla être la bonne et leur offrit l'accès à la cour intérieure. Idem sur la double porte vitrée en haut du perron. Maggie pressait déjà la poignée en fer forgé, quand sa petite-fille retint son geste :

— Granny, attends !

— What ?

— Et s'il y avait une alarme à l'intérieur, ou des caméras, ce genre de trucs ?

— Je n'ai rien repéré dans ce goût-là, intervint Louise. Et de toute façon, ça m'étonnerait un peu qu'un bâtiment classé monument historique soit équipé comme ça. Surtout vu l'état de leurs finances.

Sans attendre une nouvelle délibération, Maggie acheva son geste et posa sa canne, puis son pied, sur le pavage en granit. Aucun son strident ne l'accueillit.

— Vous voyez, bande de sissies ! triompha-t-elle *mezza voce.* No worries to have.

Encouragées par ce premier succès, ses deux comparses entrèrent à leur tour. Dans la pénombre à peine troublée par l'éclairage public, le lieu gagnait en majesté. Toute la mémoire des temps passés semblait sourdre de ses murs. On pouvait presque capter le chuchotis des transactions secrètes, ou les cris d'abordage des capitaines corsaires. Un vrai concentré d'histoire, qui justifiait en un sens la passion exclusive que lui vouait Guillaume Magon

Maggie soupira, plus sérieuse qu'il n'y paraissait :

— Si je n'étais pas déjà autant dans le rouge avec le *Manoir*, j'en ferais bien mon bachelorette pad.

— Super, la reprit Nono en désignant une porte sous l'escalier principal. Mais si ça ne t'ennuie pas, on parlera baisodrome quand on aura fini notre petite descente aux enfers.

Le sous-sol qui s'ouvrait là – nouvelle galère pour dénicher la bonne clé, plus discrète que les deux premières – se déployait sur deux niveaux, comme indiqué par Laure Magon. Le premier, très bas de plafond, comprenait plusieurs petites pièces vides aux allures de cachots, chacune percée d'au moins un soupirail. Malgré la décoration et le mobilier spartiates, il était flagrant que le maître des lieux avait souhaité les rentabiliser, faisant d'elles des lieux d'exposition temporaire. Mais, malgré un examen minutieux, elles ne relevèrent ni présence, ni le moindre signe d'un séjour récent.

Au bout du couloir traversant, un second escalier, plus raide et exigu que le précédent, plongeait cette fois sous le niveau de la mer, comme le spécifiait un trait au bas du mur. On pénétrait là dans le domaine des caves voûtées. Le corridor en ogive romane, éclairé au sol, était nimbé de grâce et de mystère.

Hélas, les sept pièces de cet ultime étage, d'anciennes salles dévolues au stockage des marchandises, étaient tout aussi vides.

Aucun Magon, pas même mort, ne se cachait ici.

— C'est drôle, nota Énora, y'a aucune odeur d'humidité. J'aurais juré que ça sentirait le moisi.

— Normal. Regarde, y'a des ouvertures partout pour faire circuler l'air. C'était le seul moyen de conserver sans trop de pertes ce que ces messieurs de la Compagnie des Indes rapportaient de leurs voyages.

Pour mieux illustrer ses dires, Louise entraîna sa fille et sa mère à l'extrémité du couloir. Là, au faîte d'une pièce un peu plus haute de plafond, on distinguait une large trappe fermée par un panneau en bois.

— Ils déchargeaient tout par-là, depuis la courette côté cuisine. Mais même quand il n'y avait pas de nouvelle cargaison à livrer, ça faisait en quelque sorte office de VMC.

— Comment tu sais tout ça ? Je croyais que t'avais abrégé ta visite ?

— Tous les hôtels d'armateur de la Californie sont plus ou moins fichus de la même façon.

— It's wide enough pour faire passer un bonhomme, murmura Maggie en pointant sa canne vers le trou.

Le caractère morbide de la remarque ne fit qu'accroître leur déception et leur malaise.

Elles s'attendaient à tout, au cours d'une telle expédition, sauf sans doute à ce qu'elles y avaient trouvé en fin de compte : l'absence, et le silence, l'insondable mystère d'un dédale qui n'existait pas.

32

6 mars, Saint-Malo,
Manoir des Corrigan, *salle de jeu*

« We are stuck in a feckin' dead end… » glapit Maggie en se resservant une tasse de café brûlant. Le pot en faïence passa ensuite de main en main, tel un témoin.

Une nouvelle fois, la salle de jeu offrait un refuge à leur désarroi. De l'autre côté de la double porte vitrée, l'écho du petit déjeuner assuré par la seule Sophie leur revenait par vagues, de même que le fumet entêtant du potato farl.

L'expédition infructueuse de la veille au soir les laissait presque plus démunies encore que quelques jours auparavant. Chaque nouvelle hypothèse leur filait entre les doigts, tel le sable de Bon-Secours. En prétendant que Guillaume Magon n'avait pas quitté le lieu de sa disparition, l'inconnu cagoulé les avait-il orientées sur une fausse piste de manière délibérée ? Était-il l'un de ces amants éconduits qui cherchaient à faire tourner Maggie en bourrique ?

— En bon français, on appelle ça une aporie, indiqua Louise d'un ton docte.

— Une what ?

— Une situation insoluble, ou une impasse intellectuelle, si tu préfères. En l'occurrence, Magon est pour nous comme le chat de Schrödinger : à la fois présent et absent de son hôtel particulier. Vivant et mort. D'un point de vue conceptuel, c'est certes intéressant... Mais d'un point de vue criminel, c'est plus difficile à admettre.

— Aporie, aporie..., râla Énora. Moi je dirais plutôt « appauvries ». À chaque fois qu'on croit avancer d'un pas, on en fait deux en arrière ! Ras-le-bol.

Elles n'étaient pas les seules que ce climat d'incertitude exaspérait. Plutôt discret depuis sa demande en mariage, Jacques revenait à présent à la charge, bien décidé à faire pencher le b'fhéidir hésitant de Maggie du côté du oui. Ses SMS énamourés s'empilaient sur le portable de sa promise sans que celle-ci ne réponde à aucun d'entre eux. « Dieu sait que tu me tortures, Mags, mais pour toi je suis prêt à tout endurer », geignait le pauvre Gaillard dans sa dernière missive.

Nono aussi se sentait acculée. Et plutôt deux fois qu'une : son accord forcé avec Guy – penaude, elle avait fini par avouer son raid raté au *Repaire des corsaires* à ses deux acolytes –, et ce désir d'Irlande qui heurtait de plein fouet son désir pour Fanny.

Pour mieux se faire pardonner ces cachotteries, la cadette du trio avait contacté l'assureur de l'Intrail-Muros dès l'ouverture de sa hot-line, une heure plus tôt. Là, filant le bobard servi la veille à Laure Magon, elle était parvenue à apprendre que la police contractée *a minima* par la SAS M-Trail ne prévoyait pas de dédommagement de l'organisateur dans les cas suivants : intempéries exceptionnelles, attaques terroristes, ni bien entendu si Arthur Moreau décidait d'annuler l'épreuve de son propre chef.

— On se demande à quoi sert une assurance quand elle ne couvre rien à ce point, soupira Louise.

— As you very well know, l'assurance moderne a été inventée par les Anglais. Alors si ça servait à autre chose qu'à les enrichir eux, ça se saurait, my dear…

Cette page xénophobe refermée, chacune vaqua à ses occupations du jour. Sans piste sérieuse encore ouverte, Maggie aurait tout le loisir de réfléchir à la réponse qu'elle donnerait à Jacques, tout en taillant ses rosiers : idem pour Énora avec Fanny. Des décisions cruciales les attendaient l'une et l'autre.

Bien que le motif parût plus futile, l'invitation à dîner d'Alain ne mettait pas moins Louise au supplice. Était-il vraiment raisonnable d'accepter ce tête-à-tête, après tout ce temps, après tous ces… ?

Chassant ses pensées coupables, elle se consacra à l'activité qui lui vidait le mieux l'esprit, le surf en ligne. Mais à la consultation des archives du *Pays malouin*, son passe-temps favori, elle substitua pour une fois celle des réseaux sociaux. La haine qui s'y déversait comme autant de tsunamis la désolait, certes, mais il y avait aussi quelque chose de fascinant, à ses yeux, dans ce foisonnement sans fin. Se plonger dans Facebook ou Instagram, même circonscrits à quelques profils, c'était comme se jeter dans un océan dont on n'apercevait pas le fond. À la fois grisant et flippant.

Elle commença par constater que Guillaume Magon n'avait toujours rien publié ou commenté depuis la nuit de sa disparition. Quelques-uns de ses followers s'en inquiétaient d'ailleurs. « Où êtes-vous, monsieur le corsaire ? » s'interrogeait l'un d'entre eux.

— Où es-tu, monsieur le corsaire ? répéta-t-elle pour elle-même.

Les conjectures sous ce post allaient bon train. D'aucuns le voyaient tout quitter pour une île lointaine, tel que la Breizh Brigade l'avait imaginé un bref instant. Mais la plupart penchaient plutôt pour un banal suicide, prophétisant la découverte, un jour prochain, de sa dépouille par un engin de dragage employé à désensabler l'avant-port de Saint-Malo.

En attendant pareille exhumation, celle d'échanges publics plus anciens révéla à Louise que, avant cette soudaine éclipse, Magon répondait presque en temps réel à ses fidèles lecteurs. Ses réactions allaient de quelques mots à plusieurs dizaines de lignes, preuve qu'il ne ménageait ni son temps ni sa peine pour entretenir le lien avec ces anonymes, pour lui de potentiels visiteurs ou donateurs. À certains, il indiquait parfois et au contraire un « réponse en MP » laconique, ce qui laissait entendre qu'un rapport plus personnel (intime ?) s'était établi entre eux. À moins de pirater son compte, ou de jouir d'une commission rogatoire, il était impossible de savoir ce que contenaient ces correspondances privées.

« Tu sais, l'essentiel, dans un héritage, ce ne sont pas tant les murs ou les meubles anciens que les secrets qu'ils recèlent », répétait-il à l'envi, au gré de ses interventions. La formule revenait comme un leitmotiv. « L'important, il réside dans les histoires que toi seul connais et que tu lègues à tes enfants, de père en fils, génération après génération. La clé est là, et nulle part ailleurs ! »

— De père en fils, marmonna-t-elle de nouveau, non sans conscience de son ridicule. La clé est là...

Par chance, elle était désormais seule dans la salle de jeu, entre cheminée au feu moribond et scintillement de l'écran.

Fils de feu François Magon, Guillaume possédait lui aussi une descendance de sexe mâle, le petit Grégoire, 6 ans, qu'elles avaient entrevu pendu à la main de sa mère, au cimetière de Rocabey.

Se pouvait-il que le gamin fût seul dépositaire d'un savoir concernant son père et/ou l'hôtel Magon ? La clé de leur énigme reposait-elle derrière son masque d'enfant sage ou sous l'épaisseur surannée de son duffle-coat ?

33

Saint-Malo, Manoir des Corrigan, *salle commune et bureau de Maggie / commissariat central en parallèle*

« Wow, respire d'abord un grand coup. Voilà, comme ça », intima Nono.

Jamais ni elle ni Louise n'avaient vu Alain dans un tel état. Il avait déboulé – autant qu'un escargot pouvait débouler, s'entend – dans le hall du *Manoir* et les avait appelées à tue-tête. Son visage, d'ordinaire impassible, s'animait de soubresauts où l'excitation le disputait à une forme évidente de panique. Même le Leica qui brinquebalait autour de son cou semblait partager son agitation.

— Ils l'ont... Ils l'ont... Ils l'ont, bafouilla-t-il plusieurs secondes, à bout de souffle, sans parvenir à accoucher d'une phrase intelligible.

— Identifié ? Arrêté ? Tué ?!

Malgré l'aide de Louise, il s'engluait dans ces propositions comme un goéland en pleine marée noire.

— Who the feck is he talking about ? tonitrua Maggie en apparaissant à son tour dans l'entrée. Magon ? Moreau ? The damn' pope ?

— C'est ce qu'on aimerait bien savoir. En tout cas, ça a l'air important.

Alain approuva d'un hochement de tête, avant de s'écrouler sur les premières marches de l'escalier voisin. Énora prit place à ses côtés et lui murmura des mots réconfortants à l'oreille. Depuis qu'elle était toute petite, elle veillait autant sur lui qu'il ne veillait sur elle.

Peu à peu, il recouvrit un souffle plus régulier. Ses traits reprenaient leur inertie granitique. De son émotion initiale, ne subsistait qu'un battement de cils rapide sur un regard perdu.

— Portier, finit-il par lâcher dans un soupir. Lucas Portier. L'ancien per... permanent de l'Intrail-Muros.

— Eh bien quoi, Portier ?

— Les fl... Les flics l'ont attrapé dans les remparts, très tôt ce matin.

— Tu veux dire *sur* les remparts, le corrigea son ex-femme.

— Non. Justement. Si j'ai b... bien compris, il était pris en filature depuis plusieurs jours. Et il a conduit l'agent qui le suivait droit à une planque à l'intérieur des murs. Un recoin bour... bourré de matériel correspondant aux attaques. Des câbles. Des fixations. Des mousquetons.

— What ?! s'écria Maggie. Mais je croyais qu'il avait été blanchi ?

— Faut croire que notre grand pote Guilloux a trouvé d'autres choses sur lui. Des trucs qu'on n'a pas.

La source Jojo Prigent avait beau se révéler précieuse, elle ne remplacerait jamais l'accès direct aux dossiers que le beau commissaire rapportait dans son deux-pièces de la rue de la Clouterie.

— Tu sais où elle se trouve, cette cachette ?

En réponse, il haussa des épaules impuissantes et confuses.

— Mais il est juste en garde à vue, ou il a déjà été mis en examen ?

— Je ne sais pas. Tout... Tout ce que je sais, c'est qu'il est passé aux aveux. Moreau a déjà été informé et convoqué au commissariat. C'est com... comme ça que les collègues du PM l'ont appris.

— Ouais, je vois bien cet abruti claironner le nom de son agresseur supposé sur les toits avant la fin de l'instruction, spécula sa rouquine de fille.

— C'est ça... C'est ce qu'il a fait. Il a envoyé un communiqué aux rédactions aussitôt que Guilloux l'a averti.

— Présomption d'innocence, motherfeckers ! s'indigna la doyenne.

— D'ailleurs, d'après mon rédac' chef, Moreau pourrait être pours... poursuivi pour violation du secret de l'instruction.

— Mais alors... les attentats contre l'Intrail-Muros et la disparition de Magon n'auraient aucun rapport ?

Louise avait formulé sa question aux allures de conclusion avec un dépit flagrant. Depuis plusieurs jours, elles s'échinaient à établir entre les deux affaires des passerelles (certes fragiles) qui semblaient s'être écroulées d'un seul coup.

L'hypothèse les déconcertait tant qu'elles demeurèrent toutes trois sans voix un long moment.

Puisque Portier avait très vite été sorti de la liste des suspects par la police, elles ne s'étaient pas interrogées un seul instant sur ses liens possibles avec les divers membres de la famille Magon : Guillaume, Alice ou Laure. Se put-il qu'il ait lui aussi figuré au palmarès adultère de cette dernière ? « Je peux vous dire que ses coucheries ça ne date pas d'hier », avait persiflé Alice, lors de leur échange les pieds dans l'eau.

— Portier, il a dit s'il avait bénéficié d'une complicité quelconque ?

— Pas à ma connaissance… Mais, tu sais, je… Je n'étais pas non plus dans la salle d'audition.

« Je ne suis jamais qu'un modeste photographe localier », s'excusait son regard de vieux chien assoupi, revenu à son indolence ordinaire.

Pourtant, la mention alluma dans les yeux des trois femmes une même idée électrisante. Elles connaissaient, elles, un moyen presque infaillible de pénétrer dans ladite salle.

— Well, shall we open the bar un poil plus tôt que d'habitude ? lança Maggie.

— Carrément ! Je propose même d'offrir plusieurs tournées gratuites à nos amis les Prigent.

Malgré l'heure encore matinale, ni Arnaud ni Jojo, par chance de repos ce jour-là, ne se firent prier pour étrenner ce nouvel horaire. « On vient de recevoir un vieux rhum arrangé aux épices et on aimerait bien avoir ton avis avant de le proposer aux clients », avait argué Sophie au téléphone.

Moins d'une heure plus tard, les deux piliers s'accoudèrent au zinc pour un apéro très précoce, dans une salle commune pour une fois déserte. Le flic à tête de gargouille ne cacha pas sa relative déception – l'absence de public écornait le plaisir qu'il tirait de ses prestations. Néanmoins, l'idée de jouir d'un petit privilège compensait pour partie ce sentiment, et il accepta bien volontiers les shots ambrés que la blonde replète posait devant eux.

Comme l'espérait la Breizh Brigade, il ne tarda pas à dégainer son portable et à y afficher les vues plongeantes sur les deux salles d'audition. Dans la pièce numéro 1, l'interrogatoire mené par Christophe Guilloux en personne paraissait toucher à son terme. Si le sujet d'une éventuelle complicité n'était pas abordé de front, les propos de Portier ne suggéraient rien en ce sens non plus. Il avouait juste s'en être pris aux coureurs de l'Intrail pour se venger de son licenciement abusif par Arthur Moreau.

Le plus étonnant survint juste avant que le patron de la PJ malouine ne quitte la salle. Sortant un tirage photo grisâtre de son dossier, il le présenta au prévenu :

— Sur cette image, c'est bien vous, on est d'accord ?

À cette échelle, celle d'un écran de smartphone, le cliché était difficile à identifier. Mais Jojo précisa sa nature à l'attention de son cousin :

— C'est une capture de la caméra de surveillance à la gare de Rennes, le matin après la disparition de Magon. On a d'abord cru que c'était lui, puisque c'est sa caisse qu'est garée à côté. Mais le boss a l'air de douter.

— Ah d'accord, dit Arnaud en sirotant son nectar.

Portier contint sa réponse une poignée de secondes, puis lâcha un très laconique :

— Non.

— Vous êtes certain ?

— Oui. Je ne sais pas ni où ni quand ça se situe, ni même qui est cet homme. Mais je peux vous garantir que ce n'est pas moi. Je n'ai pas mis les pieds dans un parking souterrain depuis des mois. Et encore moins avec une casquette sur la tête.

Dans le bureau de Maggie, le trio tirait un bilan mitigé de cette confession teintée de déni.

— Ça prouve au moins qu'on n'était pas les seules à croire en un lien entre les deux dossiers, dit Louise, circonspecte. Guilloux aussi avait l'air de miser dessus.

— Right... Je trouve la déposition de Portier quand même bien convenient. Comme par hasard, elle disculpe notre principal suspect (elle l'avait prononcé à l'anglaise), mister Magon. Et comme par hasard, elle efface tout rapport entre son vanishing et les attaques sur l'Intrail. Vous ne trouvez pas ça un peu too easy peasy ?

Si, et elles n'étaient pas les seules.

Au commissariat, comme elles le virent bientôt à travers le portable de Jojo Prigent, Guilloux s'en était retourné dans son bureau, où l'attendait son adjointe, Emma Lobo.

Les deux OPJ remâchaient la même défiance vis-à-vis des propos de Lucas Portier.

— Au fait, à propos de Magon, demanda le commissaire en rajustant une mèche sage, t'as eu le fin mot de l'histoire sur l'assurance-vie de Magon ? Y'a arnaque potentielle, oui ou non ?

— *A priori* non. Sa police n'autorise pas de règlement du capital aux bénéficiaires, en l'occurrence sa femme, sans production d'un certificat de décès.

— Et un disparu n'est déclaré mort qu'au bout de vingt ans, compléta de lui-même Guilloux. Vingt ans, ça fait un peu long à attendre pour toucher un pactole, surtout quand la banqueroute est proche.

— Oui, enfin, si la mort du disparu ne fait pas de doute, le procureur de la République peut toujours émettre une déclaration judiciaire de décès.

— Mais pour ça, encore faudrait-il que Le Cam nous consulte et qu'on lui dise que notre enquête conclut à la mort certaine de Magon.

— Ce qu'on est à des kilomètres de pouvoir établir, dit-elle avec un sourire.

— Exactement. Jeu, set et match pour nous.

Le plaisir qu'ils prenaient à ce ping-pong procédural était palpable. Même par le truchement dégradé de deux écrans gigognes, leur connivence éclatait au grand jour. Ces deux-là se seraient jetés l'un sur l'autre qu'aucun des spectateurs qui les mataient à leur insu n'aurait été surpris.

— Y'a un autre truc que je trouve chelou dans le PV de Portier...

— Ah bon, quoi ? s'enquit-il.

— Le type passe aux aveux complets, il se charge de tentatives d'attentats, l'un des chefs d'inculpation les plus lourds qui soient en France, un coup à se prendre perpète... et il refuse par ailleurs de nous dire ce qu'il allait faire tous les jours au box du 3 rue de Toulouse. Tu trouves pas ça zarb ?

— On l'a fait fouiller, ce garage ?

— Oui, y'a pas une heure. À part trois conneries pour l'entretien de bagnoles, c'était vide de chez vide.

— Peut-être qu'il y retrouvait vraiment ses maîtresses, conjectura Guilloux. Et qu'il a eu peur que ça remonte aux oreilles de sa gonzesse lors du procès. Ce serait pas la première fois. Comme ces caïds qui avouent des meurtres dégueulasses et qui cachent un détail à la con pour ne pas froisser leur vieille maman.

34

Saint-Malo, D137, Station Total Access

Les borborygmes mécaniques de Lilybeth se faisaient de plus en rapprochés. Le doux ronron s'était mué en claquements secs provenant du capot arrière, là où se situait le moteur sur l'antique Coccinelle. Filant la métaphore anthropomorphique chère à Constant, celle-ci naviguait comme ses trois occupantes en pleine zone d'incertitude. Tiendrait-elle jusqu'au lieu-dit de la Chipaudière, leur destination en cette fin de matinée ? Assurerait-elle sans encombre le trajet du retour ?

Seule Maggie, concentrée sur leur objectif, le pied comme toujours collé au plancher, paraissait insensible au péril en cours. Et là où il aurait fallu ménager la vieille Volkswagen, elle la sollicitait de plus belle, multipliant les accélérations brusques.

De mémoire de Corrigan, jamais Lilybeth ne les avait lâchées. Mais il faut croire qu'il y avait un début à tout, et que même la plus loyale des alliées pouvait un jour faillir...

— Bleedin' bordel de hell ! s'exclama la conductrice en avisant la petite colonne de fumée dans son rétroviseur.

— Qu'est-ce qu'il y a ?

— She's smoking like a feckin' cigar, voilà ce qu'il y a !

— Range-toi sur la bande d'arrêt d'urgence, granny, lui enjoignit Énora depuis le siège passager.

Omettant d'actionner son clignotant, Maggie obtempéra néanmoins, laissant couler le véhicule privé de traction sur la pente légère qui creusait ce tronçon de la D137. D'un coup de volant rageur, elle parqua la fautive sur le bas-côté, pila d'un talon sec, et releva le frein à main.

— C'est peut-être un signe, ça aussi, risqua Louise.

— Un signe que what ?

— Ben... que ce n'est pas une si bonne idée d'aller interroger un gamin de 6 ans. J'ai lancé ça comme ça, mais après tout, c'était une pure intuition. Rien ne nous prouve qu'il sait quoi que ce soit concernant les affaires de son père.

Sa mère haussa des épaules courroucées et quitta la voiture en claquant la portière à toute volée. Rien n'exaspérait plus Maggie Corrigan que le rappel aux contingences matérielles. Surtout quand elles venaient entraver une enquête à un stade aussi décisif.

— Come on ! Héla-t-elle ses deux comparses depuis l'arrière de Lilybeth, ses deux mains déjà posées à plat sur la carrosserie encore fumante. Je ne vais pas la pousser toute seule ! Nono, desserre-nous le handbreak et guide le volant depuis l'extérieur. Loulou, viens m'aider.

— Euh... l'idée c'est de grimper *ça* ?!

Louise désigna la côte qui s'ouvrait devant elles avec une grimace.

— « A small hill takes you to a big one », cita Maggie sans dévier de son projet.

À son tour, elle tendit un index vers le sommet du petit relief. Là, dépassaient le toit pentu et l'enseigne d'une station Total Access.

— Tu crois vraiment qu'ils vont savoir réparer Lilybeth dans une pompe à essence ? On ne ferait pas mieux d'appeler une dépanneuse ?

— Well, il se pourrait bien que j'ai slightly oublié de régler les dernières mensualités de l'assurance.

— Quoi ?! Tu veux dire qu'on roule sans vignette verte à jour depuis des mois ?

Sa fille et sa petite-fille le savaient bien : la haine que Maggie vouait aux assureurs n'était pas la seule en cause. Les difficultés financières chroniques du *Manoir* les obligeaient parfois à jongler entre les dépenses prioritaires. Ce n'était pas la première fois, hélas, qu'elle leur réservait ce genre de surprise.

La petite dispute familiale pour carburant, elles gravirent le monticule en une petite demi-heure à peine. Malgré la fraîcheur persistante de cette fin d'hiver, elles se trouvaient toutes trois en nage au moment de pousser la belle dans sa robe de tôle bleu marine, aussi lourde qu'un tank, devant la boutique.

Comme l'avait anticipé Louise, le type derrière la caisse, un chauve au regard bovin, ne leur proposa d'autre solution que l'appel d'un camion de dépannage.

— Désolé, s'excusa-t-il sans conviction, mais il y a longtemps que les stations comme les nôtres n'ont plus d'atelier. C'était plus du tout rentable.

Maggie allait se lancer dans l'une de ses longues diatribes injurieuses en anglo-franco-irlandais, quand Énora lui prit le bras et lui indiqua la pile de gadgets promotionnels disposés sur une étagère, dans le dos de leur interlocuteur.

— Regardez... La casquette, c'est la même que celle du vrai-faux boiteux de la gare. Sur la vidéo que nous a fait voir Jojo.

— So what ? Celui qui a garé le SUV de Magon prend son essence chez Total. I don't see the point, here. Tout le monde prend son essence chez eux. Y'a des stations Total dans toute la France.

— Oui, mais si tu te souviens bien du logo, c'était le nouveau, celui de TotalEnergies, le TE en majuscules, pas le vieux logo Total en ellipses. Ça prouve au moins qu'il l'a eue récemment.

Louise devait partager le même sentiment trouble que sa fille, car elle bombarda alors le vendeur de nouvelles questions :

— Ces casquettes, vous les offrez à tous vos clients ?

— Non, c'est comme les mugs, on les donne seulement au-dessus de 150 € d'achat à la pompe.

— Si je comprends bien, ça concerne plutôt les propriétaires de voitures à gros réservoirs.

— C'est ça. Les camionnettes, les camions, et les gros 4 × 4.

Maggie voyait enfin où les deux autres voulaient en venir.

— Le 1er mars, très tôt le matin, vous étiez ici ?

— Euh, oui. De mémoire, j'ai commencé à six heures. Pourquoi ?

— Vous vous souvenez si un Range Rover sombre s'est arrêté ce matin-là, entre 6 h 30 et 7 heures, insista Énora, quelqu'un à qui vous auriez offert l'une de vos casquettes ?

— Pff, peut-être, oui. Vous savez, des voitures, moi j'en vois passer des cent...

Mais le temps qu'il manifeste sa mauvaise volonté, Louise avait déjà dégainé son portable, sur lequel s'affichait à présent un portrait de Guillaume Magon.

— Lui, là, le coupa-t-elle, il ne vous dit pas quelque chose ?

— Rien du tout. Jamais vu.

Ou peut-être ce visage se confondait-il avec ceux de ses milliers de clients mensuels, tout aussi anonymes que les cartes bancaires qu'il voyait défiler à longueur de journée.

De nouveau, l'institutrice tapota sur le clavier virtuel de son smartphone, puis soumit son écran à la sagacité revêche du pompiste :

— Et lui ? Il ne vous évoque rien non plus ?

— Ah si, lui peut-être bien. Le 1er mars, vous dites ?

Il commença à consulter l'archive de son unique caméra de surveillance, puis suspendit d'un coup son clic de souris, figé par de soudains et apparents scrupules :

— C'est quoi le délire ? Vous recherchez quelqu'un de votre famille ?

— Right, ce jeune homme est mon grandson, affirma Maggie avec son aplomb légendaire. Lucas. On soupçonne l'autre guy de l'avoir incité à abandonner sa femme et son enfant. Sad, sad story.

L'employé sembla se satisfaire de ce bobard mal fagoté et cala bientôt la séquence demandée sur son minuscule moniteur monochrome. 6 h 46 indiquait l'horodatage en haut à gauche de l'écran.

« Ça colle avec l'heure d'arrivée au parking », songèrent-elles de concert. 7 h 32. Tout juste le temps nécessaire pour rallier Rennes.

L'angle et la qualité d'images n'étaient pas terribles, mais on y reconnaissait pourtant sans ambiguïté aucune l'ex-salarié de M-Trail, Lucas Portier. Celui-ci pénétrait dans ce même bâtiment en préfabriqué, réglait son plein, puis acceptait sans hésiter la casquette cadeau proposée par le vendeur.

Quant au 4 × 4 Range Rover garé sous l'un des deux auvents en forme de chalet, seul véhicule présent à cette heure-ci dans la station, il s'agissait bien d'un Range Rover TDV8 gris anthracite.

Certes, la vidéo pixélisée de Jojo Prigent ne leur permettrait pas de comparer les numéros de plaque. Mais tout laissait à penser que cette voiture était celle de Guillaume Magon, en partance pour la gare de Rennes. Or, si tel était bien le cas, cela signifiait que Portier était soit le complice de l'historien disparu, soit celui qui l'avait escamoté avant d'organiser cette mise en scène destinée à simuler un départ volontaire.

La Breizh Brigade en était là de ses conjectures muettes, quand le hurlement d'une sirène s'invita de l'autre côté des vitres encombrées de stickers. Une estafette de police venait d'entrer en trombes dans la station repeinte du bleu des gyrophares. La porte côté passager s'ouvrit en grand et un homme que le trio Corrigan ne connaissait que trop bien en jaillit, pressant aussitôt le pas en direction de la boutique.

Droit sur elles.

35

Saint-Malo, D137, Station Total Access

Sévère, aristocratique, excentrique.

Tels étaient les trois qualificatifs qui étaient venus d'emblée à l'esprit de Christophe Guilloux lorsqu'il avait rencontré Maggie Corrigan pour la première fois, quelques mois auparavant. Mais, au fil du temps et de leurs chassés-croisés, trop nombreux aux yeux du commissaire pour ne pas être suspects, les termes qui définissaient selon lui le mieux la gérante du *Manoir des Corrigan* avaient évolué.

Désormais, et entre autres choses, il aurait pu dire d'elle qu'elle était…

Omniprésente.

Que faisait par exemple sa vieille Coccinelle bleu marine à l'arrêt, capot arrière ouvert et moteur fumant, dans cette station-service en bordure de départementale ? Retournait-elle à la fac de Rennes pour fouiner dans l'entourage de Guillaume Magon, comme Emma et lui l'avaient déjà suspecté deux jours plus tôt ?

— Arrête-toi là, enjoignit-il à l'agent au volant de l'estafette.

— Ici ? Mais on a fait le plein ce matin...

— Arrête-toi, je te dis. C'est pas l'essence qui m'intéresse. Et éteins cette sirène. C'est pas jour de carnaval.

Déposer le matériel retrouvé dans la cache de Lucas Portier à l'IJ de Rennes constituait certes une urgence. Mais pas au point d'ameuter la population. Un peu de discrétion ne nuisait jamais.

C'est d'ailleurs ce qu'avait dû se dire Portier en planquant son équipement du parfait petit terroriste dans un réduit sous l'esplanade de la Hollande. Accessible par un boyau lui-même niché derrière un modeste panneau de bois dans l'ancien chenil des mastiffs, cette pièce à l'intérieur des remparts semblait méconnue de tous. Y compris des historiens les plus compétents de la ville. Comme tombée dans l'oubli collectif. Portier l'avait-il découverte par hasard, au gré de ses maraudes et autres repérages en vue de l'Intrail-Muros ?

Culottée.

Guilloux sautait à bas du fourgon, quand il avisa la propriétaire de la Cox. Celle-ci sortait de la boutique Total et fonçait droit sur lui, canne en avant.

— Hey commissaire. C'est gentil de venir au secours d'une pauvre veuve nulle en mechanics.

— Vous êtes en panne ? demanda-t-il par pure politesse, en dépit de l'évidence.

— No, guess what ? J'adore l'odeur des stations essence au petit matin.

— Très drôle. Et vous êtes toute seule ? Vos...

Il aurait pu dire sbires, comparses ou acolytes. Mais il se corrigea *in extremis*.

— Votre fille et votre petite-fille ne sont pas là ?

— Oh, vous savez, à mon âge... On n'intéresse plus grande-monde. Elles vivent leur life, as you say in French.

Le flic ne releva pas l'erreur de français et sourit au petit numéro misérabiliste de la vieille dame.

— Vous voulez que je jette un œil ?

— Vous ?! s'écria-t-elle, entre surprise et indignation. But you don't know shite about her !

Depuis la mort de Constant, seuls un ou deux de ses amants garagistes avaient eu le privilège – car c'en était un – de plonger sous les jupes bleu marine de Lilybeth.

— Désolé de vous contredire, accusa-t-il l'injure sans s'énerver, mais c'est l'avantage d'être passé par de nombreuses familles d'accueil : l'un de mes « papas » temporaires était un dingue de Coccinelle. Il les réparait presque les yeux fermés. Et même si je n'ai pas son niveau, je connais deux trois trucs...

— Well, après tout... Be my guest.

Elle avait dit ça comme si elle le sentait incapable d'accomplir un tel miracle, ses lèvres pincées et son regard bleu plein de condescendance.

Louche.

Passant à l'arrière de la voiture, il observa le bloc-moteur avec l'attention de celui qui maîtrise la fonction et l'aspect normal de chaque organe. La fumée s'était tarie, mais demeurait une onde de chaleur qui flottait jusqu'au sommet du capot relevé.

Il palpa ensuite plusieurs éléments de deux doigts prudents, avant de se risquer à un diagnostic :

— Je pense que c'est juste le ventilo. Avec le sable et le sel, les pales se sont encrassées et elles ont fini par se bloquer. C'est assez classique sur les voitures de collection qui roulent en bord de mer.

— Et en français, please ?

— Le refroidissement du moteur n'était plus assuré comme il faut. Mais ça n'est pas bien grave, il suffit de nettoyer le ventilateur. Je vais aller demander un tournevis au comptoir.

— No ! s'exclama-t-elle avec un empressement presque exagéré. Je… je vais aller le chercher pour vous. You've already been much too kind.

Elle fit l'aller-retour d'un pas fort alerte pour une porteuse de canne, et ne tarda pas à revenir, l'outil demandé en main.

Quelques minutes suffirent après cela à Guilloux pour effectuer le curetage promis, puis relancer le moteur, lequel ronronnait à nouveau aussi fort qu'un gros chat repu.

— Yeah ! Voilà une Lilybeth ressuscitée ! se réjouit-elle. La meilleure des deux, si vous voulez mon avis.

— Lilybeth ?

— C'est le nickname de ma voiture. Et c'était aussi celui de…

D'un tour de pommeau autour de son crâne, elle esquissa une couronne, puis tira la langue sur le côté pour évoquer la mort récente d'Elizabeth II. Son irrévérence résolument anti-britannique amusa une nouvelle fois le commissaire.

— Mais c'est cette damn' Brit qui a copié my Lily, of course.

— Je n'en doute pas. En tout cas, vous voilà prête à reprendre la route pour…

Son sourcil interrogateur n'admettrait pas un silence pour toute réponse.

— La clinique de Saint-Jouan, improvisa-t-elle. Ma petite-fille, Énora, elle finit ses études de vétérinaire. She's mad about sheep.

— D'accord. Dans ce cas, bonne journée avec les moutons. Et peut-être à bientôt au *Manoir*.

— Au *Manoir* ? Pourquoi ?

— Eh bien, j'ai cru comprendre que certains de mes hommes y passaient leurs soirées. De très bonnes soirées, même, du genre bien arrosées. Donc j'en déduis que ça vaut le détour. Je me trompe ?

Clouer le bec de cette harpie n'était pas un mince exploit. Et Christophe Guilloux s'en contenterait pour le moment.

À dire vrai, il avait plus urgent à faire dans l'immédiat, que de sanctionner les hobbies coupables de trois femmes désœuvrées. Fût-ce un débit de boissons clandestin ou des enquêtes sauvages.

« Vous savez, lança-t-il en grimpant à l'avant du fourgon, désignant la Coccinelle d'un mouvement de menton, même sans être aussi vieille qu'elle, on ne crache pas sur un bon petit décrassage de temps de temps. »

36

Saint-Malo, malouinière de La Chipaudière

Son exubérance et sa fantaisie constituaient ses meilleurs passe-partout, Maggie l'avait maintes fois éprouvé, et ce, quel que fût le milieu où elle prétendait s'introduire. Les gens modestes s'amusaient de son côté aristo barge, quant aux classes les plus aisées, elles adoraient s'encanailler au contact de ses facéties.

Mais l'austère grand-mère à chignon qui lui ouvrit la porte blanche se montra totalement étanche à son charme. Quelques années à peine devaient les séparer, et pourtant elles semblaient toutes deux échappées de deux époques bien distinctes. Celle de Mme Lauzière mère datait à n'en pas douter du même siècle que la vaste malouinière dans laquelle elle résidait. Quoique aussi mal entretenu, le bâtiment faisait au moins le double du Puits-Sauvage, alias le *Manoir des Corrigan*.

— Je ne comprends pas, dit la femme campée sur le seuil d'un ton sec. Vous voulez parler avec Grégoire, mon petit-fils ?

— C'est l'école Montjoy qui m'envoie.

Elle avait dit joy et non joie.

— Montjoie, la corrigea son vis-à-vis à travers l'entrebâillement. Vous savez qu'il n'a que 6 ans ?

— Right. Monjoie, s'appliqua Maggie. Et oui, je connais l'âge de votre grandso... votre petit-fils. Je suis employée par eux pour l'assistance psychologique des élèves qui traversent des épreuves. Like Grégoire en ce moment, n'est-ce pas ?

La disparition de Guillaume Magon avait beau être une information publique, Mme Lauzière semblait pour le moins déconcertée. Sans doute se méfiait-elle aussi des intrusions de journalistes.

— En effet, finit-elle par admettre. Mais je suis tout de même un peu surprise que Montjoie nous adresse quelqu'un sans nous en avoir prévenues, ma fille et moi.

— Well, je pensais pour ma part que c'était le cas.

— Si ça ne vous ennuie pas, je vais vous demander de patienter ici une minute.

« Damn' », hurla intérieurement la visiteuse. Si la vieille bique s'absentait un instant, ça ne pouvait être que pour interroger Laure – absente à cet instant, si l'on en croyait l'unique autre voiture sur le parking – ou l'école du gamin. Et Maggie serait grillée pour de bon.

Alors elle improvisa sur le thème qu'elle connaissait le mieux : celui de la défaillance. Rien ne prenait mieux de court son « public » qu'une femme aussi affirmée qu'elle soudain en proie au malaise. Elle ferma d'abord les yeux, prit appui sur le chambranle en granit, et enfin se laissa couler contre la pierre, poupée molle et bientôt répandue sur la margelle du perron.

— Mon Dieu ! s'exclama l'autre. Qu'est-ce qui vous arrive ?

Comme Maggie demeurait inerte, sourde à ses appels, elle se tourna vers l'intérieur de la bâtisse et cria :

— Marguerite ! Marguerite, viens voir ici ! Tout de suite !

Une préado en robe Vichy ne tarda pas à la rejoindre, quoique d'un pas traînant.

— C'est qui, elle ?

— Je... Aucune idée, mais elle vient de tomber dans les pommes sur notre palier. Aide-moi à la porter à l'intérieur.

« Narcolepsie », indiqua la femme à la canne en reprenant ses esprits. D'un coup d'œil circulaire, elle put apprécier le lustre des boiseries murales et la finesse du carrelage à damier. L'entretien intérieur était à l'image de la décrépitude de la façade, mais on sentait au premier coup d'œil que La Chipaudière avait connu des temps bien plus glorieux. Quelques vases chinois et autres tapisseries murales étaient encore là pour en témoigner.

— Je fais une crise de temps en temps, rien de bien grave.

— Et on vous laisse exercer quand même ? s'étonna madame Lauzière.

— Don't worry, ça ne m'arrive jamais pendant les séances. Je peux vous demander un verre d'eau ?

— Marguerite, ma chérie, tu peux...

— No, better, un petit remontant, un brandy ou un whisky. Vous auriez ça ? Avec deux glaçons, please ?

L'inspiration était bonne, car jamais une femme telle que son hôtesse n'eût confié le service d'un alcool fort à sa petite-fille de 11 ans.

Madame chignon s'absenta donc, presque aussitôt remplacée sur le seuil par un petit bonhomme en pull jacquard.

— Hello, you. Tu es Grégoire ?

Il acquiesça d'un hochement timide.

— Tu sais, ce n'est pas parce que ton papa n'est pas là qu'il ne t'aime plus, attaqua-t-elle bille en tête.

— Je sais.

— D'ailleurs, c'est à toi qu'il a confié son plus grand secret, right ?

« La clé est là, et nulle part ailleurs ! » Marguerite grimaça, un peu vexée, puis quitta la pièce, comme si la suite ne la concernait plus.

— Oui, mais il a dit que je ne devais en parler à personne. Même pas à Mag.

— Ah oui ? Tu sais que je m'appelle Mag, moi aussi, mais tout le monde m'appelle Maggie.

— D'accord, sourit-il de toutes ses dents de lait manquantes.

— Ton papa, tu voudrais qu'il rentre à la maison ?

— Oui.

— Alors il faut me répéter ce qu'il t'a dit. C'est le seul moyen de le faire réapparaître. Si tu veux le revoir, bien sûr...

Le conflit de loyauté qui déchirait le garçonnet faisait peine à voir. Devait-il trahir son géniteur pour avoir une chance de récupérer son papa ? Des larmes perlaient au coin de ses yeux, puis soudain il glapit :

— « L'enfer se trouve dans les étoiles, l'abysse dans le firmament. »

— Dis donc, c'est une phrase très compliquée pour un little boy like you. Il te l'a fait apprendre par cœur ?

Nouvelle validation muette. L'enfant paraissait presque soulagé de s'être délesté de son fardeau héréditaire. Les pleurs refluaient. Il bredouilla un mot d'excuse inaudible et s'échappa en courant.

Lorsque Mme Lauzière revint dans le salon, verre de scotch en main, leur étrange visiteuse s'était déjà volatilisée.

Celle-ci trottait déjà dans l'allée d'honneur conduisant au bouquet d'arbres qui délimitait le parking.

— Alors ?! s'enquirent Louise et Énora d'une seule voix.

— Alors : « L'enfer se trouve dans les étoiles, l'abysse dans le firmament. » Voilà ce que m'a dit le kid Magon. Ring a bell ? Parce que moi je ne comprends rien du tout à ce mumbo jumbo.

— T'es certaine qu'un lardon de 6 ans a prononcé un truc aussi alambiqué ? demanda la rouquine assise à la place du conducteur.

— Démarre Lilybeth. Je n'exclus pas que sa delicious granny appelle les flics. Je suis un peu partie comme une voleuse.

Nono s'exécuta, et bientôt la Coccinelle remise en état par le commissaire s'élança sur l'étroit chemin champêtre. Elle n'avait pas fait plus de quelques tours de roue lorsque Louise, concentrée sur l'énigme qui s'offrait à elles, s'écria :

— Je crois que j'ai trouvé à quoi ça fait référence...

— Some bible quotation ?

— Peut-être. Mais je pense surtout savoir à quoi ça se rapporte dans la réalité. À l'intérieur de l'hôtel Magon.

— Et à quoi ? Une déco au plafond dans la chambre du gamin ?

— Tu ne crois pas si bien dire. Les étoiles et le firmament, je ne vois pas à quoi d'autre ça peut se raccrocher si ce n'est la partie la plus haute d'une pièce.

— Et l'enfer ?

— L'enfer, c'est de toute évidence le réseau de souterrains qui obsède Guillaume Magon.

— Bullshit ! s'emporta Maggie, des tunnels dans le ceiling ?

La proposition était si absurde qu'Énora, pourtant peu coutumière des embardées à la Maggie, fit un brusque écart de volant. Une camionnette à contresens les klaxonna avec l'ardeur d'une bordée de jurons.

— C'est n'importe quoi, granny a raison.

— Vous avez raison toutes les deux. Dans un bâtiment ordinaire, hormis peut-être une construction moderne dotée de faux plafonds, ça n'aurait aucun sens. Mais vous vous souvenez de la trappe au plafond du second sous-sol ?

— Tu crois qu'elle pourrait amener ailleurs que dans la cour au-dessus ?

— Oui. Pourquoi pas un passage horizontal percé dans le conduit vertical ? Rappelez-vous, maman a même remarqué qu'il était assez large pour laisser passer un homme.

— Bleedin bordel de shite ! She's right : hell is in heaven !

L'enfer de Guillaume Magon se trouvait bel et bien dans les étoiles de son domaine favori. À moins que ce ne fût pour lui le paradis.

37

Saint-Malo, Manoir des Corrigan,
hôtel Magon de la Lande

« Seule. »

Affronter le danger était de ces choses que Maggie Corrigan avait toujours préféré accomplir seule.

Étant établi qu'elles ne pourraient s'introduire dans les caves de l'hôtel Magon qu'à la nuit tombée, la Breizh Brigade passa son après-midi au jardin, à retourner le sol aussi bien que les nouveaux éléments glanés dans la matinée. La saison des nouvelles plantations s'ouvrait tout juste, et l'humus détrempé par les saucées des derniers jours se prêtait pour le mieux à cet exercice. Binette ou serfouette en main, elles préparaient le potager qui bientôt recevrait les graines ou les jeunes pousses.

Rien de mieux que d'aérer la terre pour s'oxygéner l'esprit.

— Je ne sais pas ce que cet « enfer » contient, songea Louise à voix haute, mais c'est quand même fou, quand on y pense bien, de faire peser tout le poids de ses secrets sur un enfant de cet âge. Qui plus est son propre fils.

— C'est pas cool du tout, tu veux dire. Pauvre môme... Je me demande si sa mère est au courant.

Pour une fois, seule Maggie gardait ses pensées pour elle. Était-ce un effet des whiskeys qu'elle avait alignés pour se remettre de ses émotions ?

Un bip-bip sur le portable de Louise la détourna un instant de son ouvrage.

— Oh non, chiotte...

— Quoi ?

— J'avais complètement oublié : le dîner avec ton père, on l'a reporté ce soir. Je ne peux quand même pas l'annuler deux jours de suite.

— Go for it, souffla Maggie, sortant de son mutisme.

— T'es sûre ? Ce serait mieux qu'on explore un endroit pareil toutes ensemble, non ? Ça pourrait être dangereux.

Nono allait lui dire qu'elles se passeraient très bien d'elle, la moins aventureuse des trois, quand à son tour elle se fit rappeler à l'ordre par son mobile.

— C'est pas vrai, ils se sont donné le mot ! Fanny me colle un ultimatum. Je vais pas pouvoir couper à un *Java café*, plus nuit à Beauregard dans la foulée. J'ai bien peur qu'il faille remettre notre mission *Goonies* à la nuit prochaine.

Ni Louise ni Maggie n'avaient la référence eighties, mais elles comprirent l'esprit.

— Si on veut faire ça avant l'Intrail, ça ne nous laisse plus que demain soir.

— Granny, j'espère que t'as pas de rancard prévu, toi aussi ? plaisanta sa petite-fille.

Maggie n'opposa qu'un sourire vague, énigmatique, à l'allusion canaille. Un rendez-vous, il s'en trouvait bien un dans son agenda, mais pas du genre que suggérait sa descendance. Plus intime encore : un rendez-vous avec ses souvenirs et ses peurs, avec elle-même.

*

* *

« Elles s'appellent reviens », avait prévenu Vincent Gravelet à propos de son trousseau. Mais il n'avait précisé ni quand il comptait récupérer son bien, ni à combien d'occurrences il limitait son prêt.

Vers 22 h 30, l'Irlandaise à la canne jugea que l'hôtel Magon, sombre et silencieux, était enfin vide de tout occupant. Comme elle l'avait fait la veille, elle pénétra sans peine par l'entrée rue d'Asfeld, puis déverrouilla la porte des caves grâce à une clé qu'elle connaissait déjà.

En foulant les marches qui sombraient vers les profondeurs de la bâtisse, elle ne put réprimer un frisson. Il ne faisait pas si froid, pourtant. Et l'éclairage était suffisant pour illuminer chaque renfoncement. N'en demeurait pas moins ce sentiment trouble, tenace, de faire effraction dans un domaine qui lui était interdit. Pas celui des Magon, non, ça elle s'en fichait.

Celui des morts.

Parvenue au second sous-sol, elle déplaça plusieurs caisses en bois qu'elle avait repérées lors de leur première visite jusque dans la pièce à la trappe, tout au bout du couloir. Là, elle les empila comme elle le put, afin de composer un escabeau de fortune. L'édifice était branlant, et ses prises mal assurées, mais elle réussit tout de même à se hisser au sommet, tout le haut de son corps disparaissant alors dans le conduit. Du bout de ses doigts tendus, elle touchait presque la trappe en bois sertie de fer forgé au-dessus de sa tête. Mais ce n'est pas ce qui l'intéressait. Si Louise disait vrai, un autre orifice devait s'offrir à elle. Elle palpa donc la paroi dans l'obscurité, peu ragoûtante, et ne tarda pas à identifier un trou, dont elle confirma la présence sous la torche de son portable.

— Hell yeah, siffla-t-elle entre ses dents.

Comme l'avait prophétisé sa fille, ce boyau-là, orienté à l'horizontale, était tout juste assez large pour y glisser un corps. Elle y déposa d'abord sa canne, puis s'y reprit à plusieurs fois, sautillant au risque de faire écrouler son support, avant de se hisser à son tour.

L'impression de se faire digérer par un colon de granit était particulièrement oppressante. Elle se félicita d'ailleurs d'avoir troqué son pantalon à pinces, sa marinière et sa cape, pour un ensemble jogging en molleton noir, moins seyant mais aussi plus pratique. Progressant en reptation, elle chantonna un instant cet air qu'aimait tant fredonner Constant : « Des petits trous, des petits trous, toujours des petits trous. » Même depuis l'au-delà, lumière dans ses ténèbres, il savait encore comment lui donner du courage.

Et il lui en fallut bientôt plus que son compte, car l'artère plongeait à présent en pente nette vers les entrailles de la cité. L'humidité se faisait plus présente, poissant chaque mouvement. Après plusieurs dizaines de mètres de ce régime, elle tomba d'un bon mètre dans une galerie en contrebas.

— Ouch ! hurla-t-elle, plus vexée que blessée. Feckin' hole ! Je t'en ficherais, des petits trous.

La bonne nouvelle, c'est que ce canal-ci était plus haut et plus large que celui dont elle venait de choir. Et plus elle avançait dans l'unique direction dégagée, et plus l'espace lui semblait s'élargir autour d'elle. Après quelques pas seulement, elle put même se redresser et se tenir débout sans risque de rapper son crâne sur le plafond. Mais un nouvel écueil se présenta :

— Well, I guess that « fools rush in where angels fear to tread », marmonna-t-elle pour elle-même.

À ce stade, le chemin se divisait en deux, façon os de poulet. Les deux nouvelles galeries paraissaient en tous points identiques. Laquelle prendre ?

Le lieu n'était pas sans lui rappeler ces grottes de Baltimore, là où les pirates irlandais dissimulaient autrefois leur butin, là où elle aimait à se faire peur étant jeune fille. Les corsaires malouins avaient-ils utilisé ces souterrains pour y soustraire certaines de leurs prises à l'appétit du roi de France ? Possible.

D'instinct, et sans trop savoir pourquoi, elle opta pour la voie de droite. Celle-ci courrait sur une petite centaine de mètres, avant de déboucher sur un premier escalier en bois très étroit, un bref palier, puis une seconde volée de marches en dur. En haut, l'attendait une porte métallique fermée à double tour.

— Feckin' feck.

Avec un espoir fou, elle essaya chacune des clés de l'abondant trousseau et finit par en trouver une qui coïncidait – un « ? » griffonné sur un bout d'adhésif rouge laissait supposer que Gravelet en ignorait l'usage. Le vantail rouillé résistait mais, à coups de pied et d'épaule, elle le délogea de son chambranle et découvrit un couloir bordé de caves numérotées.

De toute évidence, elle se trouvait dans le sous-sol d'un immeuble d'habitation. À l'extrémité du corridor terreux, elle emprunta un dernier colimaçon, lequel menait dans un hall conforme à tous ceux des bâtiments édifiés lors de la reconstruction. Carrelages au mur. Mosaïque au sol. Alignement de petites boîtes aux lettres en bois. Pressant le bouton libérant la gâche électrique, elle passa juste une tête dans la rue, puis leva un œil au-dessus d'elle :

— Numéro 3, rue de Toulouse, lut-elle.

D'où elle se tenait, elle pouvait apercevoir l'hôtel Magon sur sa gauche, tout proche, dominant l'angle de rue de toute sa majesté.

« 3 rue de Toulouse » rumina-t-elle comme on mâche un chewing-gum.

— Holy shite ! se souvint-elle soudain.

Cet immeuble était celui mentionné par Guilloux et Lobo comme étant l'endroit où Lucas Portier se rendait chaque jour.

La coïncidence était trop grosse pour n'être que fortuite. Ce n'était pas une maîtresse que Portier venait retrouver ici, c'était l'hôtel Magon voisin !

Guillaume Magon himself ?

Venait-elle de mettre à jour la preuve ultime de la complicité liant les deux hommes ?

Tremblante d'excitation, hésitant puis renonçant à alerter ses acolytes, elle rebroussa chemin par les caves et le tunnel jusqu'à la bifurcation. Si le boyau de gauche était aussi riche en informations, cela valait de toute évidence la peine de s'y aventurer.

Ce passage se révéla à la fois plus large et mieux aménagé que l'autre, preuve d'un emploi plus fréquent. Le sol y était plus régulier. Et, par intermittence, jaillissaient de la paroi des réceptacles creux en métal, fichés dans la pierre, probablement destinés à recevoir des torches. L'hypothèse corsaire semblait se confirmer.

Bien qu'elle ne comptât pas ses pas, Maggie eut le sentiment de marcher plus longtemps. Ce qui l'attentait cette fois au bout n'était pas un escalier. Il s'agissait d'une salle presque aussi vaste que les caves voûtées de l'hôtel Magon.

Si vaste qu'il lui fallut balayer l'ensemble à plusieurs reprises pour en reconnaître chaque recoin.

— Good lord de nom de Dieu... !

Elle manqua défaillir. Se cramponna au porte-flambeau vide à portée de sa main droite. Pinça ses lèvres aussi fort qu'elle le pouvait pour dissiper le cauchemar.

En vain.

Tout au fond, comme balancé derrière un amas de pierre, gisait un corps. Mais le plus saisissant, étrangement, était moins cette silhouette inerte que l'objet qui dépassait d'entre les cailloux.

— His bleedin' stick ! glapit-elle.

Une canne blanche, en os de baleine, la préférée de Guillaume Magon selon les comptes rendus de la police.

Ce n'est qu'en avançant de quelques pas en direction de la dépouille que l'odeur pestilentielle la saisit. Qui que ce fût – le doute s'amenuisait, certes –, cet individu reposait là depuis assez de temps pour que le travail de décomposition ait pu s'engager. Tout en restant à deux bons mètres, elle parvint à apercevoir le visage du défunt. Les lunettes en écaille, la chevelure mi-longue argentée, et plus bas l'écharpe colorée et le gros pull en laine.

Magon, c'était bien lui.

Était-il mort dès la nuit de sa disparition ? Ou était-il l'homme (boiteux, mais bien vivant) que Nono avait pris en chasse sur les remparts, dans la nuit du 4 au 5 ? À moins que Portier, une nouvelle fois, se soit fait passer pour lui. Après tout, c'est à la Hollande, là où ce dernier avait été arrêté, que la rouquine avait été semée.

Maggie n'en savait pas assez en matière de forensics pour évaluer une date de décès et un processus de dégradation des tissus. La seule certitude, c'est que l'homme étendu sous ses yeux avait trouvé la mort là même où se nichait sa grande passion, dans les sous-sols de Saint-Malo. Certains mouraient en parachute, d'autres en descendant dans leur cave. Elle ne parvenait pas à déterminer lequel de ces deux destins lui paraissait le plus grandiose ou au contraire le plus dérisoire.

Elle fit un pas supplémentaire en direction de Magon, sa propre canne en avant, comme pour conjurer le sort. Surtout ne pas polluer la scène de crime, pensa-t-elle, bien qu'elle doutât que l'on ne retrouve jamais ce cadavre si elle-même ne signalait pas sa présence ici-bas.

À y regarder de plus près, la seule plaie visible était un impact rouge cramoisi à l'arrière du crâne. S'agissait-il d'un banal accident, comme l'avait suggéré Laure dès le début ? Ou alors, sa blonde et jeune épouse, au fait du secret héréditaire des mâles Magon, avait-elle tué son mari devenu encombrant et choisi de l'entreposer là où personne ne le retrouverait jamais ? Une autre option résidait dans une possible dispute qui aurait dégénéré entre Guillaume Magon et Lucas Portier, *après* la mise en scène de la disparition du premier. Mais dans ce cas, pourquoi l'ex-salarié de M-Trail avait-il couvert son complice au cours de ses aveux ? Redoutait-il que les flics finissent par retrouver l'historien en si piteux état ? Qu'en sus des attaques contre l'Intrail-Muros la mort de Magon lui soit elle aussi imputée ?

— Wow, dit-elle en éclairant le fond de la grotte macabre. What's that shite, now ?

Derrière un éboulis, elle avisa ce qui ressemblait à un tunnel étroit situé au ras du sol, impossible à déceler depuis le seuil de la pièce. Une nouvelle fois, elle allait devoir ramper.

Après cinq bonnes minutes à manger la poussière, elle constata que cette passe aboutissait dans une salle comparable à celle qui faisait office de sépulture. Avait-ce été le refuge souterrain de Magon depuis la nuit du 28 février ? L'hypothèse était tentante, car traînaient là tous les reliefs d'un campement de fortune : réchaud à gaz, gamelles sales, bouteilles d'eau en plastique, conserves éventrées... et surtout deux duvets déroulés.

Elle allait repartir, non sans avoir capturé la scène sur son téléphone, quand un détail olfactif attira de nouveau son attention. Une odeur de cuisine... Penchant le nez sur la casserole posée sur le petit Campingaz, elle huma un parfum de plat industriel, des saucisses-lentilles spécula-t-elle. Puis elle trempa un doigt prudent dans la sauce, pour constater que celle-ci était encore tiède.

Or, elle en était certaine, la mort de Guillaume Magon remontait à plusieurs jours. Quant à Portier, il avait été appréhendé le matin même. Alors qui donc pouvait avoir vertu à se planquer ici ? Pas Laure Magon, ça n'aurait aucun sens.

« Qui d'autre, for Christ's sake ? »

En revenant sur ses pas, ou plutôt sur son ventre et sur ses mains, elle se paya le luxe d'une fouille en règle de la cave précédente, prenant là aussi divers clichés – ne manquerait plus que Guilloux tombe dessus.

Des pierres, des pierres, et encore des pierres. De toute évidence, cet endroit-là, lieu probable de la mort de Magon, n'était qu'un sas. Aucun objet ou détritus. Juste de la terre et des cailloux. Des cailloux et de la...

— No..., expira-t-elle.

On eût frappé sa poitrine à toute volée qu'elle n'aurait pas eu le souffle plus coupé. Au milieu des éclats rocheux, serpentait une petite chaîne en or. Et pendu à celle-ci brillait un médaillon circulaire qu'elle n'avait plus vu depuis deux décennies, et qu'elle reconnut pourtant aussitôt. Et pour cause. Outre le blason de Saint-Malo au recto, celui-ci comportait deux initiales gravées au verso.

CC.

Comme Constant Corrigan.

Horaires des marées
à Saint-Malo

7 mars	
Marée basse	01 h 52
Marée haute	07 h 18
Marée basse	14 h 15
Marée haute	19 h 41

38

7 mars, Saint-Malo, autour de l'hôtel Magon

« Tu es certaine qu'il avait pris la mer avec ? »

— Absolutely sure. Constant ne le quittait jamais. Il le portait même quand... enfin, you see what I mean. Dans nos moments à nous, quoi.

Une fois remontée à la surface et rentrée au *Manoir*, Maggie n'avait pas fermé l'œil de la nuit, retournant son désarroi dans des draps froids et impuissants. Puis, dès l'aube, n'y tenant plus, elle s'était invitée avec fracas dans la chambre de sa petite-fille, où Louise, alertée par leur babil, n'avait pas tardé à les rejoindre. Un détail frappa aussitôt cette dernière : une fois n'était pas coutume, ce n'est pas son habituelle canne que sa mère tenait en main, mais le médaillon fétiche de feu son père.

L'ultime découverte de Maggie effaçait d'un coup toutes celles faites au cours de sa nuit dantesque. La Breizh Brigade se voyait renvoyée à sa finalité première : élucider les circonstances ô combien troubles dans lesquelles Constant Corrigan s'était volatilisé vingt ans plus tôt.

— Dans tous les cas, tenta de rationaliser l'institutrice en robe de chambre, cet objet n'est pas arrivé là tout seul. Donc de deux choses l'une : soit papa connaissait l'existence de ces galeries et l'a abandonné là à une époque et pour des raisons qui m'échappent, peut-être même l'a-t-il tout bêtement perdu ; soit celui qui campait dans ce souterrain le lui a volé il y a plus de vingt ans.

— Pourquoi « volé » ? Papy aurait aussi bien pu le lui donner.

— Never ! Je répète : ce bijou était ce que mon CO_2 possédait de plus précieux. Jamais il ne l'aurait offert à qui que ce soit, under any circumstances.

— Même si on l'avait fait chanter ? Même si on l'avait torturé ?

Maggie préféra écarter ces hypothèses funestes d'un mouvement de tête un peu outré.

— Mais granny, insista Nono, si tu as raison et qu'il a bien pris la mer ce jour-là avec son médaillon, alors ça signifie…

— Qu'on le lui a pris entre le moment où il a contourné Cézembre – enfin, si on en croit le récit de Renée Magon – et celui où le *L. T Meade* a chaviré puis coulé.

Aucune d'entre elles ne pouvait imaginer qu'un plongeur ait pris la peine de récupérer le bibelot au fond de l'eau – sa valeur affective était immense, mais sa valeur marchande très faible, on en vendait de semblables pour quelques dizaines d'euros dans toutes les bijouteries de Saint-Malo.

— So somebody devait forcément être à bord avec lui au moment du naufrage. Quelqu'un qui a accès à ce feckin' underground.

— Il faut croire, oui.

Lucas Portier n'étant encore à l'époque qu'un préadolescent restait Guillaume Magon. Toujours et encore lui. Qu'est-ce qui avait bien pu lier l'historien distingué et le modeste gérant de chambres d'hôtes ? Si ce n'est leur commune détestation de Guy Le Divellec ? Les deux étaient morts, désormais, et selon toute probabilité ces questions demeuraient à jamais sans réponse.

En restaient mille autres... toutes attachées aux rapports (eux aussi non élucidés) entre Magon et Portier.

Car la vision du cadavre enseveli sous les pierres s'imposa à nouveau à la doyenne du trio. Elle tenta bien de la dissiper en interrogeant sa fille et sa petite-fille sur leurs soirées respectives. Mais Énora éluda en évoquant un climat toujours tendu avec Fanny, laquelle semblait déçue de ne pas obtenir la réponse claire qu'elle espérait sur le projet irlandais de sa compagne. Quant à Louise, son dîner avec Alain avait tourné de son propre aveu en un vrai « festival de non-dits et de silences gênés ».

Là aussi, un échec.

— Bon on fait quoi, alors ? s'enquit *in fine* la benjamine. On rend ses clés à Gravelet comme si de rien n'était ? On laisse Magon moisir sous la caillasse ?

— Pour Magon, trancha Louise, avec une autorité peu habituelle, c'est impossible. On ne peut pas laisser sa femme et ses enfants dans une éternelle attente, ce serait trop cruel. D'une façon ou d'une autre, il *faut* informer les flics.

— You're right. Mais si tu permets, j'aimerais quand même qu'on se serve une dernière fois du trousseau.

— Hein ?! Tu plaisantes ? Ton expédition de la nuit dernière ne t'a pas suffi ? Tu veux vraiment retourner en bas ?

*

* *

Elles n'eurent pas trop d'une journée entière pour concevoir leur plan et mobiliser leurs troupes. Après s'être tous retrouvés dans la salle de jeu du *Manoir* en milieu de soirée, pour un rapide briefing, ils prirent le chemin de l'intra-muros et des abords de l'hôtel Magon, où ils se déployèrent autour de 23 heures, avec leurs auxiliaires de circonstance. Outre la jeune black, il y avait là Alain le fidèle, Jacques le prétendant, ainsi que trois ex-amants de Maggie que ce dernier considéra d'un œil chafouin.

Comme la veille à la même heure, la grande bâtisse reposait dans un silence et une obscurité de cathédrale. La voie paraissait libre.

— J'adore ! souffla une Fanny surexcitée à l'oreille de Nono, tandis qu'elles passaient la porte Saint-Louis. C'est encore mieux que dans les *Fantômette* que je lisais quand j'étais petite.

L'avantage avec les proches de la Breizh Brigade, c'est qu'ils se laissaient embarquer dans les situations les plus rocambolesques sans exiger de détails pour prix de leurs services. Dans la plupart des cas, l'espoir d'un regain d'affection suffisait à leur bonheur. Ainsi chacune d'entre elles, Maggie, Louise et Énora, tenait-elle ses bons petits soldats par le bout du nez.

— Don't be such a prick, ils sont juste là pour me filer un coup de main.

Mais Gaillard ne put s'empêcher d'y voir une allusion grivoise.

Ils étaient donc neuf au total, un nombre que Louise la stratège estimait suffisant pour quadriller à la fois l'extérieur de l'hôtel Magon, la partie émergée de l'édifice, ainsi que les sous-sols tels que décrits par sa mère.

Au-dehors, les trois ex se postèrent aux places que le trio Corrigan avait occupées quelques jours plus tôt, surveillant les accès sur rue. Au-dedans, la répartition se fit comme suit : Fanny dans la courette côté rue d'Asfeld, Alain devant la porte d'accès aux caves, Jacques au pied de la trappe ouvrant sur les « enfers », Louise à l'extrémité du tunnel débouchant sur la rue de Toulouse, Énora au croisement des deux galeries principales, et enfin Maggie, seule dans la salle où gisait encore Guillaume Magon.

Selon Louise, cette triple triangulation devait permettre de coincer l'énigmatique « campeur aux saucisses-lentilles », possible assassin de Guillaume Magon – si toutefois la mort de celui-ci n'était pas de nature accidentelle. « Vu comme il a décampé quand il a entendu maman se pointer "chez lui", je serais très surprise qu'il ne revienne bientôt pas sur place : bref, y'a qu'à se planquer et attendre. » C'est en ces termes qu'elle avait exposé sa tactique, plus tôt dans la journée.

— T'es sûre que c'est prudent d'y aller toute seule ? s'inquiéta Loulou, au moment de se séparer.

— Well, c'est pas pour rien que j'ai été the one à trouver le médaillon de Constant. Ton père m'a donné un rendez-vous, you know, et je suis bien décidée à ne pas le louper.

Croyait-elle sincèrement que son défunt mari allait renaître de ses cendres pour la rejoindre dans cette crypte ? Virait-elle aussi zinzin que cette pauvre Renée ?

Ni sa fille ni sa petite-fille n'osèrent la contrarier, et chacun prit place au lieu d'observation convenu, informé des consignes d'usage : pas de mouvements inutiles, pas de bruits ni de lumières, pas d'abandon de poste sans ordre explicite et surtout pas d'usage du téléphone portable. De toute manière, pour celles qui guetteraient sous terre, la question ne se posait pas, car aucun réseau ne se faufilait sous une telle épaisseur de granit.

Une première heure passa, tissée d'attente et percluse de stress. Celui-ci retomba en partie une fois minuit passé. Sans doute commençaient-ils tous à penser que monsieur « saucisses-lentilles » ne se présenterait pas cette nuit-là. Après tout, rien ne prouvait qu'il descendait dans les entrailles de l'intra-muros sur une base journalière, comme le faisait Lucas Portier.

Au cours de la troisième heure, le plus difficile fut de lutter contre le sommeil qui s'invitait, tel un visiteur nocturne imparable. Sous terre, sans éclairage ni le moindre écho venu du dehors, il était d'autant plus dur de lui résister.

La quatrième heure était déjà bien engagée, et la tête de Maggie roulait par intermittence sur sa poitrine ou ses épaules, quand le bruit caractéristique d'une pierre qu'on shoote emplit la voûte sous laquelle elle veillait.

Elle retint son souffle. Hésita à héler l'obscurité ou à dissiper celle-ci à l'aide de son téléphone. Contint sa voix comme ses gestes.

Cela n'avait pas de sens dans ce noir de four, mais elle fut persuadée d'avoir perçu un déplacement. Comme une ombre qui se sur-imprimait sur l'ombre.

Alors seulement, d'une pression au jugé, elle actionna la torche qu'elle braqua droit devant elle. La silhouette qui se dessinait dans le faisceau, comme statufiée, la laissa d'abord muette. Puis seulement elle feula :

— You ?! Qu'est-ce que vous foutez ici ?

Il se tenait debout à quelques pas d'elle, juste devant le boyau au ras du sol. Selon toute logique, il provenait de la pièce voisine, là où elle avait découvert le campement. Une poussière gris-blanc maculait sa combinaison et sa cagoule noires.

— Je pourrais vous retourner la question..., dit le timbre robotique émanant du boîtier sous sa gorge.

— You're kidding me ! C'est vous qui m'avez dit de fouiller là où Magon avait disparu.

L'homme ne répliqua rien. « Ce que vous cherchez est peut-être beaucoup plus proche que vous ne l'imaginez. »

Encore un peu courbé l'instant d'avant, il déplia alors toute sa stature. Sans doute était-ce un effet de l'éclairage en contre-plongée, mais il lui paraissait plus grand et plus athlétique que lors de ses précédentes irruptions.

— Jaysis, you knew... ! C'est ça, depuis tout ce temps, vous saviez que j'allais le trouver ici, dans cet état ! Vous saviez que Magon était mort !!!

Elle avait presque crié.

— Ce... C'était un accident.

— What ?! Quel accident ? When ?

— Dans la nuit du 4 au 5.

Vu leur différence de gabarits, la septuagénaire n'était pas en position de le menacer, et pourtant, c'est elle qui marchait à présent vers lui, torche dans une main, canne dans l'autre. Impavide.

— Bleedin' hell, qu'est-ce qui s'est passé ?

— Il m'a surpris ici. Dans mon bivouac improvisé.

Elle ne songea même pas à lui demander pourquoi il logeait dans cet abîme, fût-ce à titre temporaire.

— And then ? le pressa-t-elle.

— Il s'en est pris à moi. Il voulait à tout prix me retirer ma cagoule. Savoir qui j'étais.

Elle ne pouvait pas le reprocher à Magon. Elle aussi se sentait prête à prendre tous les risques pour démasquer son informateur mystère. Abreuvait-il l'historien de ses tuyaux évasifs ?

— J'ai refusé et on s'est battus, poursuivit-il. Il est tombé à la renverse. Son crâne a heurté une pierre. C'est aussi stupide que ça. Il est mort sur le coup ; je n'ai rien pu faire.

— Et vous me racontez ça comme ça ? Like any everyday story ? Tell me, ça vous arrive souvent, de tuer des types dans les souterrains ?

L'attitude physique de l'inconnu lui parut ambivalente. Il tenait ses mains devant lui comme un gamin pris en faute, et malgré cela il s'était redressé d'une façon qui exprimait une forme d'assurance. Pire, d'impunité. Il paraissait à la fois regretter cet incident et ses conséquences, et être convaincu qu'il n'en paierait jamais le prix.

Comment pouvait-il en être si certain ? D'où tenait-il cette arrogance ? Pouvait-il avoir un lien avec la disparition de Constant, comme elle le craignait ?

Lâchant un instant sa canne, elle brandit devant elle le médaillon retrouvé ici même la nuit précédente. Le bijou pris dans les rayons lumineux tournoyait sur lui-même, tel un soleil de poche

— C'est vous qui avez laissé tomber ça ici, am I right ?

— Il appartenait à Constant ? demanda-t-il comme s'il connaissait déjà la réponse.

— Vous ne répondez pas à ma question ! Vous l'avez récupéré où ? Et quand, for Christ's sake ?

Il y a quelques jours... ou il y a plus de vingt ans ? Au milieu des pierres ou sur la mer ?

Mais le type en noir fit mine de forcer le passage. Elle tenta bien de s'interposer sur sa trajectoire, en vain. Il l'esquiva d'un pas chassé, semblable au passement de jambes d'un footballeur, puis fonça droit devant lui. Une nouvelle fois, le « cagoulé » lui sembla bien plus alerte que l'homme qui l'avait visitée au cours des derniers mois, dans sa roseraie ou à l'avant de Lilybeth.

Il s'évanouissait déjà dans le couloir à l'entrée de la pièce, quand il lâcha par-dessus son épaule :

— Ce qu'a fait Magon...

— So what, Magon ?

— Eh bien... Peut-être que Constant a pu le faire, lui aussi. Creusez de ce côté-là.

Elle s'engagea alors dans le passage où il venait de disparaître, bien décidée à le chasser et lui en faire dire plus, quand un spectre surgit face à elle. Crinière blanche dansant dans le halo d'une torche. L'apparition pila sous son nez et les figea tous deux.

— Jacques ?! s'étrangla-t-elle de peur et de rage mêlées.

— Maggie ? Ça va, ma chérie ? Tu n'as rien ?

— Feckin' putain de bollix ! Get out of my way !

— Mais quoi ? Qu'est-ce qu'il y a, encore ?

Ce qu'il y avait ? Oh, c'était tout simple : le présent qu'il incarnait, maladroit et balourd à en pleurer, venait de faire fuir (à jamais ?) le fantôme de son passé.

39

Saint-Malo, Manoir des Corrigan, *salle de jeu*

Il n'était pas 9 heures, et pourtant Nono n'eut même pas à poser la question rituelle avant de remplir leurs trois verres. Ce serait whiskey pour toutes, bien entendu, et plutôt deux doses qu'une.

La rouquine mouilla le sien de café, Irish coffee s'il vous please, et Louise à grand renfort d'Earl Grey. Seule Maggie opta pour une version « neat », assez sèche et âpre pour lui remettre les idées en place. Lovées dans leur fauteuil club, ensevelies sous des plaids douillets, elles sondaient le feu qui crépitait dans l'âtre à la recherche d'impossibles solutions.

Sans doute parce qu'elle se sentait fautive – alertée par un bruit, elle avait quitté son poste à l'intersection des tunnels, ouvrant le passage au cagoulé en fuite –, Énora fut la première à rompre leur silence, des plis soucieux barrant son front piqué de rousseur :

— S'il est sorti d'une pièce en cul-de-sac, ça voulait dire qu'il était déjà là en début de nuit quand on s'est déployées dans les souterrains ?

— Yep, maugréa Maggie.

— Il a dû imaginer qu'on se lasserait. Peut-être même qu'il a cru qu'on était reparties.

— Je n'arrive toujours pas à comprendre pourquoi il a élu domicile dans un endroit pareil, intervint Louise, ni surtout comment il en a eu connaissance. *A priori*, seul Magon détenait le secret de son accès. Et je ne parle même pas de la manière dont il s'est évaporé dans les galeries en nous mystifiant tous...

L'intervention malencontreuse de Jacques, lui aussi coupable d'un abandon de poste, avait permis à l'inconnu en noir de rallier une issue manifestement connue de lui seul. Aucun des membres du dispositif n'avait aperçu ne serait-ce qu'une ombre se glissant hors de l'hôtel Magon ou hors de l'immeuble au n° 3 de la rue de Toulouse.

— Granny, tu penses qu'il t'a pipoté sur la cause de leur dispute, à Guillaume et lui ? Si ça se trouve, Magon savait très bien qui il y avait sous cette cagoule. Pour finir de manière aussi violente, leur accrochage avait peut-être un objet bien plus sensible.

— Maybe, dit-elle sur un ton accablé. Maybe not. Mais je ne vois pas bien pourquoi il m'aurait avoué un homicide – elle le prononça à l'anglaise –, même involontaire, pour mentir sur les raisons de leur fight.

— À moins que ces raisons ne te concernent *toi*. Et qu'il ait préféré te les cacher.

Cette assertion de sa fille plongea la vieille Irlandaise dans un nouvel abîme de perplexité.

La seule personne qui entretenait un différend à la fois avec Guillaume Magon et Constant Corrigan était cette vermine de Guy Le Divellec. Mais pourquoi diable le frère honni de son gendre aurait-il eu à cœur de favoriser leurs enquêtes ? « Je ne suis pas là pour vous donner les solutions sur un plateau. Je suis là pour que vous appreniez à les trouver par vous-même. » Une telle bienveillance à leur égard ressemblait fort peu au riche gérant du *Repaire des corsaires,* bientôt plus fortuné encore – quand il aurait mis la main sur le patrimoine des Magon. N'avait-il pas tout mis en œuvre, autrefois, pour ravir aux Corrigan ce qui leur revenait de droit – en l'occurrence le domaine de Beauregard, voisin du *Manoir,* puis le petit bois attenant ? Pire encore, quelques mois avant la disparition de Constant, un soir de cuite mémorable, Guy n'avait-il pas menacé de mort son ancien mentor, devenu son plus farouche concurrent ?

« Hier on n'avait qu'un corps, maintenant on a un tueur probable en prime », conclut Louise, pour dissiper le malaise qu'elle avait elle-même installé. « Donc même si on nage en plein brouillard sur son identité, je ne vois pas comment on pourrait taire tout ça à Guilloux et sa bande. »

— I'm afraid you're damn' right. Mais va falloir trouver un nouveau moyen de le prévenir sans se faire gauler.

— J'ai ma petite idée là-dessus, dit sa fille. Jojo Prigent est bien parvenu à nous fournir la plupart des infos en provenance du commissariat, ça ne devrait pas être si compliqué de faire fonctionner le canal dans l'autre sens...

Plusieurs mois auparavant, lors de l'affaire Lemoine, la Breizh Brigade avait bien réussi à le transformer (malgré lui) en porteur de pièce à conviction. Alors, simple messager, ce n'était pas si insurmontable, en effet.

— ... D'autant moins que cette fois-ci, il y a mis du sien.

— What do you mean ?

— Hier matin, quand il est venu boire un coup gratuit avec Arnaud, il a oublié son téléphone sur le comptoir.

— Great ! On le lui rend ce soir à l'heure de l'apéro ?

— Non, je pense que le plus tôt sera le mieux. Ce serait préférable de goupiller ça dans la journée.

— Moi je vote contre.

Les deux autres femmes fixèrent Énora comme si celle-ci avait proféré une insanité.

— What ?!

— On peut savoir pourquoi ? s'offusqua Louise.

— Pourquoi ? Parce que ça va mal finir, tout simplement. On a souillé une scène de crime à deux reprises, je te rappelle, et pas qu'un peu. Qu'on le veuille ou non, on est liées à celui qui a probablement fait le coup. Et vous pensez vraiment qu'on va passer entre les gouttes ?!

— Come on, don't be so dramatic.

— Je suis pas dramatique, je suis juste réaliste. Faut se réveiller, les filles. Le plan « murder party » entre copines, c'est drôle un moment, mais là on est dans le dur. En face on a des flics avec tout leur attirail de police scientifique. Donc si on ne prend pas le plus de distance possible dès maintenant avec cette affaire, je peux vous garantir que notre prochaine salle de jeux sera *sans* whiskey, mais *avec* barreaux.

Ni sa mère ni sa grand-mère ne trouvèrent rien à répliquer à ce funeste présage. À la place, elles avalèrent toutes deux une longue gorgée de leur breuvage alcoolisé. Si bien qu'Énora dut juger l'instant propice à l'annonce qui suivit :

— De toute manière, j'ai pris ma décision : dès la fin de mon stage à la clinique, fin juin, je grimpe sur un bateau pour Cork. Un aller simple.

— Tu veux dire... ?

— M'installer pour de bon là-bas, oui. J'ai établi un contact avec un véto spécialisé dans les black-faced et les Galway, Jim O'Mooney. Il doit encore me confirmer, mais *a priori* il m'attend dès cet été. Alors à choisir, si ça ne vous dérange pas trop, je préférerais passer mes prochaines vacances dans un pub qu'en taule.

« L'Irlande, l'Irlande c'est le paradis, tu sais », avait-elle déliré quelques jours plus tôt à l'hôpital, sur son lit de douleur. Ce n'était pas qu'un effet des antalgiques, semblait-il. Le projet était sorti du brouillard et prenait à présent des contours on ne peut plus définis.

Son accident sur les remparts avait-il affermi sa décision ? L'air de rien, venait-elle de leur annoncer la fin pure et simple de la Breizh Brigade ?!

Elles qui rêvaient d'élargir leur petit cercle à d'autres membres, voilà qu'il menaçait au contraire de se racornir comme le cuir d'une poche de cornemuse délaissée… Sans Nono, sans leur rouquine préférée, ce ne serait plus la BB telle qu'elles l'avaient conçue puis ressuscitée.

Mais elles n'étaient pas les seules que son départ affecterait.

— Et Fanny ? demanda Louise sur un ton de reproche inhabituel, tu en fais quoi ?

— Fanny… Fanny pourrait venir avec moi, si elle le voulait. Ce ne sont pas les bed and breakfast à gérer qui manquent en Irlande. Et j'ai du mal à imaginer un patron pire que Guy… Qui sait, peut-être même qu'on pourra en acheter un ensemble, quand j'aurai fait mon trou.

— You mean… un Guy ?

— Non, un B&B.

Un BB pour une autre.

40

Saint-Malo, commissariat central /
Hôtel Magon de la Lande

« Attends, tu veux bien me la refaire ? Je n'ai rien compris à ton délire. »

Christophe Guilloux considérait son adjointe avec sa tête de gamin pris au dépourvu. L'irruption de la tornade Emma dans son bureau s'était accompagnée d'un récit bien trop brouillon à son goût. Il aimait sa fougue, mais il accordait plus de prix encore à la rigueur.

— C'est pourtant pas compliqué : j'ai surpris la taupe qui travaille chez nous en train de se faire intoxiquer par ceux qui l'emploient à son insu. Enfin, ceux... je devrais dire celles.

— OK, et dans le bon ordre, ça donne quoi ?

La jolie brune s'écroula sur une chaise face au fauteuil directorial et rembobina son histoire depuis le début. Sa poitrine se gonflait d'impatience. Elle paraissait très fière de sa trouvaille.

— Arnaud Prigent, tu vois qui c'est ? dit-elle à toute allure.

— Hum… Il a un lien avec notre Jojo national ?

Quoique arrivé depuis quelques mois seulement, Joseph Prigent s'était déjà taillé une solide réputation de crétin congénital au sein du commissariat. Mais aussi de « fuitard ». Certains des flics qui fréquentaient le *Manoir* en soirée s'étaient confiés à d'autres, et très vite les prestations du Brestois difforme avaient fait le tour du commico. « Jojo cause trop », murmurait-on dans les vestiaires.

— C'est son cousin. Et, pour l'anecdote, il est le pilier du clandé tenu par les trois femmes Corrigan. Un vrai soulographe professionnel.

— Soit, et en quoi ça nous concerne ?

— Tôt ce matin, il s'est pointé à l'accueil. Marco était de service. Marco qui, au passage, est devenu l'un des meilleurs potes de Jojo.

— Je ne vois toujours pas…

— Attends ! J'ai pas fini. Si tu m'interromps tout le temps, on va jamais y arriver.

Amusé par cet accès d'insolence, il croisa les doigts devant sa bouche et lui fit signe de poursuivre.

— Comme ça fait un moment que je trouve louche ce que ces deux-là fricotent, j'ai actionné le son sur la caméra du hall. Et j'ai bien fait : Arnaud venait rapporter à Jojo son portable. Oublié où, je te le donne en mille ? Sur le zinc du *Manoir*. Apparemment c'est la barmaid, une certaine Sophie, qui l'a prévenu par SMS.

— D'accord, tu commences à m'intéresser…

— Y'a intérêt ! Parce que c'est là que ça devient gratiné. Il y a vingt minutes, Jojo récupère son téléphone et file direct aux chiottes.

— Où tu l'as suivi, j'imagine.

— Évidemment ! Cette andouille était tellement pressée de consulter son joujou qu'il n'a même remarqué que je le matais par-dessus la cloison de la cabine.

— J'ai toujours su que t'étais du style à traîner aux toilettes des garçons.

— C'est malin, éluda-t-elle la blague d'un demi-sourire. Tu ne devineras jamais ce qu'il regardait sur son tel ?

« Une vidéo porno », suggéra le regard égrillard du boss.

— Une plongée dans les galeries secrètes sous l'hôtel Magon, compléta-t-elle sans en tenir compte. Et y'a mieux, devine où la séquence commence ?

— Je ne sais pas... Les caves des Magon ?

— Raté ! Celles du n° 3 de la rue de Toulouse.

— Tu veux dire que c'est là que Portier descendait tous les jours ?!

— Ça m'en a tout l'air. Mais attends, c'est pas fini, parce que la suite pourrait bien expliquer pourquoi il refusait mordicus de nous répondre sur ces activités dans cet immeuble.

— Je t'écoute.

— Eh bien, une fois sous terre, celui ou celle qui filmait a actionné la torche du mobile. L'image bouge beaucoup, on sent que la progression dans les tunnels n'est pas facile facile. Et à un moment, bingo !

— Quoi, bingo ? s'agaça son patron.

— Le cadavre de Guillaume Magon. Dans une salle voûtée. À moitié enseveli sous la caillasse.

— Hein ?!

Cette fois, il ne prenait plus du tout le débrief d'Emma à la plaisanterie.

— T'es sûre ?

— Certaine.

— Et si c'était Jojo lui-même qui avait tenu la caméra ?

— Aucune chance… T'aurais vu sa tête quand il visionnait le truc. J'ai cru qu'il allait tourner de l'œil dans la cuvette. Je suis à peu près certaine qu'il voyait ces images pour la première fois.

D'une main levée, Guilloux réclama quelques secondes pour digérer l'information.

— Donc Jojo récupère son téléphone et découvre une vidéo qui révèle le lieu où se trouve un Guillaume Magon refroidi ? finit-il par reprendre.

— C'est bien ça.

— Qu'est-ce qui te prouve que ce sont les Corrigan qui ont tourné ces images et qui les ont placées sur le portable de Jojo ?

— En l'état, rien… Mais admets que l'hypothèse tient plutôt la route : temps un, Jojo devient un habitué de leur rade clandestin, il picole, il blablate, et ce faisant, il les alimente en infos qui viennent de chez nous ; temps deux, il oublie son portable sur le comptoir, hier si j'ai bien compris ce qu'Arnaud racontait à Marco ; temps trois, ces dames mettent la main sur le corps de Guillaume Magon – Dieu sait comment – et filment la scène avec ledit portable, afin que Jojo nous fasse remonter l'info.

— Pourquoi pas… Mais si c'étaient elles qui l'avaient buté, le Magon ?

— Non, elles n'auraient jamais pris le risque de nous balancer la vidéo, si c'était le cas. Et puis, franchement, je ne leur vois pas de mobile clair.

De nouveau, il médita un instant :

— Si c'est pas elles, c'est qui alors ? s'interrogea-t-il à voix haute. Portier ? Tu crois qu'ils étaient de mèche pour se venger de Moreau, Magon et lui, et que ça a mal tourné entre eux ?

— C'est le plus plausible, oui.

Il acquiesça sans réelle conviction.

— En tout cas, on a au moins gagné une certitude.

— Laquelle ?

— Les Corrigan. C'est cette fichue Breizh Brigade qui nous abreuve en tuyaux éventés depuis des mois. Là aussi, avoue que ça coïncide pas mal.

— J'avoue, approuva-t-elle, cette fois-ci avec un franc sourire.

*

* *

La suite s'organisa en quelques minutes à peine.

Un rapide coup de fil à la procureure Le Cam suffit pour passer d'une enquête préliminaire pour « disparition inquiétante » à l'ouverture d'une instruction pour homicide. Lucas Portier étant le principal suspect, et celui-ci croupissant déjà en préventive à Rennes-Vézin, au moins les OPJ feraient-ils l'économie d'une traque et d'une interpellation. Il faudrait juste l'auditionner à nouveau pour recoller les pièces de son puzzle criminel.

Moins d'une heure après l'entrée fracassante d'Emma dans le bureau de Guilloux, ceux-ci déboulèrent au n° 3 de la rue de Toulouse, flanqués d'une demi-douzaine d'agents en uniforme. Il avait été décidé de procéder à cette perquisition sans en informer Laure Magon, au moins tant que l'identité de la victime n'était pas confirmée.

Le portable de Jojo Prigent en main – celui-ci avait été placé en garde à vue juste avant leur départ –, ils n'eurent qu'à dérouler la vidéo offerte par la supposée Breizh Brigade pour remonter (ou plutôt descendre) jusqu'à la dépouille de l'historien.

Éclairée par de puissants projecteurs portables, la pièce prenait des airs d'église romane. Ne manquait plus qu'un requiem joué à l'orgue pour parfaire l'ambiance macabre.

— La vache, ça schlingue sévère, grimaça la flic. Il doit croupir là depuis plus de deux minutes.

— Ouais… Perso, c'est pas ce qui me chagrine le plus.

— Ah bon, et c'est quoi ?

— Je ne sais pas. Imagine, t'es Portier. Tu tues ton complice dans un souterrain dont personne ne connaît l'existence. Genre passage secret sous la maison de la victime. *A priori*, tu penses qu'on ne le retrouvera jamais, non ?

— Si, admit-elle du bout des lèvres. Et alors ?

— Alors regarde autour de toi ! Je trouve ça bien trop propre. Pas de traces de lutte. Pas de déchets. Pas d'arme ou d'objet contondant. On dirait même qu'on a pris le soin de recouvrir le corps.

En effet, un linceul de pierres drapait le défunt pour l'éternité. Une telle attention, on pouvait presque parler de délicatesse, collait mal avec l'impression générale que leur avait laissée Lucas Portier. Plutôt brut de pomme, dans son genre.

— Commissaire ? aboya une voix assourdie, dont l'écho ricocha sous la voûte. On a une autre salle, ici. Au bout du petit tunnel. Mais faut ramper pour y accéder.

— J'arrive.

À son tour, après quelques efforts et un peu de poussière avalée, il découvrit le lieu sépulcral. Parfaitement vide. Ni objet ni cadavre. Juste de la terre battue et des cailloux amoncelés.

Il s'apprêtait déjà à quitter la pièce lorsqu'un infime détail capta son regard : sur un gros rocher, ce qui ressemblait à une trace de nourriture. Malgré sa répugnance, il humidifia un doigt, passa celui-ci sur le dépôt suspect, puis le fourra dans sa bouche. « Saucisses-lentilles », déduisit-il.

Comment des reliefs de cette nature, semblaient-ils assez récents, pouvaient-ils avoir atterri dans un endroit pareil ? Quelqu'un y avait-il séjourné assez longtemps pour y prendre des repas complets ?

De toute évidence, un nettoyage minutieux avait été effectué ici aussi. Mais la même incompréhension revenait en boucle : pour quoi faire ? Ou plutôt, pour effacer quoi ?

Pour protéger qui ?

— C'est peut-être pas la priorité des priorités, lança-t-il à Emma en regagnant la cave précédente, mais va quand même falloir qu'on leur dise deux mots.

— À qui ? Aux Corrigan ?

— Enfin, à la Breizh Brigade, si tu préfères.

Elle préférait, oui.

41

Saint-Malo, commissariat central

« Accidentelle, vous êtes 100 % sûr ?! »

— Mieux que ça, 200 %, valida le technicien en chef de l'IJ rennaise.

Christophe Guilloux marqua un temps, un doigt suspendu au-dessus du bouton actionnant le haut-parleur de son combiné fixe. À en juger par la drôle de tête affichée par son adjointe, celle-ci partageait sa perplexité. Elle fut d'ailleurs la première à reprendre le dialogue :

— Qu'est-ce qui vous rend si sûr de votre coup ?

— Nature et taille de l'impact sur l'occiput ; le caillou correspondant relevé sur place ; et pour finir l'absence de traces de lutte ou de dépôts organiques étrangers sur le corps de la victime.

— Vous êtes en train de nous dire qu'il est tombé à la renverse et qu'il s'est tué tout seul, comme un crétin ?

— Vu le contexte, ce ne serait pas si étonnant. Mais on ne peut pas non plus exclure qu'il ait été en partie aidé. Par exemple poussé par un individu portant des gants. Enfin, je dis ça…

L'information décanta dans leur esprit le temps d'un blanc interminable. S'agissant de cette dernière hypothèse, le technicien paraissait assez sceptique. Quant aux OPJ, il ne leur fut pas facile d'admettre que le lièvre qu'ils avaient traqué durant des jours n'était pas mort sous les balles d'un chasseur, mais d'une bête chute au fond d'un terrier. C'est pourtant bien le chemin que semblait prendre leur enquête, celui d'une justice immanente. Guillaume Magon avait été châtié par le lieu même où il avait fomenté sa vengeance contre Moreau. Rideau. Fin du spectacle.

Rompant leur silence chargé de déception, le commissaire demanda :

— À vue de nez, vous situez le jour et l'heure de son décès à quel moment ?

— Je dirais il y a plus ou moins trois jours.

— Plus précisément ?

— Hum, lâcha leur interlocuteur qui hésitait à se mouiller, ça n'a rien d'une garantie, mais la fenêtre la plus probable se situe dans la nuit du 4 au 5 mars. Plutôt dans la deuxième partie de la nuit.

Soit juste après la dernière attaque sur l'Intrail-Muros.

— Oh, au fait, j'allais oublier, poursuivit l'IJ. On a retrouvé deux objets dans les poches de son pantalon.

— Quoi ?

— Un trousseau de clés de l'hôtel Magon, identique à celui retrouvé dans la planque de Portier. Dans un cas comme dans l'autre, l'une d'entre elles correspondait à l'accès aux galeries depuis les caves de la rue de Toulouse.

— Logique, valida Guilloux. Et l'autre truc, c'est quoi ?

— Une sorte de carré, plutôt qu'une clé. On a mis un peu de temps à comprendre ce qu'il ouvrait, mais on a trouvé la solution en analysant les dépôts de mousse sur la tige.

D'une seule voix, les deux OPJ l'exhortèrent à ne pas faire plus durer le suspense :

— Et alors ?!

— *A priori* ça correspond à la pseudo-porte de la cache de Portier, sous la Hollande. Là où on a retrouvé tout son matos.

Leurs visages affichèrent malgré tout un air de triomphe : enfin une autre pièce à conviction reliait Magon et Portier ! Chacun offrant à l'autre le sésame de ses plus lourds secrets.

La complicité des deux hommes dans les attentats contre l'Intrail-Muros ne faisait plus guère de doute, désormais.

Deux heures et une batterie de coups de fil en haut lieu furent nécessaires pour faire revenir Lucas Portier au commissariat de Saint-Malo, en provenance du centre pénitentiaire de Rennes-Vézin.

Dans la cellule provisoire voisine de la sienne, on venait de boucler un drôle de flic à tête de troll, qui clamait son innocence avec des braillements de goret.

— Je vous jure, j'ai rien fuité du tout ! Et depuis quand c'est interdit de picoler en dehors du service, hein ? Depuis quand ?!

Ses cris perçaient si bien les parois de qualité administrative qu'il fut décidé d'auditionner Portier au calme, deux étages plus haut, dans le bureau du grand patron.

Là, dûment menotté, le prévenu fut installé face au commissaire Guilloux et au capitaine Lobo. L'OPJ brune fut la première à le solliciter :

— Si vous voulez bien, j'aimerais que vous nous racontiez dans quelles circonstances vous avez fait la connaissance de Guillaume Magon.

Comme il rechignait dans un premier temps à répondre, elle glissa sur la table devant lui les photos du trousseau et du carré fournies par l'identité judiciaire. Les deux objets qui établissaient leur connivence de manière quasi certaine.

Portier soupira, puis admit d'une voix blanche :

— C'est lui qui a pris contact avec moi.

— Quand ça ?

— Juste après mon licenciement. Je ne sais pas trop comment il l'a appris, mais le fait est qu'il l'a su.

— Lors de cette première rencontre, il vous a dit quoi ?

— Il s'est pointé un soir à la maison, mi-février. Il a été tout de suite très cash. Il a prétendu qu'on avait un ennemi en commun, lui et moi. Et qu'il connaissait un moyen imparable de lui faire payer ses « saloperies ».

— L'ennemi, c'était Arthur Moreau ? Et le moyen en question, c'était de faire capoter l'Intrail-Muros, on est d'accord ?

— Ben oui.

— Et vous, ça ne vous a pas causé d'état d'âme de vous en prendre aux coureurs ? s'immisça Guilloux. Après tout, ce trail, c'était un peu votre bébé, à vous aussi…

— Si, bien sûr, reconnut-il à contrecœur. Et en même temps, je ne voyais pas de meilleur moyen de punir Arthur que le plan de Magon. Il était parfait, son plan : ma connaissance de la course et du parcours, sa maîtrise des points de fixation sur les remparts, les passages et les cachettes qu'on était les seuls à avoir explorés… En un sens, on ne pouvait pas faire plus complémentaires que nous deux.

— Au point de vous faire passer pour lui, n'est-ce pas ?

La première fois que la question lui avait été posée, la veille, Portier avait nié avec force. « Je ne sais pas ni où ni quand ça se situe, ni même qui est cet homme. » Les OPJ gagèrent que sa réponse serait cette fois bien différente.

— Oui. C'est lui qui a eu l'idée de simuler sa disparition. Il était convaincu que ça braquerait les soupçons sur sa femme et sur Arthur. Et que si en prime on vous faisait croire à vous, les flics, à une possible disparition volontaire – d'où la scène de la gare –, vous n'y comprendriez plus rien.

« Bien vu », songea Emma. Cela avait presque failli fonctionner.

— Et ensuite, votre fameux plan prévoyait quoi ?

— Au moins deux attaques, d'abord lors d'un entraînement, puis pendant la course proprement dite. Avec mon badge all access, son inscription bidon à l'Intrail-Muros et nos échappatoires qu'on était les seuls à connaître, c'était assez facile de placer nos pièges sans être repérés. Je n'aurais jamais cru que je prendrais autant de plaisir à détruire ce que j'avais contribué à bâtir, mais d'une certaine manière, on prenait notre pied.

— Même après la deuxième, quand un coureur a failli perdre la tête ?

— Oui, acquiesça-t-il, penaud.

La culpabilité chiffonnait malgré tout ses traits. Certes, le « décapité » avait été depuis déclaré tiré d'affaire par les médecins de Broussais. Mais n'en restait pas moins des blessures que les victimes porteraient à vie, comme autant de douloureuses médailles.

— Sauf que Moreau a fait retirer les anneaux de recul des parapets et vous a compliqué la tâche, spécula Emma.

— C'est vrai. On a même failli renoncer à ce moment-là. Mais Magon a insisté. Il a dit que tant qu'Arthur n'annonçait pas l'annulation pure et simple de la course, on n'avait pas d'autre option que de continuer les attaques. D'ailleurs c'est lui qui a fixé le câble dans l'escalier sur les murs, cette nuit-là.

Il n'avait pas échappé aux deux flics que Lucas Portier n'appelait l'historien que par son patronyme, et non par son prénom. Se sentait-il son vassal ? Un rapport de domination s'était-il instauré entre les deux comparses, le pseudo-aristocrate et le modeste employé ? Portier avait-il fini par se rebeller, lassé de tomber sans cesse sous le joug d'un nouveau tyran, et par éliminer Guillaume Magon dans un accès de colère ?

Guilloux laissa passer un nouveau silence, avant de revenir à la charge sous l'œil de la webcam qui immortalisait l'audition :

— La nuit où vous l'avez bousculé dans la crypte ? bluffa-t-il.

— Jamais de la vie !

— Nous savons que c'est un accident. Si vous avouez avoir eu un geste malheureux, la charge retenue contre vous ne sera qu'un homicide involontaire. Et cette inculpation-là ne vous vaudra pas plus de trois ans de prison.

— Non, non et non ! hurla Portier. Je n'ai pas poussé Magon !

Il avait bien dit « poussé » ? Comment pouvait-il connaître ce détail ? Était-il aussi sincère qu'il en avait l'air l'instant d'avant ?

— Mais par contre, vous avez découvert son corps, c'est ça ?

— Je…

— Celle-là sera « gratuite », tenta de le rassurer Emma Lobo.

Alors, il se confessa dans un souffle.

— Oui. Quand je l'ai retrouvé, il était déjà mort. Il faut me croire, je n'ai aucune idée de ce qui s'est passé pour lui là-dessous. Je sais juste qu'il a failli se faire gauler sur la Hollande, puis qu'il s'est planqué quelques heures dans ma cache sous l'esplanade. J'imagine qu'il a attendu le petit matin, quand les rues de la Californie sont désertes, pour retourner dans les galeries sous l'hôtel Magon. C'est tout.

— Vous imaginez seulement ?

— Ouais, je ne suivais pas ses déplacements à la minute. On ne se parlait que dans les galeries, et on fixait l'heure du rendez-vous suivant à chaque rencontre. Entre deux, aucun contact par mail ou par téléphone. Silence radio.

— Votre découverte, c'était quand ?

— Ce soir-là, celui du 5.

La dernière fois où l'agent chargé de sa surveillance avait vu Lucas Portier se glisser dans le garage vide au n° 3 de la rue de Toulouse.

— Quelques heures avant mon arrestation, précisa-t-il, à présent désireux d'alléger sa conscience. Je suis rentré à la maison, mais putain, j'en ai pas dormi de la nuit. Autant vous dire que quand votre collègue m'est tombé dessus dans le chenil de la porte Saint-Pierre, j'étais grave dans le gaz.

Il n'avait en effet opposé aucune résistance, comme s'il s'attendait à son tour à une issue funeste.

Une fois le PV imprimé et signé par Portier, et le principal intéressé renvoyé au sous-sol du bâtiment, Guilloux et

Lobo se retrouvèrent seuls. Face à leurs questions laissées sans réponse.

Qui donc avait contribué à la mort de Guillaume Magon ? Excepté Magon et Portier, y avait-il un autre acteur dans ce drame, un acteur qui leur échappait, et dont l'ombre fantomatique s'était glissée dans les enfers de l'intra-muros ?

Malgré les soupçons pesant sur ces punaises de Corrigan, ils les voyaient mal dans le rôle des meurtrières, mêmes fortuites. Le plus probable, les concernant, était un excès de zèle de leur satanée Breizh Brigade, qui les avait une nouvelle fois devancés sur la scène de crime.

Emma et lui mettraient-ils jamais la main sur la clé de ce mystère-là ?

« Emma et moi », songea le commissaire en considérant sa partenaire d'un regard oblique. La formule ne lui déplaisait pas.

En attendant de lui donner un autre sens, tous deux repoussaient le moment pénible où ils devraient procéder à l'interrogatoire de leur subordonné, l'imbuvable Jojo Prigent. Quand soudain Marco-de-l'accueil leur annonça la présence dans le hall de Laure Magon. Informée de la mort de son mari et en larmes.

Comme quoi, on pouvait se sentir encombré par son conjoint et néanmoins pleurer sa mémoire au moins quelques minutes.

— Ah oui, patron, ajouta Marco, y'a M. Moreau qu'est là aussi. Je veux dire, euh, avec elle. Ensemble, quoi.

Horaires des marées à Saint-Malo

9 mars	
Marée basse	02 h 59
Marée haute	08 h 21
Marée basse	15 h 18
Marée haute	20 h 41

42

Nuit du 8 au 9 mars, Saint-Malo,
quai Duguay-Trouin, remparts et rue Sainte-Barbe

La foule amassée dans la nuit parut à Énora plus importante encore que la fois précédente. À chaque report, l'organisateur de l'Intrail-Muros glanait davantage de participants, ceux-ci sans doute plus attirés par l'odeur du sang que par le défi sportif.

Pourtant, la veille, le décapité de la deuxième attaque avait été annoncé comme « tiré d'affaire » par les médecins de Broussais. Mais persistait dans l'air ce parfum de danger qui se mêlait aux remugles émanant des filets de pêche entreposés sur le quai Duguay-Trouin. Un fumet enivrant, semblait-il. D'ailleurs, aucun des coureurs entassés sous le barnum géant ne se plaignait de ce détail.

— Et Moreau, alors, il a été blanchi ? devisait un concurrent en justaucorps jaune fluo, sorte de surligneur humain.

— J'en ai bien l'impression. Sinon il ne serait pas ici, non ?

Il désigna le patron de la course, tout sourire, qui paradait sur la ligne de départ, micro en main. Le colosse aux cheveux ras multiplia les « un, deux » pour tester le bon fonctionnement de la sono et dissiper le brouhaha ambiant. Puis il prit la parole, avec dans la voix un mélange de soulagement et de fierté :

— Bonsoir, bonsoir à tous, et merci d'être aussi nombreux cette nuit. Je mentirais si je disais que j'ai toujours cru qu'on pourrait maintenir cette édition. Comme vous le savez, il y a quelques heures encore, c'était loin d'être gagné. C'est pourquoi je voudrais d'abord remercier pour son soutien monsieur le maire de Saint-Malo, Francis Lemoine...

Le cinquantenaire grisonnant salua les badauds d'un petit geste fat. À moins d'un mois des élections municipales et d'un possible troisième mandant, il n'avait eu d'autre choix que de maintenir l'épreuve – toute autre décision aurait été trop impopulaire. Derrière lui, Nono devina la silhouette blonde et gracile de Fabienne Leroy, la patronne de l'office de tourisme, qui ne cachait pas non plus sa satisfaction.

— ... Mais aussi donner la parole quelques instants à une amie très chère.

Toute de noire vêtue, Laure Magon sortit de l'ombre de son galant et empoigna à son tour le micro. Sa main tremblait presque autant que son timbre.

— Bonsoir, susurra-t-elle, visiblement très émue. Comme vous le savez peut-être, mon époux, Guillaume Magon, nous a quittés dans des circonstances dramatiques. Alors je sais que des rumeurs circulent sur son hostilité supposée à l'Intrail-Muros, mais au nom de la famille Magon, je tenais à dire qu'il n'en est rien. Et que tous autant que nous sommes, malgré le malheur qui nous frappe, nous soutenons cette course et ses participants. Je vous souhaite bonne chance.

« Ça alors, ils sont gonflés ! » ne put s'empêcher de murmurer Nono. Non seulement les deux amants s'affichaient en public quelques heures après l'officialisation de la mort de Guillaume Magon. Mais ce roué de Moreau avait trouvé le moyen de retourner les cancans en sa faveur, aussi sûrement qu'une crêpe sur son bilig.

Son dernier mot tout juste prononcé, Laure éclata en sanglots et épongea ses larmes sur l'épaule carrée de son nouveau protecteur. Irait-elle jusqu'à se remarier avec lui ?

La rouquine en survêtement s'interrogeait encore à ce propos, massant ses blessures récentes d'un geste machinal, quand une autre invitée surprise fendit la cohue pour rejoindre le couple illégitime.

— Alice…

La quinquagénaire à chignon, elle aussi vêtue de couleur sombre, enlaça sa belle-sœur avec une sollicitude (pour ainsi dire une chaleur) inédite. Était-ce bien là celle qui dénonçait il y a peu les « coucheries » de Laure ? Énora se souvenait encore de l'animosité flagrante que se vouaient les deux femmes, quelques jours auparavant, lors de la cérémonie au cimetière de Rocabey.

Les bavards dans son dos durent lire dans ses pensées, car l'un d'entre eux ajouta :

— D'après ce que j'ai entendu, le corps de Magon reviendra à Saint-Malo dès demain. Ses obsèques sont programmées dans deux jours. Le 11.

— Où ça ?

— Comme tous les Magon, à Rocabey.

Absent de son vivant, au moins l'historien y serait-il présent pour sa mort. Nos propres funérailles, c'était bien le seul événement qu'on était certain de ne pas louper, fût-ce à reculons.

La détonation du pistolet starter prit Énora au dépourvu.

Autour d'elle, les milliers de runners s'étaient élancés sur l'asphalte détrempé, enveloppant sa silhouette immobile comme une marée de moutons poursuivis par un chien invisible. Lorsque enfin elle se décida à partir à son tour, les concurrents en tête se détachaient déjà sur le quai drapé de bruine. Trois hommes menaient la course à un train d'enfer mais, juste derrière eux, elle crut reconnaître cette quadra blonde, pensionnaire du *Manoir*, qui l'avait draguée lors du premier départ, quatre jours auparavant.

Celle-ci était-elle une championne ? Ça en avait bien l'air.

Nono, elle, se situait loin (très loin) derrière de pareilles performances. Elle se déclarerait satisfaite si au moins elle bouclait les douze kilomètres de souffrance. Ses quadriceps tiraillaient. Ses poumons brûlaient. Elle cherchait dans l'obscurité saturée d'humidité un souffle qui s'ingéniait à lui échapper. Elle regrettait presque de s'être fourrée dans une telle galère et pourtant, cette douleur lui parut le meilleur antidote possible aux pensées tristes qui l'assaillaient.

Certes Fanny n'avait pas si mal réagi à l'annonce – cette fois-ci confirmée – de son exil en Irlande. Le véto de Cork, Jim O'Mooney, lui avait mailé son feu vert définitif. Certes, sa compagne s'était dite prête à la rejoindre « dès que possible » de l'autre côté » de la mer Celtique, et ce faisant leur séparation ne serait que temporaire. Mais un sentiment coupable de trahison persistait. Était-il possible de s'accomplir en ce monde sans abandonner les siens, en l'occurrence les siennes ?

Un pincement au cœur supplémentaire l'assaillit au moment de grimper les marches menant aux remparts, au niveau de la porte Saint-Louis. Avec l'un des deux agresseurs mort et l'autre sous les verrous, les risques d'attentat se situaient sous le zéro absolu, elle le savait. Et néanmoins les murs conservaient à ses yeux leur aspect menaçant. Frappé par une lune qui jouait à cache-cache avec les nuages, l'hôtel Magon projetait une ombre gigantesque sur la file des coureurs, tel un monstre prêt à les avaler.

Là où elle avait chuté quelques jours plus tôt, les dalles glissantes ne se dérobèrent pas cette fois-ci sous sa foulée. Un sourire apaisé aux lèvres, presque béat, elle effaça les tours de la Grand Porte sur sa droite, puis s'engagea sur l'ultime tronçon rectiligne de la muraille, en direction du château. En contrebas, on pouvait capter les rires et les cris des soûlards quittant les bars de la rue de la soif qui achevaient leur service.

« Lolo, le patron du *Java café*, allait-il bientôt faire de même ? » se demanda-t-elle en passant au niveau de la rue Sainte-Barbe. Avec la rue de Toulouse, la rue Sainte-Barbe composait un club très fermé, celui des voies traversantes de l'intra-muros. Si bien qu'en se postant sur le mur à un bout, on apercevait ce qui se passait sur les remparts à l'autre extrémité.

— Fuck…, glapit-elle en s'arrêtant net.

De l'autre côté de la cité fortifiée. Pile dans l'axe de la perspective. Une silhouette toute de noire vêtue. Un individu aussi figé qu'elle-même et que, malgré la distance, elle eût juré… cagoulé !

La fixait-il ? La mettait-il au défi ? Était-ce là le meurtrier de Guillaume Magon tel que Maggie le leur avait décrit ?

Elle repartit ventre à terre, doublant certains traînards de l'Intrail. Elle manqua se gameller dans les escaliers de la porte Saint-Vincent. Puis sur les pavés de la rue Jacques Cartier, luisants de pluie, avant de bifurquer presque aussitôt sur sa droite. Jamais elle n'avait remonté la rue Sainte-Barbe à une telle vitesse, esquivant plusieurs ivrognes et quelques voitures qui la descendaient en sens contraire.

Mais lorsque enfin elle déboucha sur la place Vauban, au pied de la poterne aux Normands, cette portion des remparts lui apparut aussi vide d'occupants que les alentours. Pas un chat pour y danser.

— Gast ! jura-t-elle à tue-tête. C'est pas possible ! Il était *là*, bordel !

L'homme à la cagoule s'était volatilisé.

Pourtant, tel que sa granny l'avait décrit après ses premières apparitions nocturnes dans la roseraie du *Manoir*, l'inconnu n'avait rien d'un grand sportif. Plutôt lent et trapu, selon ses dires, sans comparaison avec le lapin qui venait de détaler hors de la vue de sa poursuivante. Diable, s'agissait-il vraiment du même homme ? Y avait-il deux « cagoulés », comme Maggie l'avait pressenti lors de sa dernière confrontation avec lui, ou plutôt, avec l'un d'entre eux ?

Après les avoir guidées pendant des mois… s'étai(en)t-il(s) mis en tête de les faire cavaler ?

43

Saint-Malo, Manoir des Corrigan,
salle commune

Le zinc lustré par Sophie reflétait la liesse comme s'il en était lui-même l'un des acteurs. Avec un entrain presque inédit. On se pressait autour de lui avec l'effervescence des grands jours. Et que l'une des pensionnaires du *Manoir* ait raflé la première place de l'Intrail-Muros dans la catégorie féminine ne faisait qu'ajouter à l'euphorie ambiante.

La lauréate, cette quadra blonde qui avait entrepris Énora à plusieurs reprises semblait avoir jeté cette fois son dévolu sur une Fanny très en beauté. « Regarde un peu tout ce que tu vas laisser derrière toi », semblait dire cette dernière à sa compagne.

Mais la championne comprit bien vite qu'elle n'aurait pas plus de chance avec la blackette qu'elle n'en avait eu avec la rouquine, et abandonna la partie, bientôt happée par la horde de ses admirateurs.

— Dis donc, souffla Nono à l'oreille de son amoureuse, c'est moi qui devrais me faire du souci après mon départ.

— Arrête. Tu sais bien que ce n'est pas vrai.

— Quand même... D'ailleurs, si tu n'étais pas déjà ma copine, je te draguerais direct.

Elle accompagna son propos d'une caresse sur la nuque dégagée, aussi douce et colorée qu'un caramel.

— Eh bien, la défia Fanny, t'as qu'à faire comme si ce n'était pas le cas. Drague-moi !

Leurs rires conjugués, chargés de sous-entendus salaces, scellèrent pour de bon le statu quo esquissé quelques heures auparavant. La perspective de retrouvailles prochaines, du côté de Cork, atténuant un peu (un peu seulement) le déchirement d'une séparation imminente.

Autour d'elles, les conversations arrosées de rhum portaient pour l'essentiel sur la course, laquelle s'était *in fine* déroulée sans encombre, mais aussi sur l'affaire que d'aucuns désignaient sous le double patronyme de Magon-Portier. Malgré leurs différences, ces deux-là resteraient à jamais associés dans la chronique locale, tel un couple.

— Dis donc, Jojo n'est pas là, ce soir ? s'étonna un habitué qui prit Arnaud Prigent à partie.

Sans doute regrettait-il que le flic bavard ne les abreuvât pas en nouvelles exclusives et autres détails croustillants. Certains d'entre eux ne fréquentaient plus le bar clandestin que pour cette attraction qu'il leur offrait chaque soir.

— Non, éluda son cousin. J'imagine qu'avec tout ce bazar au commico il est réquisitionné par ses patrons.

L'excuse parut satisfaire le curieux qui se contenta de commenter les informations colportées par ses camarades de beuverie. Certaines d'entre elles relayaient des faits désormais presque publics : Guillaume Magon avait été retrouvé mort dans les souterrains de son hôtel particulier, semblait-il des suites d'une chute accidentelle, et

Lucas Portier avait admis sa responsabilité dans les attaques contre l'Intrail-Muros, avec l'aide du premier.

— Ça fer… ça fera les gros titres du *Pays malouin* dès demain matin, bégaya Alain en guise de confirmation.

— T'es sûr ? Je vois mal Guilloux accepter que ça fuite aussi tôt après la mise en examen de Portier.

— Il n'a plus le choix. De toute faç… façon, mon papier est déjà prêt.

— Ton papier ? s'étonna Louise.

— Le boss a estimé que j'étais le mieux pla… plapla…

— Le mieux placé pour l'écrire ?

— Oui.

Elle en rosit de fierté. Puis son ventre en glouglouta d'émotion. Il avait beau ne plus être *son* Alain depuis près de deux décennies, elle partageait chacune de ses infimes réussites comme s'il s'agissait de ses propres victoires. Et qu'un modeste reporter d'images fût autorisé à prendre la plume pour couvrir un fait divers de cette importance en constituait une, assurément.

— Loulou, come here, s'il te plaît.

Tour à tour, Maggie convoqua sa fille et sa petite fille dans la salle de jeu voisine. À voir la gravité de statue sur son visage, le motif était des plus sérieux. Elle ne prit même pas le temps de se vautrer dans l'un des trois fauteuils club, avant de leur annoncer :

— J'ai dit yes.

Il n'en fallut pas plus aux deux autres Corrigan pour comprendre de quoi il retournait. Elles en restèrent d'abord bouche bée.

— À Jacques ? s'assura malgré tout Louise.

— Of course, à Jacques. One problem at a time. J'hésite juste sur la suite…

— La suite ? Quelle suite ?

— Well, est-ce que c'est une si good idea qu'il s'installe ici… ?

Son ton hésitait entre affirmation et interrogation.

Elle fit alors rouler sa canne entre ses mains comme si l'objet détenait la réponse. Depuis plusieurs mois, son amant officiel multipliait les promesses alléchantes. Eux mariés, lui installé au *Manoir*, il consacrerait son temps et sa modeste fortune à redonner au lieu son lustre d'antan. Il s'y investirait corps et âme, disait-il, et réussirait selon lui – bien qu'il évitât toute comparaison – là où Constant avait échoué.

— Who knows, ajouta Maggie, presque acquise aux ambitions de son futur époux, on pourrait peut-être faire aussi visiter la malouinière, pas juste faire chambre d'hôtes.

— Ça me semble une excellente idée !

La férue d'histoire qu'était Louise se voyait déjà dans le rôle de la guide conférencière. Seule Nono, paraissait un peu détachée de ces riantes perspectives.

— Tu t'en vas quand ? lui demanda sa grand-mère.

— En principe, dès la fin juin. C'est ce qui est convenu avec O'Mooney, le véto qui va m'employer là-bas.

— No way ! tonna une Maggs soudain assombrie. On a programmé notre wedding début août. No way will you miss that, darling.

— Je vais voir, granny. C'est pas si simple. Mais peut-être que je ferai des allers-retou…

— Oh, mais c'est tout vu, la coupa-t-elle. Et puis, tu ne louperais quand même pas une occasion de se faire s'étouffer cette punaise de Dodik, right ?

À cet impératif venait s'en ajouter un autre. Son ami Franck l'éleveur comptait sur elle pour veiller sur l'agnelle dont elle était devenue la marraine. La brebis, petite de Flora, avait révélé une constitution fragile qui requérait des soins réguliers.

Appelée à la rescousse en salle par Sophie, Louise les abandonna à la quiétude ouatée de la salle de jeu. Nono pensa pouvoir enfin s'affaler, mais son aïeule la saisit par le bras, avec dans son regard bleu cette nuance espiègle qui préfigurait d'ordinaire ses confidences.

— Il y a un autre matter, pour lequel j'aurais besoin d'aide.

— Tu cherches déjà le remplaçant de Jacques ?

— I'm feckin' sérieuse. On ne sera pas trop de trois pour comprendre comment le médaillon de Constant a atterri là-dessous.

Pur hasard ? Manipulation ? La question paraissait la hanter.

— Granny, soupira la jeune femme. Je veux bien reculer mon départ de quelques semaines si ça peut te faire plaisir, mais ma décision est prise.

— I know, I know… Mais je ne pensais pas à toi.

— Ah bon ?

— J'aimerais que Fanny te remplace dans la Breizh Brigade. At least, tant qu'elle ne te rejoint pas en Irlande. Ça nous sera d'autant plus useful si Jojo ne vient plus aussi si souvent ici.

D'abord vexée, Énora accueillit la proposition d'un franc sourire. Rien ne pouvait plus la réjouir, en un sens, de savoir son amante admise dans le saint des saints du clan Corrigan.

— Au fait, changea-t-elle de sujet. Tu sais si Guy a réussi son coup, avec le patrimoine des Magon ?

— No, Alice a décidé de vendre sa villa de Courtoisville pour renfouler les caisses de leur SCI.

Stupéfaite, Nono omit pour une fois de corriger le français approximatif de sa grand-mère.

— Dis donc, elle n'est pas rancunière, la mère Alice. Non seulement François Magon l'a dépossédée d'une partie de sa fortune, mais en prime elle va sacrifier le peu qu'il lui reste pour sauver les fesses de sa belle-sœur.

— Yep, le pire c'est qu'elle va devoir aller vivre avec la granny Lauzière à la Chipaudière. Hell on earth !

Elles partaient d'un même rire débridé, lorsque les échos d'un étrange tohu-bohu franchirent la porte vitrée, pourtant refermée derrière elle par Louise. Surgissant dans le hall, elles se figèrent devant le spectacle qui leur était offert. Une bonne dizaine de flics en uniforme avaient investi le *Manoir*. Certains d'entre eux pénétraient dans la salle commune où un vent de panique s'était saisi des clients du bar clandestin. L'autre moitié fondit sur elles deux, menée par la capitaine Lobo. Celle-ci affichait un air de triomphe :

— Maggie Corrigan ?

— Yes.

— En vertu des articles L3351-6 du Code la santé publique et 131-39 du Code pénal, je vous arrête pour exercice illégal d'un débit de boissons alcoolisées en l'absence de Licence IV. Vous encourez jusqu'à un an d'emprisonnement et quarante-cinq mille euros d'amende. Je vais vous demander de nous suivre sans opposer de résistance.

Le conseil paraissait s'adresser à la canne que la septuagénaire brandissait à présent devant elle, en un mouvement de défense presque instinctif.

— Bleedin' feckin' bordel de chiotte, se contenta-t-elle de murmurer.

Depuis le temps que son entourage la mettait en garde, Jacques et Louise en tête, cette sanction n'était pas une surprise.

— Qui vous dit que ces gens ne sont pas nos invités ? tenta de s'interposer Énora.

— Des invités qui participent financièrement à chacune de leurs consommations ? Vous me prenez pour une idiote ?

— Non, capitaine, s'invita alors une voix d'homme, juste quelqu'un de mal informé.

Jacques Gaillard venait d'apparaître dans le dos des agents en uniforme, revêtu de son plus beau costume, sa crinière grise coupée de frais. Et ce qu'il tenait pour sa part en main n'était pas fait de bois dur, mais d'une simple feuille en pâte à papier.

— Qu'est-ce que... ? s'étrangla Emma Lobo en avisant la Marianne en haut à droite du document.

— Une licence IV en bonne et due forme. Établie pas plus tard qu'hier, pour le compte de l'établissement *Le Manoir des Corrigan*. Ou si vous préférez l'exprimer comme ceci : nos clients et nous-mêmes sommes dans la plus absolue légalité.

— You want a drink, madame Lobo ? C'est happy hour pour tout le monde. Oh no, am I stupid. Vous êtes en service, n'est-ce pas ? Pas d'alcool pour vous ce soir.

La provocation acheva de dégoûter l'OPJ. Celle-ci adressa un salut muet aux trois tenancières, sorte de « on se reverra » teinté de menace, avant de quitter les lieux avec sa troupe.

— Jacques, minauda Maggie en le prenant dans ses bras, my hero !

— Je n'irai pas jusque-là. Mais disons que j'ai déjà connu plus mauvais timing. En tout cas, j'espère que ton cadeau de fiançailles te plaît.

— Hell oui. Very trop much.

Et elle conclut son magglish consensuel d'un long baiser de cinéma qui laissa pantois son futur mari. C'est fou comme leurs langues réconciliaient facilement leurs langages.

Comme un peu d'amour partagé grisait mieux que le plus fort des breuvages.

Épilogue

« Bonjour madame, commissaire Guilloux, Police nationale. »

La face dans l'entrebâillement de la porte grise, aussi gonflée qu'une baudruche, s'empourpra d'un coup à cette annonce. Un flottement dans sa chevelure coupée en carré court acheva de trahir son émotion.

— Je vous rassure, je ne suis pas là pour vous, dit l'homme affable.

— Ah, mais, je n'ai rien à me reprocher…

« Moi » signifia le silence qui suivit, non sans une note de courroux.

— C'est chez vous, cette délicieuse odeur de café ? Vous ne m'offririez pas une tasse, par hasard ?

Flattée, la mégère ouvrit grand le vantail sur son intérieur et conduisit son visiteur jusqu'à la cuisine. Là, la maîtresse de maison remplit deux mugs et en tendit un au beau quadragénaire. Depuis quand Dodik Cadiou n'avait-elle plus reçu un homme aussi déduisant chez elle ? Elle se sentait bien incapable de le dire, ce qui revenait à dater l'événement au carbone 14.

Par la fenêtre au-dessus de l'évier, la vue sur le *Manoir* voisin était imprenable. L'air de rien, comme mû par une curiosité réflexe, il jeta un œil à travers le carreau.

— Ça ne vous dérange pas trop ?

— Quoi donc ? feignit-elle d'ignorer l'objet de sa question.

— Eh bien, une maison d'hôtes juste en face de chez vous, avec tout le passage que ça suppose, ça ne doit pas être de tout repos. Je me trompe ?

— Disons que pour y'avoir du passage, dame oui, y'en a. Et pas que des clients, si vous voulez savoir.

Comme Guilloux l'escomptait – la réputation de la harpie avait dépassé les frontières du hameau Saint-Étienne –, il n'avait pas eu à ferrailler bien longtemps pour ouvrir grand les vannes du commérage. Quant à « savoir », comme elle le disait si bien, il n'envisageait pas d'autre motif à sa visite de courtoisie.

La descente conduite la veille par Emma s'était soldée par un échec cuisant. Et, avant de pousser plus loin ses investigations sur les coupables activités des trois femmes Corrigan, une banale enquête de voisinage lui semblait un prérequis plutôt utile. Ce travail se révélait d'autant plus nécessaire que, de son côté, Jojo Prigent avait nié toute collusion avec celles-ci. La seule chose qu'il avait admise lors de son audition, c'était d'avoir un peu trop parlé à son cousin Arnaud, au comptoir dudit *Manoir*.

Pourtant, en indiquant une scène de crime que personne d'autre ne connaissait, la Breizh Brigade avait franchi ces derniers jours un cap dangereux. Mais, las, en l'état, rien ne permettait d'établir avec certitude que ces dames et le club occulte qui tuyautait la police ne faisaient qu'un.

— Vous ne me croyez pas ? le défia Dodik Cadiou de son œil globuleux.

— Si, si... Je connais la réputation de Maggie Corrigan. Mais chacun est libre de...

Il allait remettre bon ordre dans la morale nauséabonde de son hôte, mais celle-ci, déjà emportée par le flot de sa bile, ne lui en laissa pas le loisir.

— Ah, mais croyez-moi, vous êtes loin du compte. C'est plus un défilé, c'est journée porte ouverte à longueur d'année ! Laissez-moi vous montrer.

Elle l'abandonna sans attendre sa permission, puis revint presque aussitôt des confins de sa bicoque sans charme – la déco oscillait entre la bonbonnière kitsch et la maison témoin – les bras lestés d'un gros album. La couverture frappée d'une fleur de lys dorée lui conférait des airs de boîte de chocolats.

— Des souvenirs ?

— Mieux que ça, commissaire : des preuves ! s'enflamma-t-elle.

À présent, le rouge de ses joues dépassait la cote d'alerte.

Guilloux feuilleta alors le volume qu'elle lui tendait, partagé entre la gratitude et l'effarement. Dates, heures, identités quand elles étaient connues d'elle, et même, dans certains cas, des photos plus ou moins floues des innombrables hommes venus rendre leurs hommages à la gérante du *Manoir*. Tout était consigné là, des mois et des années durant. Accablant, certes, mais pour qui : celle qui s'éclatait sans entraves, ou celle qui l'espionnait ?

— Alors ? le pressa-t-elle, son regard allumé de perfidie. Vous en pensez quoi ?

— J'en pense surtout que cette femme est une pub vivante pour la sexualité active chez les séniors.

Sa réponse chiffonna les traits de son hôtesse. Celle-ci déglutit avec bruit, façon dindon constipé.

— Enfin quand même, remonta-t-elle au créneau, lui arrachant l'album des mains. Elle claironne partout qu'elle va se fiancer avec son « Jack », et regardez-moi ça, rien que le mois dernier… trois types différents ! Et aucun d'entre eux n'était M. Gaillard, évidemment !

Aucun n'entretenait non plus le moindre rapport avec les enquêtes criminelles que Maggie Corrigan et ses acolytes avaient conduites dans la plus totale illégalité. L'OPJ pensait mettre le doigt sur un témoignage décisif, et il s'en tirait avec un vaudeville à la Labiche…

Il s'apprêtait à quitter les lieux, à son tour déconfit, quand son œil accrocha un cliché nocturne quelques pages en amont. Il interposa sa main entre deux feuillets.

— Attendez une seconde… Faites voir. C'est qui, lui ?

L'individu qui s'introduisait par la petite porte dérobée du mur d'enceinte se résumait à une ombre. Combinaison noire, cagoule noire, gants à l'unisson. Rien qui permît *a priori* de l'identifier.

— Ah ça, si vous avez une idée, ça m'intéresse, s'écria-t-elle, pas peu fière d'avoir enfin capté l'intérêt du commissaire. C'est quasi le seul sur lequel je n'ai pas réussi à coller un nom.

— Il vient souvent ?

— Non, pas très. Et il ne reste jamais bien longtemps. Mais il est tellement discret qu'il n'est pas exclu que je le loupe certaines fois.

Mari volage soucieux de rester incognito ? Adepte du quicky ?

Ou bien complice de la Breizh Brigade ?

Poser la question valait pour réponse. Et poser la question en appelait mille autres, toutes perdues dans la nuit de cette photo volée. Toutes nimbées des mystères de Saint-Malo.

Remerciements

Au moment de boucler ce troisième volume de la Breizh Brigade, mes pensées reconnaissantes vont évidemment à Sarah Rigaud et toute l'équipe des Escales (Marguerite, Anne, Clara, etc.), ainsi qu'à Gregory Messina, celui sans qui (il connaît la suite).

Mais elles s'envolent aussi vers Saint-Malo, la ville de mes racines familiales. En particulier vers la plage de Bon-Secours et ses innombrables souvenirs d'enfance.

Elles convoquent de si nombreuses et chères figures, certaines encore de ce monde, d'autres déjà parties, hélas. Cécette, Renée, Constant, Marie-Thérèse et tous les autres.

Je ne vous oublie pas. Vous occupez si souvent mes songes. Malouins de souche ou d'adoption, merci à tous.

J'adresse pour finir une pensée affectueuse toute particulière à Yves-Malo, le vrai, l'unique, fier descendant de capitaine corsaire et de Jacques Cartier, et le plus sûr trait d'union entre cette ville sans pareille et moi.

À suivre…

Dernières parutions
Les Escales séries

Caroline Kant

L'Immeuble de la rue Cavendish
1. Les Manigances de Margaux
2. Charlotte se cherche
3. Lucie se rebiffe
4. Les Tourments d'Hermine

Mo Malø

La Breizh Brigade
1. Bienvenue chez les Corrigan !
2. Ni Français, ni Breton...

Lynn Messina

Une enquête de Beatrice Hyde-Clare
1. Une insolente curiosité
2. Une scandaleuse supercherie
3. Une infâme trahison
4. De fâcheuses fiançailles

Pour en savoir plus sur l'actualité des Escales,
vous pouvez consulter notre site Internet
www.lesescales.fr
et nous suivre sur les réseaux sociaux

Editions Les Escales

@LesEscales

@LesEscales

Pour plus d'information :

#lisez! engagé
www.lisez.com
Imprimé sur du papier issu de forêts gérées durablement.

Achevé d'imprimer par
Normandie Roto Impression s.a.s.
N° d'impression : 2302637
Imprimé en France